HOLLOWPOX

할로우폭스

HOLLOWPOX : The Hunt for Morrigan Crow

HOLLOWPOX

할로우폭스

모리건 크로우와
네버무어의 새로운 위협 ②

제시카 타운센드 장편소설
박혜원 옮김

디오네

조 로렌스와 원조 카바레 오리원 밀러 부인에게
사랑을 담아 이 책을 바친다.

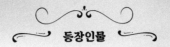

모리건 크로우 Morrigan Crow

작은 키에 새까만 머리카락과 비뚤어진 코를 가진 소녀로, 공화국에서 태어나 저주받은 아이로 살아오다가 지난 연대의 마지막 날인 이븐타이드에 네버무어로 넘어왔다. 원드러스협회의 919기 회원이 되어 네버무어에서 영원히 거주할 수 있는 자격을 갖게 되는 동시에 자신이 원더스미스라는 것을 알게 된다. 우여곡절을 겪으며 네버무어에서의 첫해를 보내고, 평생의 형제자매가 될 진정한 친구들을 얻었다.

주피터 노스 Jupiter North

큰 키에 화려한 복장을 즐기는 생강색 머리의 남자로, 흔히 '주피터 노스 대장'이라고 불린다. 호텔 듀칼리온의 주인이며, 많은 이들의 관심을 받는 유쾌하고 특별한 분위기로 가득한 사람이다. 공화국에 진짜 가족을 두고 온 모리건의 실질적인 보호자이며 가족이다. 위트니스의 능력이 있어 모든 사람과 사물을 꿰뚫어 볼 수 있다.

[원드러스협회 919기 동기들] ....

호손 스위프트 Hawthorne Swift

모리건이 네버무어에 와서 사귄 최초의 친구로 쾌활하고 엉뚱하다. 걸음마를 떼면서부터 용을 탔으며, 용타기 기술을 비기로 가지고 있다.

케이든스 블랙번 Cadence Blackburn

검은 머리를 길게 땋은 여자아이로, 사람에게 최면을 걸어 조종할 수 있다. 그 부작용으로 대부분의 사람이 케이든스의 존재를 기억하지 못하는데, 형제자매가 되기로 맹세한 동기들이 케이든스를 기억하기 시작했다. 호손과 더불어 모리건의 가장 친한 친구다.

램버스 아마라Lambeth Amara

작고 연약해 보이는 여자아이로, 가까운 미래를 예지할 수 있다. 공화국의 공주였지만, 비기를 사용하는 법을 배우기 위해 네버무어로 넘어왔다. 공화국에서 자유주로 오는 건 불법이기 때문에 자신의 존재를 숨기고 있다가 뒤늦게 동기들에게 사실을 밝히고 함께 어울리기 시작한다.

타데 매클라우드Thaddea Macleod

건장하고 각진 어깨, 큰 키, 헝클어진 빨간 머리, 발그레한 얼굴을 한 여자아이로, 증명 평가전에서 성인 트롤과 싸워 이겼을 만큼 뛰어난 능력의 파이터다. 의욕이 넘치고 지는 걸 싫어한다. 자신의 능력을 발휘할 수 있는 일이라면 어떤 것이든 발 벗고 나선다.

아나 칼로Anah Kahlo

통통하고 예쁘게 생긴 금발 곱슬머리의 여자아이로, 힐러의 능력을 가지고 있다. 동기들이 짓궂은 농담을 하면 혼자 안절부절못하며 동참하지 않을 정도로 고지식하다.

아칸 테이트Archan Tate

소매치기 능력을 비기로 가지고 있다. 하지만 외모는 더없이 귀엽고 순수한 천사처럼 생긴 남자아이다. 동기들을 잘 챙긴다.

마히르 이브라힘Mahir Ibrahim

다양한 언어를 구사할 수 있는 비기를 가지고 있다. 심지어 용의 언어까지도 듣고 말할 수 있다.

프랜시스 피츠윌리엄Francis Fitzwilliam

천상의 기분을 느끼게 해 주는 음식을 만들 수 있다. 고모인 헤스터를 후원자로 두고 있는데, 극성스러운 성격의 고모를 무서워한다.

[원드러스협회 회원들] ···

마리나 치어리 Marina Cheery

919기 홈트레인을 운행하는 차장으로, 굉장히 밝고 상냥하다. 919기 아이들이 머무는 홈트레인을 정성 들여 꾸며 놓았다. 언제나 진심을 다해 아이들을 대한다.

홀리데이 우 Holliday Wu

원드러스협회의 공공 주의분산 부서를 이끈다. 언제나 높은 구두와 맞춤 정장을 완벽하게 차려입고 있다. 협회가 비밀리에 주요한 일을 처리하려고 할 때, 일반 대중의 시선을 다른 곳으로 돌리는 일을 계획하고 실행에 옮긴다.

둘시네아 디어본 Dulcinea Dearborn

일반예술학교의 주임 교사로, 금발에 가까운 머리를 높이 올려 묶고 단정한 옷차림을 유지하는 깐깐한 성격의 소유자다. 창백한 피부와 얼음처럼 연한 파란색 눈동자, 그리고 칼날처럼 매서운 광대뼈가 차갑고 딱딱한 인상을 준다.

마리스 머가트로이드 Maris Murgatroyd

마력예술학교의 주임 교사로, 기괴한 외모와 그보다 더 기괴한 성격을 가지고 있다. 활기 없이 탁한 눈빛과 백발의 머리를 하고 있다. 깐깐한 디어본도 머가트로이드와 비교하면 부드럽게 느껴질 정도다.

루크 로젠펠드 Rook Rosenfeld

원드러스예술학교의 주임 교사로, 길고 풍성한 검은빛 머리카락과 각진 턱을 가지고 있다. 머가트로이드보다 어리고 디어본보다 평범하며, 두 사람보다 키가 크다. 목소리가 낮고 차분하며, 백여 년 만에 나타난 원더스미스인 모리건을 호기심 어린 표정으로 맞이한다.

코널 올리어리Conall O'Leary

〈죽은 자들과 대화하는 법〉 수업을 가르치고 있으며, 지하 9층 학술 모임의 일원이다. 잘 깎아 만든 지팡이를 들고 다니며, 눈처럼 하얀 머리를 단정하게 빗어 옆으로 가르마를 낸 노신사다. 원더스미스에게 호의적이며, 모리건의 유령의 시간 수업을 돕는다.

소피아Sofia

원드러스협회 897기 회원인 여우원으로, 작고 상냥하다. 코널과 마찬가지로 지하 9층 학술 모임의 일원이며, 코널과 함께 모리건의 유령의 시간 수업을 돕는다. 지하 9층에서 모리건과 많은 시간을 함께하며 친구가 된다.

로시니 싱Roshni Singh

역대 최연소 고블도서관 사서이며, 치어리 씨의 여자친구이기도 하다. 사서로 일하게 된 첫 주에 치어리 씨와 919기 아이들이 고블도서관을 방문해 안내를 해 준다. 윤기 흐르는 검은 단발머리를 하고 있으며, 사서가 되기 전에는 책파수꾼으로 일했다.

최고원로위원

원드러스협회에서는 매번 연대가 끝날 때마다 협회를 다스릴 세 명의 원로 위원을 선발한다. 이를 최고원로위원회라고 하며, 이번 연대에는 그레고리아 퀸, 헬릭스 웡, 앨리어스 사가가 새로운 최고원로위원이 됐다.

〔호텔 듀칼리온 사람들〕 ···

피네스트라Fenestra

듀칼리온의 시설관리 책임자이자 성묘인 암컷 고양이로 까다롭고 도도하지만 맡은 일에는 매우 진지하다. 주피터가 없을 때는 모리건과 잭의 보호자 노릇을 한다. 과거 격투기 선수였던 만큼 뛰어난 싸움 실력을 가지고 있으며, 사건이 생기면 주저 없이 뛰어든다.

잭Jack

모리건보다 조금 큰 소년으로 주피터의 조카이다. 기숙학교에 다니고 있어 방학이나 주말을 이용해 듀칼리온에 온다. 주피터와 마찬가지로 위트니스의 능력을 가지고 있다. 주피터의 도움으로 능력을 사용하는 방법을 배우고 있지만, 아직 능력을 완벽하게 통제하지 못해 평소에는 한쪽 눈을 안대로 가린다. 모리건을 은근히 걱정하며 챙긴다.

챈더 칼리 여사Dame Chanda Kali

소프라노이자 원드러스협회의 회원. 노래로 동물을 불러 모으는 능력을 가지고 있다. 듀칼리온에 머물고 있으며, 모리건에게 다정하다.

케저리 번스Kedgeree Burns

듀칼리온의 총괄 관리자. 백발에 노령이지만 항상 단정한 차림새를 유지하며 능숙하게 업무를 처리한다.

프랭크Frank

옥상 행사 총괄책임자이자 파티 기획자인 흡혈난쟁이. 나른하고 괴팍한 성격이지만 흥미로운 일에 관심이 많다. 할로우폭스 사태로 듀칼리온의 파티가 금지되자 불만이 가득하다.

마사Martha

듀칼리온의 객실관리 직원. 상냥하고 친절하며 모리건의 식사와 기타 여러 가지를 돌봐준다.

찰리Charlie

듀칼리온의 수송 관리자이자 운전기사로, 마사와 사귀는 사이다.

에즈라 스콜 Ezra Squall

공화국에서 유일하게 원더를 생산해서 공급하는 스콜인터스트리스의 경영자이다. 하지만 실체는 사악한 존재라고 알려진 원더스미스로, 네버무어에서 추방당해 공화국에 머물고 있다. 고사메르 노선을 이용해 네버무어에 나타난다. 네버무어로 온전하게 다시 돌아오기를 바라고 있으며, 모리건을 제자로 삼고 싶어 한다.

주벨라 드 플림제 Juvela De Flimsé

자유주 패션계의 거장으로 불리는 표범원으로, 챈더 여사의 친구다. 모리건이 처음으로 목격한 할로우폭스에 감염된 워니멀이기도 하다.

로랑 생 제임스 Laurent St James

많은 땅을 가지고 있는 네버무어 상류층 인사이며, 네버무어를 걱정하는 시민들당을 만든 사람이다. 할로우폭스를 계기로 워니멀에 대한 혐오를 드러내며, 네버무어 사회를 갈등에 빠뜨리는 기폭제 역할을 한다.

기스카르 실버백 Guiscard Silverback

워니멀 권리 활동가이자 상원 의원인 고릴라원이다. 로랑 생 제임스와 대척점에 있는 인물이기도 하다. 평화로운 방법으로 워니멀의 권리를 지키기 위해 노력한다.

기드온 스티드 Gideon Steed

네버무어의 수상으로, 위기 상황에서도 자신의 정치적 안위를 먼저 생각하는 편이다.

모드 로리 Maud Lowry

원터시 공화국의 대통령으로, 분장하지 않았을 때는 누군가의 엄마처럼 평범해 보인다. 쾌활하며 인간적인 매력이 있다.

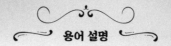

네버무어

윈터시 공화국 사람들은 모르는, 숨겨진 다섯 번째 주인 자유주의 1포켓을 말한다. 모리건은 열한 살 생일에 주피터와 함께 공화국을 떠나면서 처음으로 그 존재를 알게 되었다. 주피터에 따르면 "모든 이름 없는 영토 가운데 가장 좋은 곳"이라고 한다. 모리건이 가장 사랑하는 도시이기도 하다.

원더

헤아릴 수 없는 방식으로 세상에 힘을 불어넣는 신비로운 마법의 에너지원이다. 철도를 움직이고 전력을 가동하여 각종 사업을 진행할 수 있게 한다. 원더를 이용해서 운용되는 것을 원드러스 장비라고 한다. 위트니스처럼 원더를 볼 수 있는 이들의 눈에는 반짝이는 빛으로 보인다.

원더스미스

원더를 자유자재로 다룰 수 있는 능력을 가진 자를 원더스미스라고 한다. 원더스미스로 타고난 사람에게는 원더가 스스로 모여든다. 더 나아가 원더스미스로의 재능을 자각하고 수련하면 필요할 때마다 원더를 소집할 수 있다. 원더스미스는 원더를 이용해 모든 걸 창조해 낼 수 있으며, 또한 파괴할 수도 있다. 태초의 원더스미스 아홉 명에서 시작되어 꾸준히 명맥을 이어 왔으나, 에즈라 스콜로 인해 지금은 사라진 존재가 되었다.

원드러스협회

네버무어에서 가장 재능 있는 사람들이 모인 기관으로, 회원이 되면 W 배지와 함께 다양한 의무와 특권이 주어진다. 매년 이전 해에 열한 번째 생일을 맞은 아이들을 대상으로 신입 회원을 선발한다. 선발된 신입 회원들을 교육하는 학교와 같은 역할을 하기도 한다. 네버무어에서 벌어지는 다양한 위기를 관리하며 은밀하게 도시를 수호하고 있다.

비기

원드러스협회 회원들이 가지고 있는 신비한 재능을 말한다. 협회의 일원이 되기 위해서는 반드시 자신만의 비기가 있어야 한다.

일반예술학교

원드러스협회의 회원이 되면 각자 가지고 있는 비기의 특성에 따라 일반예술학교와 마력예술학교 중 한 곳으로 분류되어 교육을 받는다. 일반예술학교 학생은 회색 셔츠를 입는다. 네버무어에서 가장 유명한 예술가, 정치인, 공학 기술자, 곡예사 등이 일반예술학교 출신의 원드러스협회 회원이다.

마력예술학교

마력예술학교 학생은 흰색 셔츠를 입는다. 회원 수로는 일반예술학교에 미치지 못하지만 단순하게 힘으로 겨룬다면 마력예술학교가 두 배는 셀 거라고도 한다. 마법과 초자연현상, 비밀리에 전해지는 지식 분야 등을 공부한다. 919기 회원 중에는 케이든스와 램버스가 먼저 마력예술학교에 배정되었으며, 원더스미스로 밝혀진 모리건 또한 추가적으로 마력예술학교에 배정된다. 주피터 또한 마력예술학교 출신이다.

원드러스예술학교

일반예술학교와 마력예술학교만 있는 줄 알았던 협회에 원드러스예술학교가 존재하고 있었다. 원더스미스만을 학생으로 받고 있어 에즈라 스콜 세대를 마지막으로 운영을 멈췄다. 원드러스예술학교가 있는 줄도 모르는 이들이 대부분이다. 출입 금지 구역으로 알려진 프라우드풋 하우스 지하 9층에 위치하고 있다. 상징 색은 검은색이다.

프라우드풋 하우스

붉은 벽돌의 원드러스협회 본관을 말한다. 담쟁이덩굴에 뒤덮인 5층짜리 건물이다. 오직 원드러스협회 회원만 안으로 들어갈 수 있으며, 식당과 기숙사를 비롯해 각종 교실과 실습실 등이 가득하다. 보이는 것은 5층 높이가 전부지만, 지하로 9층 규모의 공간이 더 있다.

지하 9층 학술 모임

원더스미스가 사라지고 원드러스예술학교가 제 역할을 못하게 되면서 괴짜들이 지하 9층을 차지했다. 원더스미스의 역사를 보존하기 위해 지하 9층에 모여 연구하는 학생과 연구자들의 모임이다. 원더스미스를 두려워하는 보통의 사람들과 달리, 원더스미스에게 열렬한 관심을 가지고 있다.

유령의 시간

역사에서 뽑아 둔 짧은 시간 구역으로, 과거에 있었던 일을 똑같은 장소에서 눈으로 직접 확인하면서 관찰할 수 있다. 하지만 유령의 시간을 불러와서 모아 두는 건 매우 어렵고 엄청난 기술이 필요하다. 같은 이름의 책 『유령의 시간』에는 이렇게 모아 둔 과거의 특정한 시간들이 기록되어 있다.

워니멀

동물의 특징을 가지고 있지만 분별력과 자각이 있고 지능을 갖춘 존재를 말한다. 언어를 구사하고 창의력을 발휘하며 예술적 표현을 이해하는 등 복잡한 작업을 처리하는 능력이 인간과 같다. 곰의 특징을 가지고 있으면 곰원, 치타의 특징을 가지고 있으면 치타원 등으로 불린다. 인간의 형체와 가까울수록 비쥬류, 동물의 모습에 가까울수록 주류 워니멀로 분류된다.

우니멀

워니멀과 달리 지적 능력이 없는 일반적인 동물을 우니멀이라고 한다. 흔히 생각하는 가축이나, 애완동물이 우니멀에 속한다. 네버무어에서 워니멀과 우니멀을 동일시하는 것은 굉장히 실례되는 일이다.

레일포드

레일에 매달린 커다란 황동 구체 모양의 이동 수단이다. 복잡한 프라우드풋 하우스 안을 움직일 때 이용하며, 외부의 지정된 원더철역으로도 이동 가능하다.

홈트레인

원드러스협회 회원의 이동 수단이자 쉼터이자 기지로, 일반적인 열차에서 객차 한 칸을 떼어 놓은 것 같은 모양새를 하고 있다. 기수마다 자신만의 홈트레인과 자신들만의 승강장이 있다. 919기 아이들은 919역에 모여 홈트레인을 타고 프라우드풋 하우스역으로 갔다가, 일과를 마치면 다시 홈트레인을 타고 919역에 도착해 각자의 집과 이어져 있는 문으로 들어간다. 919역에는 각자의 집으로 향하는 문 아홉 개가 있다.

브롤리 레일

네버무어를 순환하는 철도로 둥근 강철 고리가 달린 케이블로 이루어졌다. 브롤리 레일을 이용하기 위해서는 힘껏 뛰어올라 케이블에 달린 강철 고리에 우산을 걸고 대롱대롱 매달려 가야 한다. 그 우산을 브롤리라고 한다.

고사메르 노선

영토 탐험 과정에서 발견된 것으로 알려져 있으며, 고사메르 노선을 이용하면 어디든 갈 수 있다. 기발한 이동 수단이지만, 고사메르 노선이 실재한다는 걸 모르는 이들도 많다.

할로우폭스

워니멀을 중심으로 퍼지고 있는 새로운 질병을 말한다. 할로우폭스 바이러스에 감염되면 정상적인 뇌 기능이 정지되고 감정의 기복이 커지면서 거친 행동을 한다. 바이러스가 최고조에 달했을 때는 통제할 수 없을 정도로 폭력적으로 변한다. 어떻게 전파되는지 아직 밝혀지지 않았다.

고블도서관

단순한 도서관이 아니라 하나의 영토 같은 곳이다. 우연히 생긴 네버무어의 복제품으로, 네버무어와 완전히 똑같은 모습을 한 평행 세계라고 볼 수 있다. 다만 사람 대신 책으로 가득 차 있다. 책을 보관하기 용이하도록 바람도 불지 않고 해도 쨍하게 들지 않으며 항시 서늘한 기온이 유지된다. 오래된 책에서 뭐가 나올지 몰라 의외로 위험한 곳이기도 하다.

책파수꾼

고블도서관에서 책을 지키는 이들을 말한다. 책벌레를 포함해 책에서 나온 위험한 생명체들을 제압하면서 책을 지키는 것이 주 업무다. 고블도서관에서 일어나는 비상사태에 대응할 수 있도록 훈련되어 있으며, 파리채와 거품통 등 다양한 장비를 지니고 다닌다.

푸념하는 숲

소리 내어 넋두리하는 나무들이 모여 있는 숲이다. 말하는 것을 받아 주기 시작하면 입을 다물 생각을 하지 않고 계속해서 떠들기 때문에 모른 척하고 지나가야 한다.

불꽃나무

원드러스협회 진입로에 두 줄로 늘어선 나무들로, 몇 연대 동안 꽃을 피우지 않아 멸종됐다고 여겨진다. 백여 년 전에는 불꽃을 피웠다고 알려져 있지만, 지금은 타고 남은 재처럼 새까만 모습으로 서 있다.

호텔 듀칼리온

주피터가 소유하고 있는 호텔로, 스스로 방의 모양과 내부 장식 등을 바꾸는 신비로운 곳이다. 모리건이 머무는 집이기도 하다.

스텔스

원드러스협회 수사국을 뜻한다. 쉽게 말하면 비밀경찰이다. 말 그대로 비밀스럽게 활동하는 경우가 많아 마주치기 어렵다. 살인 사건이나 원드러스협회와 관련된 사건 등이 발생했을 때 움직인다. 반면, 일반적인 네버무어경찰국을 부르는 속칭은 스팅크다.

윈터시 공화국

그레이트울프에이커, 프로스퍼, 사우스라이트, 파이스트상 등 네 개의 주로 이루어진 공화국으로 모리건이 네버무어에 오기 전까지 살았던 곳이다.

차례

•1권•

• **2**권 •

20장

책벌레

그것들은 사방에서 왔다. 책 사이사이에서 몰려나오고, 배수
관에서 기어오르고, 책장 선반에서 쏟아졌다. 날개와 눈과 다
리… 어마어마하게 많은 다리가 달린, 찍찍거리는 무시무시한
해일 같았다. 우글우글 쏟아져 나온 것들은 다리가 많았고, 여
러 가지 색깔이었으며, 크기는 치와와만 한―

"**벌레다!**" 프랜시스가 비명을 질렀다. "**거대한 벌레야!**"

"뛰어난 관찰력이야, 프랜시스, 잘했어!" 화가 난 케이든스가 소리쳤다. 평소처럼 표독스러운 반응이었지만, 그 이면에는 모리건과 다른 모든 *사람*이 느끼는 공포가 어려 있었다. 일행은 동그란 모양으로 바짝 붙어 서서 다가오는 벌레 떼를 우물쭈물 바라봤다.

"로슈, 이것들이 정확히 얼마만큼 위험한 거야?" 치어리 씨가 물었다. 치어리 씨는 들고 있던 책 더미를 떨어뜨린 채 팔을 뻗어 가까이 있는 마히르와 타데를 보호하려 했다.

"책에 말이야? 내 생각에는… 약간 위험한 정도?"

"그게 아니고, 로슈, 우리한테 말이야!"

로시니가 움찔했다. "아! 그건… 상당히 위험할 것 같은데? 잭디시는 지난달 출몰 때 귀를 심하게 물렸고, 엘리스는 새끼손가락 반을 잃었어."

"아, 끔찍해." 치어리 씨가 물었다. "그럼 어떻게 물리쳐?"

모리건이 생각할 수 있는 방법은 하나였다. 숨을 깊이 들이마시며 노래 몇 마디를 흥얼거리다가 바닥에 무릎을 꿇고, 벌레 떼를 향해 낮고 고르게 불을 내뿜었다. 919기 아이들은 양팔을 들어 열기를 막았다. 그 순간 아이들의 얼굴에 떠오른 공포가 벌레 때문이었는지, 아니면 모리건 때문이었는지 알 수 없었다. 모리건은 충동적으로 행동했다는 후회가 들었다… 다만 효과는 있었다.

모리건이 바란 대로 벌레들은 잽싸게 뒤로 물러났다. 하지만 더욱 동요한 듯했다. *기이이이-기이-기이* 하는 소리도 갑자기 더 요란하고 다급해졌다.

"마리나, 저 애가 뭘 하는 거야?" 사서가 비명을 지르며, 장화를 신은 발로 불을 쿵쿵 밟았다. "*미친 거* 아냐? 저 애를 막아!"

모리건은 침을 삼켰다. 목 안에서 불꽃이 꺼지는 느낌이 들었다. "저는 단지, 죄송해요. 제 생각엔 그냥—"

"글쎄, *하지 마*. 물러서!"

치어리 씨가 모리건의 어깨를 붙잡고 불길에서 끌어당겼다. 그사이 로시니는 불을 껐다. "이 애는 도우려고 했던 거야, 로시니."

"그래, 불을 지르는 게 **도서관에** 도움이 된다는 건 *젖먹이 아이도 아는 사실이지!*"

"그럼 우리가 뭘 *하면* 되는데?" 치어리 씨가 물었다. "저 벌레들을 어떻게 막을 거냐고."

"우린 기계식 파리채를 써." 로시니가 앞으로 나오는 벌레들을 주시하는 동시에 천천히 원을 그리듯 움직이며 말했다. "그리고 책에 해가 없는 살충제가 든 거품통도 있고. 전부 화물차에 있긴 하지만." 로시니가 다시 무전기 버튼을 눌렀다. "전 직원 출동하세요. 책파수꾼들, 내 말이 들립니까?" 대답이 없었다. "사서들, 들립니까? 콜린? 잭디시? 대답해요!" 무전기에서는 잡음밖에 들리지 않았다. 로시니는 답답해하며 신음을 흘렸

25

다. "좋아, 모두 내 말 잘 들어. 이제 너희한테—"

로시니가 말하는 도중에 아나가 날카롭게 비명을 질렀다. 신발 상자만큼 크고 각도에 따라 빛깔이 변하는 녹색 벌레가 무리에서 떨어져 나와 아나의 다리와 옆구리를 타고 어깨까지 기어오르고 있었는데… 벌레가 머리카락으로 옮겨 가자 아나는 한층 더 자지러지게 비명을 지르며 눈을 질끈 감고는 무력하게 손을 흔들어 댔다. **"이것 좀 떼 줘 이것 좀 떼 줘 이것 좀 떼에에 줘어어!"**

찰싹.

아칸은 아무 생각 없이 움직인 것 같았다. 아칸이 휘두른 커다란 책이 아나의 머리를 아슬아슬하게 비껴가면서 머리카락에 붙은 벌레를 쓸어버린 것이다. 벌레는 밝은 초록색 호를 그리며 날아가더니 책장의 높은 선반에 *철퍽!* 하고 세게 부딪혔다. 벌레의 사체는 책장을 타고 내려와 바닥으로 떨어졌다. 색색의 등뼈가 주르륵 미끄러져 내리면서 악취를 풍기는 걸쭉하고 기름진 녹황색 내장이 꼬리처럼 늘어졌는데, 꼭 곪아 터진 상처처럼 보였다.

공포로 눈이 휘둥그레진 아칸은 책을 떨어뜨렸다. 프랜시스는 손으로 무릎을 짚고 그 자리에서 속을 게워 냈다.

로시니도 공포에 질렸지만, 그건 전혀 다른 이유 때문이었다. 로시니는 떨리는 손가락으로 아칸을 가리켰다. "너, 너, 너

지금, 그거 *책이야!* 그건, 그건 공공 기물 *파손이라고!*"

"지금 그게 먼저야, 로슈?" 치어리 씨가 소리쳤다. 치어리 씨는 떨어진 책을 주워 모아 아이들에게 건넸다. "좋아. 새로운 계획이야. 우리한테는 파리채도 없고, 거품통도 없어. 책파수꾼들도 없지. 그래서 지금 우리가 **가진 것**을 사용할 거야."

치어리 씨는 머리 위에서 낮게 윙윙거리는 거대한 분홍 반점 벌레를 피하기 위해 몸을 수그렸다가, 그 벌레를 겨냥해 『네버무어의 유명한 인상주의 작가와 그들의 뮤즈』라는 커다란 책을 던졌다. ***찰싹!*** 벌레가 터지면서 끈적끈적한 점액이 경악하는 아이들의 머리 위로 쏟아졌다. "어서, 얘들아. 뭐라도 휘둘러."

로시니가 입을 벌린 채 친구를 빤히 바라봤다. "마리나, 장난치지 마!"

"로슈, 이렇게 하거나 벌레 떼의 먹이가 되거나 둘 중 하나야." 치어리 씨는 친구에게 『현대 마법 대백과』라는 책을 건네주며 물었다. "넌 뭐가 더 나아?"

사서는 훌쩍거렸다. 마치 할머니의 무덤에 침을 뱉으라는 요구라도 받은 사람 같았다. 그리고 책을 가슴에 꼭 끌어안은 채 두 눈을 질끈 감더니 나지막이 말했다. "용서해 주세요, 고블파세 부인, 내가 지금부터 하려는 일을."

그러더니 완벽한 조준 실력으로 책을 휘둘러 검은색과 파란색 줄무늬 벌레를 한 방에 맞혔다. 그 벌레는 무지갯빛 점액을 사방으로 분출하며 바닥에 떨어졌다. 로시니는 숨 돌릴 틈도 없이 좌우로 책을 휘두르며 공격을 퍼부었고, 잠깐 사이에 수십 마리의 벌레가 죽어 나갔다. 모리건은 로시니가 승진한 이유를 알 것 같았다. 로시니는 맹렬하고 무자비한, 벌레 잡는 기계였다.

"앞으로 가." **철썩**. "승합차로 가!" 로시니는 책을 휘두르는 틈틈이 소리쳤다.

일행은 시키는 대로, 천천히, 고생스럽게, 소름 끼치는 공격을 뚫고 강유리 승합차가 있는 쪽으로 나아갔다. 그 뒤로 죽은 벌레와 점액 웅덩이가 길처럼 늘어졌다.

모리건은 망토 안에서 *307권*을 꺼내 케이든스의 머리 근처를 윙윙 맴돌며 집게발을 딱딱 부딪는 무시무시한 자주색 벌레를 겨누었다. 벌레는 길 저편으로 만족스럽게 **철퍼덕** 소리를 내며 떨어졌다. 모리건은 곧장 다른 벌레 세 마리를 연달아 공격했다. **철퍼덕**. **철퍼덕**. **철퍼덕**. 처음 경험해 보는 기묘하고 역겨운 전율이었다.

타데와 호손도 즐기는 것 같았지만, 다른 사람들 사정은 달라 보였다. 케이든스는 점액을 뒤집어썼고 아나는 쉴 새 없이 비명을 질러 댔다. 프랜시스는 속이 몹시 좋지 않아 보였다. 램은 손을 머리 위로 올린 채 무리 한가운데 서 있었고, 아칸과 마히르는 그 주변을 맴돌면서 램에게 접근하는 벌레들을 막으려고 온 힘을 다했다.

"로시니! 저기를 봐!" 치어리 씨가 소리쳤다.

강유리 승합차가 없었다. 아니, 정확히 말하면 없는 건 아니었다. 그 자리에 있긴 했지만. 작정한 듯 그 위로 몰려든 어마어마한 벌레 떼에 파묻혔다. 승합차는 마치 윙윙거리는 무지갯빛 작은 산처럼 보였다.

모두 기진맥진했다. 저 많은 벌레를 뚫고 나갈 방법이 없었다.

로시니는 공포에 질린 것 같았지만, 다시 무전기를 잡았다. 한 손으로는 여전히 대백과 책을 휘두르고 있었다. **"모든 책파수꾼 부대에 요청합니다. 누구 들립니까? 제발, 이 느림보들아! 지원이 필요하다고. 여기는 올드—"**

로시니의 목소리를 덮어 버린 것은 갑자기 요란스레 윙윙대는 경보음과 엔진 소리였다. 소리가 나는 쪽을 돌아본 모리건은 흥분한 개구리처럼 심장이 쿵쾅거렸다.

초록색 물결무늬 강유리로 만든 화물차가 최고 속도로 도로를 역주행하며 달려오자, 벌레 떼 일부가 후드득 나가떨어지고 나머지는 책 선반으로 날아갔다. 화물차의 뒷문이 활짝 열리고 열 명 남짓한 도서관 직원들이 점프 수트와 육중한 검은색 장화 차림으로 커다란 금속 통을 등에 멘 채 뛰어내리면서 손에 든 분사기를 무기처럼 휘둘렀다. 그중 한 명은 또 다른 통을 들고나와 로시니에게 가볍게 던졌다.

책파수꾼 부대를 이끄는 지휘자는 놀랍게도 트위드 조끼를 입은 거대한 타조원이었는데, 다른 사람들보다 두 배는 더 키가 컸고 날개도 거대했다. 모리건이 봤던 타조 중에서 다리가 가장 길었고, 마치 세 갈래로 갈라진 단검 같은 발톱을 가지고 있었다.

"빨리 왔어야지, 콜린!" 로시니는 소리쳤지만, 치어리 씨와 아이들을 돌아보는 얼굴은 씩 웃고 있었다. 콜린은 그 말에 답하는 대신 난장판이 된 서가로 곧장 걸어가며 날개를 거세게 퍼덕였다. "좋아, 얘들아, 이제부터 우리한테 맡겨. 화물차에 탄 다음 **그 안에서 기다려**. 이 일만 처리하면 잭디시가 돌아와서 대출 책상 앞으로 데려다줄 거야."

로시니는 몸을 돌려 책파수꾼과 다른 사서들에게 합류했다. 그들은 몰려오는 벌레 떼 속으로 뛰어들어 걸쭉한 분홍색 거품을 뿌려 대며 전사처럼 우렁찬 고함을 질렀다.

919기는 강유리 화물차에 허겁지겁 올라탔고, 치어리 씨는 두꺼운 유리문을 닫은 뒤 커다란 금속 빗장을 걸었다.

모두 처참하고 기진맥진한 몰골이었지만, 아수라장을 빠져나와 안도했다… 물론 예외도 있었다. 타데는 물결무늬 유리문 틈으로 밖을 내다보며 로시니와 책파수꾼들을 경외의 눈길로 바라봤다. 누르스름한 녹색 내장이 이리저리 튀었다. 책파수꾼들이 활개를 치며 침습과 싸우는 모습은 거의 춤추는 것 같았다. 모리건은 그 광경을 보며… 메스꺼운 아름다움 같은 걸 느꼈다.

그렇긴 해도 모리건은 강유리 화물차 안에 있다는 게 *정말* 기뻤다.

"나는 사서가 될 거야." 타데가 황홀해하며 말했다. 썩은 냄새가 나는 고름 색깔의 진액이 타데의 옆얼굴을 타고 떨어졌다.

"다들… 괜찮니?" 숨을 헐떡이던 치어리 씨가 한 손으로 가슴을 누르며 물었다.

프랜시스는 손으로 입을 막고 있었는데, 얼굴이 핼쑥하고 비장해 보였다. 마히르는 진액이 고인 자리에 미끄러져 주저앉아 있었는데, 굳이 일어서려 하지 않았다. 아칸은 옷에 묻은 벌레 내장을 닦아 내려 했지만, 그럴수록 점점 더 번지기만 할 뿐이었다. 케이든스는 믿기지 않는다는 듯이 고개를 저었는데, 전체적인 상황이 그렇다는 건지 치어리 씨의 질문에 대답한 건지 확실치 않았다.

"그런데 저게 오는 걸 못 봤어?" 케이든스가 램에게 날카롭게 물었다.

램은 미안하다는 듯이 어깨를 살짝 으쓱였다. "*모든 게* 다 보이지는 않아."

아칸과 마히르 덕분에 램은 유일하게 진액 범벅이 되는 걸 피했다. 램은 벽에 바짝 붙어 서서 다른 아이들과 닿지 않으려

31

고 애썼다.

"저게 다 뭐예요?" 화물차 구석에서 아나가 떨리는 목소리로 물었다.

"책벌레야." 치어리 씨가 여전히 숨을 고르며 대답했다. "곤충학 서가에, 『큰 책으로 보는 무서운 벌레들』이라는 책이 있거든. 세계에서 가장 크고 멋진 곤충에 관한 책인데, 사진이 정말 볼만해서 굉장히 많은 사람이 대출을 해 가. 그런데 책을 끊임없이 펼쳤다 덮었다 하는 건, 여기에선 별로 좋은 일이 아니야. 사람들이 약간 조심성을 잃으면서, 1년 전쯤에 벌레 몇 마리가 나왔어. 그리고 책파수꾼들이 전부 잡아넣기 전에 번식을 시작했지. 책파수꾼들이 계속 소독하고 있지만, 로슈 말로는 한 달 건너 한 번씩 출몰한대. 이젠 심지어 책 속으로 돌려보내려고 하지도 않아. 그만큼 심각하다는 거야. 그냥 죽여 버리지."

호손은 모리건 쪽으로 다가와 문에 얼굴을 바짝 가져다 대고 처참하게 바깥의 활약상을 지켜보다 몸서리쳤다. "우리가 다, 다시 가서 도, 도와주면 좋겠다."

모리건이 힐끔 보니 호손의 옷이 흠뻑 젖어 있었다. 모리건은 손을 오므리고 뻐끔뻐끔 불을 조금 내뿜어 손바닥 위를 맴돌며 따뜻이 일렁이게 했다. 지난주에 라스타반 타라제드에게서 배운 기술이었다.

"고마워." 호손이 불 위에서 두 손을 비비다가 고개를 들고는 책파수꾼을 고갯짓으로 가리키며 피식 웃었다. "저 사람 지금 뭐 하는 거야?"

저 사람은 콜린이었다. 타조원은 유일하게 무기가 없었는데, 무기는 필요하지 않았다. 발톱이 달린 발이 무기였다. 콜린은 그걸 매우 효과적으로 사용했다. 다리가 인간과는 반대 방향으로 구부러졌는데, 흑백의 거대한 날개를 퍼덕이며 무서운 기세로 상대를 걷어찼다.

하지만… 공격이 그다지 *정확*하지 않았다. 로시나 다른 사람들처럼 신중하게 벌레를 겨냥하는 게 아니라, 조금… 미쳐 날뛰는 모양새였다. 눈빛은 사납고 겁에 질려 있었다. 콜린은 자제력을 잃어 가고 있었다.

초록빛 강유리 때문에 확인하긴 어려웠지만, 모리건은 콜린의 눈을 제대로 볼 수 있다면 빛나는 에메랄드빛이었을 거라고 확신했다.

"치어리 차장님." 모리건은 한구석에서 프랜시스를 도와주고 있는 치어리 씨를 불렀다. "이리 와서 보시는 게 좋을 것 같—"

"**그거 치워.**" 램이 모리건의 손을 보며 공포에 질려 울부짖었다.

하지만 너무 늦은 경고였다.

세 가지 일이 순식간에 연달아 일어났다.

먼저, 화물차 밖에서 로시니가 포악하게 후려치는 콜린의 발톱에 가슴을 맞고 비명을 질렀다.

"**로슈!**" 치어리 씨가 소리쳤다.

모리건은 갑작스러운 충격과 공포를 느꼈다. 손안에 고인 작은 불꽃이 두려움에 반응하면서 굉음과 함께 빛을 발하며 크게 타올랐다. 그 불에 호손이 눈썹을 그슬렸고, 모리건은 손목까지 불에 휩싸여 마치 불장갑을 끼고 있는 것처럼 보였다. 깜짝 놀란 모리건은 손을 흔들어 불을 껐다.

그리고 마지막으로, 갑작스러운 불길에 시선을 뺏긴 콜린이 공격을 멈추고 고개를 돌려 화물차를 바라봤다. 부리를 공중으로 들어 올리더니 늑대처럼 킁킁거리며 먹이 냄새를 맡았다. 콜린은 919기를 빤히 바라봤고, 순식간에 상상도 못할 만큼 빠르게 화물차로 달려들었다.

강유리는 로시니가 말한 대로였다. 갑작스러운 맹공을 견뎌 낼 만큼 튼튼했다. 콜린은 엄청난 발길질로 날아오르더니 몇 번이고 머리로 유리를 들이받았다. 자신에게 상처를 입힐 정도로 강하게 부딪쳤지만 유리는 타격을 입지 않았다. 하지만 콜린은 멈추지 않았다. 멈출 수가 *없었다*. 그는 서서히 미쳐 가고 있었다.

"문에서 떨어져!" 치어리 씨가 919기에게 외치며 유리문을 막아섰다.

책파수꾼들은 확실히 비상사태에 대응할 수 있도록 잘 훈련되어 있었다. 잠시 혼란이 지나간 뒤 그들은 세 무리로 갈라졌다. 한 무리는 계속해서 벌레들과 싸웠고, 또 한 무리는 콜린을 제압하려고 노력했으며, 다른 한 무리는 바닥에 쓰러진 로시니를 도왔다. 타조원을 둘러싼 책파수꾼 여섯 명은 그를 간신히 화물차에서 끌어당겨 꼼짝 못 하게 바닥에 붙잡아 뒀다. 여섯 명이 모두 매달려서 그를 제압했는데, 그 와중에도 콜린은 그들과 싸웠다.

"모두 바닥에 엎드려." 치어리 씨가 명령했다. 치어리 씨는 앞으로 달려가 빗장이 걸린 작은 문을 통해 운전석에 올라탔다. "너희를 데리고 여기서 나갈 거야."

"그럼 로시니 사서님하고 다른 사람들은 어떻게 해요?" 모리건이 물었다. "저렇게 두고 우리만 갈 수는 없어요!"

타데가 빗장을 풀기 위해 손을 뻗었다. "우리도 나가서 도와야 해요!"

"문에 손대지 마, 타데 매클라우드!" 치어리 씨가 시동을 걸며 소리쳤다. "모두 엎드려, **당장.**"

화물차가 비틀거리며 현장을 벗어나자 엎드리지 않은 아이들은 한순간에 나동그라졌다. 치어리 씨는 왔던 길을 되짚어 통로를 달렸다. 우뚝 솟은 책장과 아슬아슬한 간격을 두고 방향을 틀어 가며 대출 책상으로 돌아가는 짧은 시간 동안 몇 번이나 사고가 날 뻔했다. 919기는 조용했다. 화물차 무전기에서 여러 차례 지직거리는 소리가 들렸다. 구급차를 부르는 차장의 목소리에서 처음으로 두려워하는 기색이 살짝 묻어났다. 모리건은 부상을 입은 채로 바닥에 누워 친구의 공격에 혼란스러워하고 있을 가엾은 로시니의 모습이 생생하게 그려졌다. 그리고 로시니가 무사하기를 바랐다.

"좋아, 모두 나가." 치어리 씨가 메이휴거리 입구에 차를 세우며 말했다. "그냥 화물차에서 내리라는 말이 아니라, 이 도서관에서 나가라는 뜻이야. 나는 로시니에게 돌아갈 거야."

아이들 절반은 고분고분 열린 문으로 달려가 차에서 내렸지만, 나머지 절반은 항의하며 외쳤다.

"차장님만 두고 가진 않을 거예요!"

"차장님 혼자 가면 안 돼요!"

"우리도 도와야—"

"**조용.**" 말이 떨어지기 무섭게 아이들은 입을 다물었다. 모리건은 그토록 무섭게 말하는 치어리 차장을 한 번도 보지 못했다. "너희는 회전문을 지나 밖으로 나가는 거야. 그리고 다시 들어와서는 안 돼. 너희는 도서관 밖에서 망을 봐 줘. 아무도 들여보내지 말고. 내가 메이휴거리로 나올 때까지 기다려. 하지만 안으로 *다시* 들어오는 건 안 돼, 알겠지?"

"하지만—" 호손이 입을 열었다.

"알겠지?"

919기 아이들은 마지못해 그러겠다고 우물거리며 지시에 따라 출구로 향했다.

"모리건, 잠깐."

모리건은 치어리 씨가 팔을 잡는 것을 느끼고 돌아봤다.

"브롤리 레일을 타고 최대한 빨리 집에 가서, 노스 대장에게 오늘 일을 알려 줘. 콜린 이야기도 전하고. 노스 대장에게…" 치어리 씨가 잠시 말을 멈추고 침을 삼키며 마음을 굳게 먹으려는 듯 콧숨을 쉬었다. "노스 대장에게 스텔스를 데려오라고 전해."

21장

네버무어를 걱정하는 시민들

고블도서관 모험이 남긴 여파는 모리건의 예상보다 더 빨리 더 광범위하게 미쳤다. 여름방학이 시작되기 전까지 치어리 씨를 다시 보지 못했지만 주피터가 전해 준 소식에 따르면, 아이들을 그렇게 위험한 나들이에 데려간 일로 원로들과 주임 교사들에게 몹시 심한 질책을 당했다고 했다.

"차장님 잘못이 아니에요." 토요일 아침, 모리건은 버터 칼로 토스트를 찌르며 주피터에게 말했다. 이른 시간이라 직원 식당에는 모리건과 주피터밖에 없었다. 식탁 위에는 두 사람이 가장 좋아하는 크럼핏과 토스트와 와플과 소시지와 달걀과 블루베리 시럽이 차려져 있었지만, 둘 다 손도 대지 않았다. "치어리 차장님이 난처해지면 안 돼요. 마히르하고 제가 고블도서관에 가고 싶어 한 거예요. 호손 생각이 옳았어요. 수영장에 갈걸."

게다가 그 책은 훔쳐 오지도 못했어, 모리건은 침울하게 생각했다.

책벌레와 싸우다가 앞다투어 화물차에 올라타던 그때, 모리건은 『*등급별 원드러스행위 전사 307권*』을 어딘가에 떨어뜨렸다. 아마도 벌레 내장이나 살충제 거품 때문에 파손됐을 것이다. 그 모든 역사가 손안에 있었는데, 지금은 사라졌고 어쩌면 영원히 돌이킬 수 없을 터였다.

"치어리 씨는 책임져야 할 부분을 모두 책임졌어. 아주 당연한 일이야." 주피터가 말했다. "치어리 씨는 어른이야, 모그. 어른이라면 열세 살짜리 아이들을 데리고 포켓 영토에 가는 행동은 하지 말았어야 해. 경계 공간에서는 나쁜 일이 일어나기도 하거든."

모리건은 난자당한 토스트에서 눈을 들었다. "경계 공간이 뭐예요?"

"어떤… 사이 공간이야. 어떤 장소와 다른 장소 사이에 있는 문턱. 교묘한 길이 좋은 예지. 정상적인 우주의 규칙이 적용되지 않는 불안정하고 예측할 수 없는 공간 말이야."

모리건은 지하 9층의 내실을 따라간 통로 끝마다 있던 *경계의 방*이라는, 문이 잠긴 공간에 관해 주피터에게 이야기했다. "그게 뭘까요?"

주피터는 미간을 찡그리며 생각했다. "솔직히 말하면 모르겠어. 하지만 근처에 가지 않는 게 좋을 거야. 말했듯이 경계 공간은 위험할 수 있거든. 그리고 고브는 내가 가 봤던 제일 위험한 곳 중 하나야. 나는 적어도 열다섯 살이 될 때까지는 그 근처에 너를 데려갈 생각이 없었어. 당분간 그곳에 다시 갈 일은 없을 거야. 네버무어위원회령으로 추후 별도의 통지가 있을 때까지 그곳을 일반 대중에게 공개하지 않기로 했거든."

모리건은 김이 팍 샜다. 이 소동이 모두 끝나면 주피터가 다시 데려가 줄 거라고 기대했기 때문이다. *307권*은 파손됐을지라도, 아직 306권의 책이 데블리시 코트 너머에 남아 있었다.

"로시니 사서님은 괜찮아요?" 모리건은 끔찍한 죄책감이 들었다. 그 불쌍한 여자가 난폭한 타조원에게 공격당하는 모습을 본 이후로 더 그랬다.

"그 사서 말이니?" 주피터는 약간 움찔했다. "부상이… 가볍지는 않았지만, 지금은 부속병원에서 치료받고 있지. 치어리 차장이 한시도 쉬지 않고 옆에 붙어 있어. 괜찮아질 거야. 그런데 친구인 타조원에 대해서는, 그렇게 말할 수 있을지 모르겠다. 그 타조원은 다른 누구보다도 자기한테 상해를 가장 많이 입혔어. 마찬가지로 지금은 부속병원에 있단다."

주피터는 곰곰이 생각하는 눈으로 한참 전에 식어 버린 커피 잔을 가만히 들여다봤다. "이번 공격을 막을 수도, 그 워니멀을 도울 수도 있었을 텐데. 그가 감염됐다는 사실을 알았더라면, 아주 작은 실마리라도 있었더라면, 경고나 정보 한 토막이라도 있었더라면."

모리건은 진이 다 빠진 후원자의 얼굴을 유심히 들여다봤다. 네버무어 바자가 열리는 바람에 주피터는 밤을 꼬박 새웠다.

스텔스는 여름 장터 축제에 대거 출동해 이상한 행동을 하는 워니멀들을 감시했다. 주피터는 그들과 밤새 순찰을 돌면서, 군중 사이에 "블랙홀"이 없는지 샅샅이 살폈다. 최근 주피터가 사용하기 시작한 블랙홀이란 표현은, 할로우폭스로 원드러스 에너지가 모두 잠식당해 거의 고갈된 워니멀을 에워싼 지역을 가리켰다. 지난 몇 주 동안 주피터는 이 방법으로 세 번의 공격을 간신히 막아 냈다. 스텔스는 감염된 워니멀을 보호감호에 처했다. 그로 인해 증상이 정점에 이를 때 이미 안전하게 격리할 수 있었고, 다른 사람이나 자기 자신을 해치는 일도 미리 막을 수 있었다. 결과적으로 브램블 박사와 루트위치 박사가 정점에 이르기 전 숙주의 바이러스 상태를 연구하는 일도 가능했다. 두 박사는 혈액 샘플을 채취하고, 감염된 세 워니멀과 어디에 갔었고 누구를 만났으며 어떤 증상을 겪었는지 대화를 나눴다.

하지만 더 많은 정보를 수집할수록 할로우폭스가 어떻게 그렇게 빠르게 전파될 수 있는지 점점 더 이해하기 어려웠다. 세 감염자 중 하나인 수탉원은 칩거하면서 묵언 명상 수행을 하다가 돌아온 직후였다. 한 달 동안 다른 워니멀은 말할 것도 없고 누구와도 접촉하지 않았다. 그런데 어떻게 감염된 걸까?

소피아는 워니멀 사회의 연락 담당자로 할로우폭스 대책 본부에 합류했다. 협회에 가입되지 않은 워니멀들에게 연락해 그들이 할로우폭스 감염을 안전하게 피할 수 있도록 돕고 있었다. 소피아가 주로 제안하는 내용은 대책 본부에서 더 많은 정보를 파악할 때까지 집에서 나오지 말라는 것이었는데… 격리 상태에서도 할로우폭스를 막지 못한다면 다 무슨 소용일까?

이들이 손에 쥔 대책 가운데 가장 좋은 패는, 위트니스인 주피터의 눈이었다. 하지만 주피터가 한 번에 모든 곳에 갈 수는 없었고, 모든 공격을 사전에 막을 수도 없었다. 주피터는 막지 못한 공격이 발생할 때마다 자신의 부족함 때문이라고 여기는 듯했다. 세 번의 공격을 막아 냈지만, 막지 못한 공격이 거의 십여 차례나 있었다. 모리건은 주피터가 큰 타격을 받았다는 걸 알 수 있었다.

"글쎄, 이제 정보가 수두룩하게 쌓이겠지." 주피터가 평소답지 않게 냉소적인 웃음을 지으며 말했다. "우린 정보에 파묻힐 거야. 진짜 정보든 가짜 정보든, 알 게 뭐야? *네버무어를 걱정하는 시민들*은 신경도 안 쓸걸."

모리건은 포스터를 흘깃 내려다봤다. 주피터가 모리건에게 보여 주려고 용기광장의 가로등 기둥에서 뜯어 온 것이었다. 이미 열두 번도 더 본 포스터지만, 여전히 볼 때마다 뼛속까지 오싹했다.

조심!
당신을 위험에 빠뜨리는
할로우폭스

원드러스협회는 **바로 지금**
네버무어에서 **과격 원니멀**이
이 위험한 바이러스에 감염되고 있다는 사실을 숨기고
당신과 **당신의 가족**을
야만적인 공격의 위험으로 내몰고 있다!

원드러스협회는 할로우폭스의 초기 징후를 파악하는 게
거의 불가능하다는 것을 인정했다!

당신이 아는 누군가가

아무도 모르게 감염되지 않았을까?

건망증, 식욕 증가, 부산스러움, 그리고 공격성을 경계하라.
친구나 이웃, 동료, 또는 가족의 감염이 **의심될 경우**
네버무어경찰국에 **즉시** 보고할 의무가 있다.

경계하라

이웃을 조심하라

망설이지 말라

의심이 들 때 행동하라

네버무어를 걱정하는 시민들당

로랑 생 제임스가 부담함

포스터에 나열된 증상은 원드러스협회의 포스터와 같으면서
도 달랐다. 내용이 *편집되고*, *생략되고*, *짧아져서* 터무니없을
정도로 범위가 넓어졌다.

건망증, 식욕 증가, 부산스러움, 공격성? 평소 919기 아이들
절반이 그랬다. *이런 증상을 경계하라고 하면, 얼마나 많은 워
니멀이 할로우폭스에 감염됐다는 잘못된 비난을 받을까?*

모리건을 정말로 겁먹게 한 건 포스터의 마지막 부분이었다.

44

이웃을 조심하라. 망설이지 말라. 의심이 들 때 행동하라. 이 "걱정하는 시민들"은 모든 사람이 워니멀에게서 등을 돌리게 만들려는 것 같았다.

어떤 워니멀이든, 전부 다.

"로랑 생 제임스가 누구예요?" 모리건이 물었다.

"어떤 돈 많은 바보지." 주피터가 중얼거렸다. "땅 많은 상류층 인사인데, 남작이나 자작쯤 될 거야. 최근에는 자기가 직접 *네버무어를 걱정하는 시민들*이라는 당을 만들었어. 그 사람들은 걱정 안 해도 될 일에 참견하며 걱정하는 게 일이야. 자, 뭐 좀 먹어, 응?" 주피터가 크럼핏 접시를 모리건에게 밀어 주었으나 모리건은 그것을 다시 밀어냈다.

"*아저씨가* 뭘 좀 먹어야죠. 그 사람은 어떻게 그렇게 할로우폭스에 관해 많이 알아요? 공공 주의분산 부서에서 비밀로 하고 있는 줄 알았어요."

"지금은 아무것도 비밀로 할 수 없어, 모그. 고블도서관 일이 있고 난 이후로는 말이야." 주피터는 한숨을 쉬고 마른 토스트를 한 입 베어 물더니 얼굴을 찡그리며 별수 없다는 듯 삼켰다. "어쨌든 이미 말이 돌고 있었고. 벌써 몇 주째 조금씩 정보가 새고 있어. 단지 시간문제였지."

모리건은 문득 무언가 떠올랐다. "목요일에 그랜드대로에서 어떤 남자가 확성기를 들고 그런 이야기를 떠드는 걸 봤어요!

워니멀을 혐오스럽다고 했어요. 또… 뭐랬더라? '인류에 대한 모욕'이라고도 하고요. 돼지 같은 게."

주피터가 얼굴을 찌푸렸다. "고급 정장을 입고 사치스럽게 보이는?"

"맞아요."

"그 사람일 거야. 로랑 생 제임스. 가두 연단에 서는 것만큼 좋아하는 게 없지. 분란을 일으키려는 거야."

주방 직원 한 명이 접시를 치우러 오자, 주피터는 한숨을 쉬며 손도 대지 않은 음식들을 내보냈다.

———◆———

남은 여름날이 무서운 소용돌이 속에 흘러갔다. 날마다 더 많은 포스터가 거리에 나붙었다. 걱정하는 시민들은 매일 집회를 열고 라디오를 통해 자신들의 주장을 방송하며, 사람들에게 워니멀 친구와 이웃을 공격하라고 부추겼다. 집단 공황을 부채질할까 두려웠던 정부는 점점 커지는 할로우폭스에 관해 수군거림을 직접 다루지 못하고 원드러스협회에 질병 억제 노력을 계속해 달라고 부탁했다. 하지만 공식 정보가 부족한 탓에 여러 면에서 상황은 점점 더 악화됐다. 뜬소문과 정확하지 않은 정보가 들불처럼 퍼졌고, 무엇이 진실인지 아무도 알 수 없는

지경에 이르렀다.

주피터는 끊임없이 밖으로 나가 스텔스가 감염 워니멀을 식별하는 일을 도왔고, 매주 금요일 밤이면 네버무어 바자를 순찰했다. 수천 명이 모인 곳에서 공격이 일어난다면, 연쇄적으로 이어질 여파가 엄청날 것이다. 놀란 사람들이 우르르 도망갈 수도 있었다. 주피터는 잭에게 도움을 요청하기까지 했다. 위트니스로서 조카의 능력이 급속도로 발달하고 있었기 때문이다. 주피터는 잭이 할로우폭스 대책 본부의 훌륭한 자산이라고 말했다.

매주 토요일 새벽녘에 모리건은 스모킹팔러에서 두 사람을 기다렸다. 주피터와 잭이 스모킹팔러에 앉아 로즈메리 연기를 마시고, 제대로 된 아침 식사를 하고, 차를 마시게끔 하기 위해서였다.

몸서리치게 싫은 일은, 주피터가 모리건에게 네버무어 바자 출입을 금지한 것이었다. 919기 아이들 역시 몸서리치도록, 주피터는 아이들의 후원자와 부모들에게도 연락해 같은 조치를 취해 달라고 했다. 한마디로 너무 위험하다고 주피터는 말했다. 바자에 참석한 워니멀의 수는 어느 때보다 적었다. 대부분은 집에 머무르라는 권고를 받아들였지만, 여전히 많은 워니멀이 외출을 했다. 생계 때문에 그런 경우도 있었지만, 일부는 이해를 못 하거나 신경 쓰지 않았다. 그리고 네버무어를 걱정하는 시민들에 항의하기 위해 나온 워니멀도 있었다.

"이번 여름 바자는 그냥 취소하는 게 어때요? 그렇게 위험하다면 말이에요." 그즈음 잭이 주피터에게 물어봤다.

"만약 네가 네버무어 상공회의소Nevermoor Chamber of Commerce를 설득해서 중반기의 엄청난 경기 부양책을 문 닫게 할 수 있다면, 무슨 수를 써서라도 그렇게 해야지." 주피터가 대답했다. "날 믿어. 우리는 노력했어. 우리가 할 수 있는 최선은 밖으로 나가서 문제가 발생하기 전에 막으려고 애쓰는 거야." 주피터는 잭의 어깨를 꽉 움켜잡고 눈을 똑바로 바라봤다. "네가 얼마나 도움이 되는지 모를 거야. 잭, 네가 자랑스럽구나."

또한 주피터는 네버무어 밖에서 알고 지내던 다른 위트니스두 명을 간신히 데려왔다. 지금까지 그들은 바자에서 감염 워니멀 열여섯 명을 가려냈다. 모리건은 잭이 정신적으로 힘든 일이지만 참여하게 되어 기뻐한다는 걸 알 수 있었다.

모리건이 두 사람에게 들은 최악의 이야기는 워니멀이 공격을 저지른 것이 아니라, 워니멀이 공격받은 사건들이었다. 디저트 거리에 수제 캐러멜을 미터 단위로 판매하는 노점이 있었는데, 주피터가 그곳에 들어갔을 때 한 남자가 열 살짜리 토끼 원에게 집에 가라고 소리치고 있었다. 유리 세공사인 돼지원은 남구에 있는 그의 노점이 반달족(* vandals, 공공 기물 파손자 – 옮긴이)에 의해 파괴되면서 정교한 작품들이 산산조각 나는 바람에 상심하고 말았다.

걱정하는 시민들은 매주 금요일 밤이면 그랜드대로의 같은 장소에 자리를 잡고 대중에게 증오의 말을 부르짖었다. 금요일 밤마다 모여드는 사람의 수가 점점 늘었다. 주피터와 스텔스는 사람들을 해산시키려고 했지만, 스팅크가 끼어들어 그 일이 완벽하게 합법이라고 주장했다. 주피터는 한 주 한 주가 지날 때마다 점점 더 격분했고, 여름의 일곱 번째 토요일 새벽에 듀칼리온으로 돌아왔을 때는 분노로 하얗게 불타오르고 있었다.

"―머리도 못나고 가슴도 못난 본데없는 얼간이들 같으니!" 주피터는 잭과 함께 스모킹팔러로 들어오면서 소리쳤다.

"맞아요, 저도 알아요." 잭은 모리건을 향해 눈을 휘둥그레 뜨면서 관자놀이를 문지르다가, 모리건이 따라 준 카밀레 차를 고맙게 받아들었다. "아까 말했잖아요."

"확성기를 확 그 자식―"

"그 말도 했어요. 몇 번씩."

"―콧구멍에 처박아야 하는데!" 주피터는 두 손을 엉덩이에 얹고 가슴을 들썩이며 스모킹팔러를 서성였다. "분명히 말하지만, 그자는 자신과 바자에 모인 모든 사람을 더 위험하게 만들고 있어. 너무 멍청해서 그걸 알 수 없겠지만 말이야. 매주 점점 더 많은 워니멀이 맞불 집회에 참석하기 위해 그랜드대로에 모여든다고. 그중에 감염자가 있을 수도 있고, 누군가 그자를 공격할 수도 있어. 솔직히 누가 그걸 탓할 수 있겠어?"

"네버무어를 걱정하는 시민들은 자기 중에 한 명이 다치면 아마 좋아할걸요. 홍보 거리로 생각할 테니까요." 잭이 한숨을 쉬었다.

"다음 주엔 저도 가면 안 돼요?" 모리건이 물었다. "돕고 싶어요." (여름이 다 가기 전에 바자를 한 번이라도 보고 싶은 마음도 있었다.)

"절대 안 돼. 잭도 다음 주에는 안 갈 거야."

잭은 안대를 하지 않은 한쪽 눈을 번쩍 떴다. "저도 안 가요?"

"잭도 안 가요?"

"잭도 안 가." 주피터는 그렇게 대답하고는 잭을 바라봤다. "너도 안 가."

"하지만 어젯밤에 우리가 공격을 두 번 막았잖아요!" 잭이 화가 나서 식식거리며 자리에서 일어나 삼촌을 노려봤다. "내가 없었으면 두 번째 공격은 *보지도* 못했을 거면서!"

"넌 훌륭했어." 주피터도 인정했다. "이번 여름에 네 도움이 없었다면 나도 이렇게 해내지 못했을 거야. 하지만 다음 주 금요일 밤은 느낌이 좋지 않아. 바자의 마지막 밤이기도 하고, 네버무어를 걱정하는 시민들당이 그곳을 벌집처럼 휘젓고 있어. 브램블 박사 말로는 워니멀 인권 운동가 몇몇이 어떤 대응을 조직한다는 소문이 돌았대. 만일 충돌이 일어난다면, 너희는 그 근처에도 가서는 안 돼."

"하지만 나는 도울 수 있어요!" 잭이 고집을 부리며 한 손을 가슴에 얹었다. "삼촌한테는 내가 필요해요."

"네가 안전해야 해. 그게 내게 필요한 거야." 주피터가 미안하다는 듯이 웃으며 잭과 모리건을 차례대로 바라봤다. "게다가 신중하지 못하게도 프랭크한테 여름을 정리하는 의미로 내가 없는 동안 *아주 조촐한* 만찬 파티를 열어도 좋다고 말했거든. 이번 여름에 프랭크가 짠 행사 일정이 큰 성공을 거두었잖니… 그래서 사실 나한테 *정말* 필요한 건, 너희 둘이 여기서 프랭크를 감시해 주는 거야. 이곳을 완전히 난장판으로 만들지 못하도록 말이야."

잭이 한 번 더 항의하려고 입을 열었다가 다시 다물고 고개를 저었다. 잭과 모리건 둘 다 주피터가 행동 방침을 정했다면 그와 언쟁을 벌여 봐야 소용없다는 걸 알고 있었다. 잭은 일어나서 문 쪽으로 걸어갔다. "알겠어요. 저는 이만 잘게요."

"잭―"

"알겠다고 했잖아요."

잭이 나가고 문이 쾅 닫혔다. 모리건과 주피터는 어색한 침묵 속에 앉아 차를 홀짝였다. 그러다 마침내 주피터는 긴 의자에 누워 깊고 지친 한숨을 내쉬고 눈을 감았다.

"내가 재미없게 굴려는 게 아니야, 모그. 그저… 책임을 다하려는 거지.”

모리건은 잠시 그것에 관해 생각했다. “그 말이 그 말이죠.”

그 얘기에 어쨌든 주피터도 웃었다.

———◆———

그날 밤, 모리건은 침실의 검은 문을 똑똑똑 가볍게 두드리는 소리에 잠이 깼다. 시계를 힐끗 보니 11시 30분이었다.

똑똑똑.

이불을 걷어찬 모리건은 방을 가로질러 검은 문 한가운데 빛나는 원에 인장을 꾹 눌렀다. 그리고 불이 꺼진 옷장으로 살금살금 들어가 하품을 하며 홈트레인역의 문을 열었다.

처음에는 그곳에 아무도 없다고 생각했다. 그러다가 조용하고 차분한 목소리가 발 근처쯤에서 들려왔고, 모리건은 혼이 빠져나갈 정도로 놀랐다.

“안녕, 모리건. 여름은 잘 보내고 있니?”

“소피아!” 모리건은 눈을 비비며 잠에서 깨려고 애썼다. 소피아가 있을 줄은 꿈에도 몰랐다. 사실 토요일 밤에, 그것도 방학 중에 누가 오리라는 생각 자체가 아예 없었다. “어, 네. 아주 잘 지내요. 그… 별일 없는 거죠?”

“그럼, 별일 없어.” 소피아가 모리건을 안심시키듯 말했다.

말을 하는 소피아의 목소리에서 떨리는 흥분감이 느껴지는 듯했다. "그런데 네가 보고 싶어 할 만한 게 있어." 소피아는 승강장에 대기 중인 작은 황동 레일포드로 달려가며 어깨 너머로 모리건을 돌아봤다.

"서둘러야 해. 어서!"

장소	참석자 및 일정	날짜 및 시간
원드러스예술학교, 프라우드풋 하우스 옥상, 남쪽 끝	그레이셔스 골드베리, 에이비스 쿠, 헨리크 라이너	산업 연대, 4년 여름, 일곱 번째 토요일
	원드러스예술 인페르노 상급반, 지도 골드베리, 학생 쿠와 라이너	23:42-01:15 Ⓐ

춥고 어두운 프라우드풋 하우스 옥상에서, 모리건과 소피아는 허공의 갈라진 틈으로 들어갔다. 주위의 시간이 떨리는 게 느껴졌다.

불타는 밤이었다.

누군가 모리건이 처음 보는 방식으로 인페르노를 사용하는 모습을 젊은 원더스미스 두 명이 물러서서 지켜보고 있었다. 여자는 키가 큰 조각상 같았다. 인상이 강하고 무섭게 생겼는데, 길게 물결치는 붉은 머리칼이 바람에 이리저리 휘감겼다.

"그레이셔스 골드베리야." 소피아가 말했다. "학생들은 에이비스 쿠하고 헨리크 라이너고."

모리건이 눈앞에 펼쳐진 광경에서 시선을 돌려 소피아를 봤다. "그레이셔스 골드베리는 좀… 끔찍하지 않았나요? 저 사람이—"

"모든 워니멀의 감금을 주장하지 않았냐고?" 소피아가 모리건의 말을 대신 끝맺었다. "맞아. 그레이셔스는 고약했지. 하지만 인페르노 기술이 굉장히 뛰어났어. 내가 본 것 중에는 최고인 것 같아."

그레이셔스가 내보낸 작은 불꽃이 바람을 타고 춤을 췄다. 불꽃은 에이비스와 헨리크 주변을 빙글빙글 돌면서 위험할 정도로 가까이 다가갔지만, 두 사람의 옷과 피부는 조금도 타지 않았다. 작은 불꽃이 하나, 그리고 또 하나 연이어 나오더니 수십 개가 더 뒤따라왔다. 불꽃은 바람에 날리는 민들레 홀씨처럼 작고 여렸지만, 결코 바람에 휘둘리지 않았다. 불꽃 하나하나를 한순간도 놓치지 않고 지휘하는 그레이셔스 골드베리의 집중력은 흐트러지는 법이 없었다.

불꽃이 그레이셔스의 손끝에서 춤췄다. 불꽃은 점점 커지더니 모양을 바꾸어 물속을 유영하는 물고기 떼처럼 완벽한 무늬를 이루며 허공에서 헤엄쳤다.

"와." 모리건이 나지막이 감탄을 뱉었다.

"네가 보고 싶어 할 거라고 했지." 소피아도 나지막이 중얼거렸다. 불빛이 소피아의 눈 속에 비쳤다. "나는 매년 오늘 밤에 이곳에 와. 오늘까지 일곱 번째야. 그래도 볼 때마다 숨이 멎을 것 같아."

그레이셔스 골드베리의 솜씨는 하늘 높이 날아오르는 황금불새처럼 시각적으로 화려해 보이지는 않아도, 숨이 막힐 정도로 좋았다. 인페르노가 어떻게 작동하는지 잘 아는 사람만이 이렇게 위태롭고도 *정확하게* 기술을 구사하는 것이 얼마나 어려운지 알 터였다. 그레이셔스는 한순간도 통제력을 잃지 않았다. 모리건은 눈앞에서 펼쳐지는 기술을 즐기는 동시에 약간 가슴이 철렁했다.

"난 절대 이렇게 못 해." 모리건이 속삭이듯 말했다. "백 년을 산다고 해도 안 될 거예요."

"모리건, 네가 백 년을 산다면, 너도 믿지 못할 대단히 많은 일을 하게 될 거야." 소피아는 잠시 멈췄다가 이어 말했다. "그리고 너는 원더스미스니까 그보다 훨씬 더 오래 살 수 있을 거야. 그리젤다 폴라리스는 거의 삼백 살까지 살았어. 원드러스 에너지는 탁월한 수호자거든.

모리건이 눈을 휘둥그레 떴다. 에즈라 스콜도 굉장히 오래 살았고, 심지어 지금도 백 년 전 네버무어에서 쫓겨날 때와 같

55

은 젊은 모습을 유지하고 있었다. 그래도 *삼백* 살이라니? 언젠가 모리건도 그 나이가 될까? 삼백 살이 되어 친구들은 이미 오래전에 떠나고 없을 텐데도 여전히 원협을 배회하게 될까? 그런 생각은 하고 싶지 않았다.

기술 시연이 계속됐다. 그레이셔스는 자신의 행동을 설명하면서 원더스미스 학생들에게 따라 해 보라고 격려했다. 학생들이 따라 하고(다소 서투르지만 이따금 성공했다), 모리건도 따라 했다(다소 서투르지만 역시 이따금 성공했다).

하지만 모리건이 봤던 다른 선생님들과 달리, 그레이셔스는 인내심이 없었다. 단 한 번도 속도를 늦추지 않았고, 반복하는 일도 없었으며, 에이비스와 헨리크가 생각할 시간을 주거나 잠시 멈추고 기다려 주는 법도 없었다. 그레이셔스는 단호하고 가차 없는 교사였다.

모리건은 가까이 다가갔다. 공연을 즐기듯 정신 팔지 않으려고 애쓰면서 불길 *사이로* 지휘하는 그레이셔스를 관찰했다. 모리건은 지금껏 다른 원더스미스에게서는 한 번도 보지 못한 아주 사소한 행동들을 발견했다.

그레이셔스는 특유의 각도로 고개를 들고 숨을 내쉬었다. 모리건은 따라 했다. 그 즉시, 숨길이 가로막히는 느낌 없이 시원해졌다.

때때로 그레이셔스는 코로 숨을 들이마시는 동시에 입으로

숨을 내뱉는 것처럼 보였다. 모리건은 그런 행동이 가능하다는
게 믿기지 않았다.

"소피아, *저 사람이 어떻게 하는지 보여요?*" 모리건이 소피
아에게 가까이 오라고 손짓했다. "공기를 들이마시면서 동시에
불을 내뿜고 있어요. 저걸 어떻게 하는 거예요?"

소피아가 헉하고 숨을 들이쉬었다. "정말 놀라워. 저건 '순환
호흡circular breathing'이라고 해. 어렵기로 악명 높지만, 배워 둘
만한 기술이야. 몇몇 음악가들이 할 수 있고, 오페라 가수도 할
수 있어. 저걸 여태 알아채지 못했다니 믿을 수가 없네. 관찰력
이 대단해. 정말 *잘했어*, 모리건."

마침내 유령의 시간이 어둑해지고 희미해지면서 끝을 알렸
다. 몇 초 만에 그레이셔스와 두 학생이 옥상에서 자취를 감췄
고, 인페르노로 인한 온기도 사라졌다.

"신경 쓰이지 않아요?" 마지막 불꽃이 꺼지고 서늘한 여름
바람이 스칠 즈음, 모리건이 바들바들 떨면서 소피아에게 물었
다. "그레이셔스 골드베리 말이에요. 워니멀에게 어떻게 하려
고 했는지, 그런 거요."

소피아는 털이 복슬복슬한 꼬리를 핵 당겨 몸을 감싸며 모리
건의 질문을 잠시 생각하는 것 같았다. "처음 책에서 이 시간을
발견했을 때, 그러니까 7년 전에 여기 왔던 이유는 그 여자가
어떻게 생겼는지 보고 싶어서였어. 끔찍하게 못생긴 노파일 거

라고 확신했지. 눈은 까맣고—" 소피아가 말을 끊고 죄책감 어린 얼굴로 모리건을 올려다봤다. "아, 미안해. 그런 뜻이 아니라—"

모리건은 코웃음을 쳤다. "기분 상하지 않았어요. 계속하세요."

"미안." 소피아는 다시 한번 사과했다. "그래, 어쨌든, 여기 올 때 나는 증오와 앙심으로 가득 차서 그 끔찍한 인간을 실컷 경멸해 주려고 했어. 그런데 내가 본 건, 아마 역사상 가장 위대하다고 해도 좋을 인페르노 실력자였어."

"짜증 났겠네요."

"정말 짜증 났지. 그때는 말할 수 없이 화가 났어. 그렇게 끔찍한 사람이 그토록 특별한 축복을 받았다는 거에 격분해서 한 해를 보냈어. 하지만 이듬해에 다시 그 시간에 들어갔지. 그리고 이 비범한 재능이 저 악마 같은 여자에게 헛되이 쓰여서는 안 된다고 생각했어. 그렇게 두지 않을 거라고. 어떻게든 유용하게 쓸 수 있도록 만들겠다고. 언젠가는." 소피아는 모리건을 물끄러미 응시했다. "그리고 네가 나타났지. 그러니까, 말해봐, 모리건 크로우. 이 수업에서 유용한 것을 얻었니?"

"네." 모리건은 정직하게 대답하며, 챈더 여사에게 순환 호흡에 관해 물어봐야겠다고 마음속에 기록해 두었다. "얻었어요."

"잘했어." 고개를 끄덕인 소피아가 조금 전 그레이셔스 골드

베리의 유령이 서 있던 곳을 향해 돌아섰다. "들었지? 이 못된
할망구야."

　모리건이 싱긋 웃었다.

22장

노을 축제

　네버무어에서 가장 화려한 호텔의 행사 기획자로서, 프랭크
는 반박할 여지없이 이 도시 파티의 제왕이었다. 하지만 올여
름 그의 분위기는 어두웠다. 할로우폭스가 네버무어를 점령하
면서 행사가 연달아 축소되거나 연기되고, 대부분은 아예 취소
됐다. 주피터는 손님이나 직원을 위험에 빠뜨리고 싶지 않았
고, 워니멀 친구들만 골라서 오지 말라고 상처를 주고 싶지도
않았다. 듀칼리온의 여름은 그야말로 조용했다. 다만… 프랭크

가 모든 게 다 부당하다고 끊임없이 시끄럽게 불평을 늘어놓을 뿐이었다.

몇 주 동안이나 투덜거림을 듣고 난 후, *마침내* 주피터는 프랭크가 원하는 대로 소소하게 저녁 식사 자리를 마련해서 호텔의 투숙객들에게 제공해도 좋다고 허락했다.

그러고 나서 주피터가 할로우폭스 대책 본부 일로 정신없는 사이, 프랭크는 듀칼리온의 소중한 단골 고객과 오랜 친구 몇 명을 손님 명단에 추가했다.

어느 순간, 모리건은 프랭크가 저녁 식사라는 말을 더는 쓰지 않는다는 사실을 눈치챘다. 프랭크는 그걸 "조촐한 파티"라고 불렀다. 그러다가 "무도회"가 됐다. 주피터가 바자로 순찰을 나가는 금요일 저녁 즈음, 손님들이 도착하기 시작했다. 프랭크는 "호텔 듀칼리온 여름 마감 노을 축제"에 참석한 사람들을 반갑게 맞이했다.

"축제?" 케저리가 열을 올리며 말했다. "프랭크, *저녁 식사*를 하기로 했잖아. 저녁 식사와 축제의 차이가 뭔지 아나? *약 200명*, 그게 바로 차이야."

"맙소사, 나도 알아요. *무시무시하지 않아요?*" 프랭크는 앞마당에 시끄럽게 정차하는 자동차 대열을 보며 신난 마음을 차마 감추지 못했다. "내가 소소한 자리를 준비하고 있다는 말이 새 나갔나 보네요. 사람들은 원래 서로 떨어져 지내기 힘든 법이기도 하고요. 그들에게 행운이 함께하기를."

케저리는 피네스트라와 다른 직원들을 소집했다. 이들은 모든 상황을 잘 관리하고, 문제가 생길 조짐이 보이는 즉시 행사를 중단하기로 했다. 지금은 주피터를 귀찮게 해서는 안 된다. 그날은 바자의 마지막 밤이었고, 주피터에게는 훨씬 더 중요한 일이 있었다.

모리건은 주피터가 노발대발하리란 걸 알았지만, 어쩔 수 없이 파티 때문에 *약간* 설레기도 했다. 경솔한 파티라는 걸 모르지는 않았다. 이번 여름은 너무 길고, 긴장의 연속이었다. 지루한 와중에 간간이 실망스럽고 끔찍한 소식이 날아들었다… 정말이지, 모리건은 조금이라도 재미있는 일이 있기를 *간절히 바라고* 있었다.

프랭크가 선택한 "노을 축제"의 주제는 여름의 끝을 축하하고 쌀쌀한 가을로 안내하는 것이었다. 로비는 바닥부터 천장까지 모리건이 본 것 중 가장 아름다운 저녁노을로 바뀌었다. 체커판 타일은 온통 검게 변했고, 벽은 복숭앗빛과 분홍빛과 노란빛에 흠뻑 적신 듯 물들었다. 검은 새 모양의 샹들리에는 일시적으로 아른아른 빛나는 금색의 거대한 공이 되어 천장 가까이 올라갔다. 밤이 깊어지면서 주황색으로 짙어지더니 선명한 빨간색이 되어 뉘엿뉘엿 지는 해처럼 점점 아래로 가라앉았다. 손님들은 요청에 따라 모두 검은색 옷을 입고 있었는데, 그

효과는 숨이 막힐 정도였다. 모두가 불타는 지평선을 배경으로 서 있는 검은 그림자였다.

로비 바닥에서 다시 나무가 자라나서 크리스마스 숲을 떠올리게 했지만, 이번 나무들은 잎이 무성했다. 나무들은 어디서 불어오는지 모를 산들바람에 흔들렸다. 이른 저녁에는 재스민, 감귤, 바다의 향이 났다. 시간이 흘러 해가 지자 나뭇잎이 둥글게 말리고 색이 변하면서 비, 사과, 진하고 어두운 흙냄새가 풍겼다. 자정 무렵에는 나뭇잎이 수천 가지 색조의 주황빛과 붉은빛을 띠고 로비의 온도가 미묘하게 떨어지더니 벽난로가 활활 타오르면서 나무를 땐 연기 냄새가 공기를 가득 메웠다.

손님들은 모두 이 노을 축제가 감각의 환희이자, 그날 밤 마을에서 가장 인기 있는 파티라는 데 의견을 같이했다. 입장권 없이 찾아온 불청객 수백 명이 문 앞에서 발길을 돌려야 했지만… 시간이 지날수록 파티는 더 북적북적해지는 것 같았다.

모리건은 호손과 케이든스를 초대했고, 잭을 가까스로 방에서 꾀어냈다. 지난주 내내 잭은 부루퉁한 채 방에 틀어박혔다. 잭은 거의 억지로 안대를 풀고 모리건이 가장 좋아하는 파티 놀이를 해 주었다. 네 아이는 손님을 관찰할 수 있는 시야를 최대한 확보하기 위해 안내 데스크 뒤에 자리를 잡았다(파티 음식이 나오는 문과 가까운 곳이기도 했는데, 이는 호손이 내건 조건이었다).

"저 사람은 엄마하고 싸웠어." 잭이 카나페를 제멋대로 먹어 치우고 있는 젊은 남자를 가리키며 말했다. "엄마는 저 사람이 공부에 전념하지 않는다고 생각하고, 저 사람은 엄마가 지나치게 강압적이라고 생각해. 계단 꼭대기에 있는 여자는 자기 아내를 속이고 바람을 피우고 있어. 난롯가에 앉아 있는 두 사람은 서로 사랑에 빠져 있지만, 둘 다 상대가 너무 좋은 사람이라 자기 혼자 짝사랑을 하는 줄 알아."

"오오!" 신난 호손이 두 손을 꼭 쥐며 말했다. "우리가 가서 말해 줄까?"

"절대 안 돼." 잭이 지나가는 웨이터에게서 카나페 하나를 휙 가져왔다(호손은 세 개를 챙겼다). "두 사람은 사실을 알게 될 수도 있고 그렇지 못할 수도 있어. 하지만 주브 삼촌이 다른 사람의 애정 문제에 참견하는 건 절대 도움이 안 된다고 했어. 삼촌은 그걸 틀림없이 경험을 통해 터득했을 거야. 삼촌이 참견하는 걸 얼마나 좋아하는지 다들 알잖아."

다소 시끌벅적한 무리의 손님이 도착한 건 그때였다. 일행 중에는 비주류 워니멀인 기린원도 있었다. 기린원은 목이 길고 피부에 점박이 무늬가 있으며 나른한 갈색 눈에 사슴을 닮은 큰 귀도 있었지만, 그 외에는 사람과 꽤 비슷했다.

모리건은 잭을 힐끔 바라봤다. 잭은 기린원을 유심히 지켜보다가 이내 고개를 저었다. 잭은 파티 내내 호텔로 들어오는 모든 워니멀을 자세히 관찰했지만, 지금까지는 아무도 위협적이지 않았다. 프랭크는 처음 워니멀들이(예기치 못하게) 들어왔을 때 품위 넘치게도 당황하는 모습을 보였지만, 나머지 직원들은 어느 누구에게도 나가라고 말할 수는 없다는 데 뜻을 모았다. 그건 온당하지 않았고, 듀칼리온의 명성에 먹칠이 될 수도 있었다. 아무리 안전을 위해서라 하더라도… 하지만 직원들은 신경이 곤두설 수밖에 없었다.

모리건은 잭이 모든 워니멀 고객을 빠짐없이 눈으로 쫓고 있다는 걸 알았다. 자신도 똑같았기 때문이다. 주류 워니멀인 올빼미원은 계단 난간에 앉아 있었다. 비주류 늑대원은 자기 농담에 자기가 웃느라 우우 울어 댔다. 주류 이구아나원은 무대에서 연주 중이었다. 손님으로 참석한 사람들 몇몇이 거리를 두고 가까이 가지 않았기 때문에, 워니멀은 인파 속에서도 쉽게 눈에 띄었다.

"저 여자는 워니멀 사이에서 유명 인사일 거야." 잭이 모리건과 친구들에게 나직이 말했다. 잭이 보일 듯 말 듯한 고갯짓으로 가리킨 곳에는 미끈한 은백색 털의 개원이 있었다. 개원은 양쪽 귀 위에 검은 벨벳 리본을 달고, 목에는 실로 꿴 흑진주를 두르고 있었다.

"그건 어떻게 알아?" 모리건이 물었다.

"작은 불빛이 동시에 반짝였어." 잭이 설명했다. "저 여자가 문으로 들어오는 걸 본 모든 워니멀의 머리 위에 전구가 켜지는 게 보였어."

모리건이 극적인 이야기에 흥분했다. 어떻게 하면 가까이 가서 개원이 누구인지 알아낼 수 있을까 생각하고 있을 때였다. 근처에서 또 다른 작은 불빛이 번쩍였다. 모두 갑작스러운 불빛에 움찔 놀랐다. 호손이 헐떡거리며 말했다.

"나 방금, 나도 불빛을 봤어! 잭, 그럼 지금 내가 위트니스란 말이야? 아니면—?"

"그건 카메라 플래시였어, 천재야." 잭이 말했다.

잭은 불빛이 번쩍인 곳을 노려보고 있었다. 한 남자가 커다란 카메라를 들고 개원을 바짝 뒤쫓고 있었다. 남자는 카메라 장비로 가득한 가방을 어깨에 메고 있었는데, 모리건은 가방에 거울이라는 글자가 새겨진 것을 보고 깜짝 놀랐다.

잭도 그걸 발견했다.

"케저리 아저씨한테 말해야 해." 잭이 의미심장한 표정으로 모리건을 보며 중얼거렸다. "「거울」의 사진기자가 여기 들어왔다는 걸 알면, '오페라호스' 기사 때문에라도 챈더 여사가 프랭크를 절대 용서하지 않을 거야."

안내 데스크 옆에 서 있던 한 여자가 혐오스러운 소리를 냈다. 여자는 한 손에 노을 색깔 칵테일을, 그리고 다른 한 손에는 구슬로 장식한 손가방을 들고 있었다.

"정말 수치스러워." 여자는 우아한 개원과 그 뒤를 쫓는 사진기자가 사람들 사이로 사라지는 걸 지켜보면서 코를 찡그렸다. 함께 있던 남자 쪽으로 몸을 기울인 여자가 다 들리는 귓속말로 말했다. "듀칼리온이 정말 개판이 되고 있어. 개나 소나 다 받아 주잖아."

남자가 고개를 끄덕이며 맞장구쳤다. "흠, 누가 동물 보호소에 전화해서 저 강아지를 좀 데려가라고 해야 해." 두 사람은 으스대며 깔깔 웃었다.

"저 분은 개가 아니에요." 호손이 큰 소리로 말했다. "개원이에요."

두 사람이 동시에 호손을 내려다봤다. 남자가 비웃었다. "개원은 개뿔. 다리가 네 개고 코가 축축하고 꼬리가 달렸으면, 그건 개야. 우리 때는 무엇이든 진짜 이름으로 불렀지. 말원, 토끼원, 도마뱀원, 그런 헛소리 없이. 난 항상 그렇게 정중해야 하는 게 지긋지긋해, 개원이라니." 남자는 말을 끝내고 고개를 저으며 칵테일을 단숨에 들이켰다. "누가 한 잔 더 갖다줘." 남자는 허공에 손가락을 탁 튕기며 말했다.

모리건은 친구들을 돌아보며 당혹스러워했다. "존중하는 게 뭐가 문제야?"

"뇌세포를 두 개 이상 써야 하는 일이라서 그래." 잭이 중얼거렸다.

"맞아, 그런데 저 사람들은 둘이 합쳐서 하나밖에 없거든."

케이든스가 코웃음을 치며 덧붙였다.

"너 지금 뭐라고 했니?" 여자가 안내 데스크 쪽을 휙 보더니 불편할 정도로 케이든스에게 바짝 몸을 숙이며 성질 고약한 목소리로 다시 물었다. "방금 *뭐라고* 했어?"

여자에게는 안 된 일이지만, 케이든스를 겁주기는 쉽지 않았다. 케이든스는 주저 없이 여자에게 정면으로 맞섰다. "두 사람이 합쳐서 뇌세포가 하나라고 *했잖아요*. 노래라도 불러 줘요?"

"뭐 이런 *버르장머리* 없는—"

"여기 무슨 문제라도 있어요?" 마침 피네스트라가 다가왔다. 그리고는 마치 테니스 경기의 심판처럼 양쪽 가운데 위치한 안내 데스크 끝에 자리를 잡았다.

여자는 섬뜩한 듯 움찔했다. "또 말하는 우니멀이네! 도대체 초대 손님 명단을 누가 작성한 거야? 풍기 문란으로 잡아가야 해."

모리건과 잭, 호손, 케이든스는 일제히 피네스트라를 올려다보며, 단체로 숨을 죽이고 폭발할 때를 기다렸다.

하지만 핀은 모두를 놀라게 하며 상당히 공손한 말투로 대답했다. "우니멀이 아닙니다. 손님도 아니고요. 여기서 일해요. 무엇을 도와드릴까요?"

"고양이가 5성급 호텔에서 일한다고?" 남자가 믿을 수 없다는 듯이 낄낄거렸다. "여기서 묵지 않아 다행이야, 자기. 벼룩이 옮을 수도 있잖아."

다시 한번, 모리건과 아이들은 어깨를 움츠리고 후폭풍에 대비했다. 하지만 이번에도 피네스트라는 간신히 성질을 죽였다.

"9성급 호텔이에요." 피네스트라가 차분하게 말했다. "나한테 벼룩은 없고요. 또 나는 고양이가 아닙니다."

남자가 눈을 굴렸다. "미안합니다, 고양이원."

"고양이원도 아니에요." 핀이 입술을 말아 올리며 누르스름하게 빛나는 송곳니 끝을 드러내려 했다. "성묘입니다. 완전히 다르죠. 책 좀 읽어요."

여자가 움찔했다. "너무 무례하네요."

피네스트라가 몸을 쭉 펴고 일어섰다. "무례한 건 **당신들**이지. 드레스도 볼썽사납고."

그럼 그렇지, 모리건은 불안한 마음과 고소한 마음이 오락가락했다.

여자가 놀라서 숨을 헐떡였다. "**실례지만—**"

"아니, 실례하지 마. 말이든 행동이든." 피네스트라가 지루하고 참을성 없는 목소리로 여자의 말을 끊었다. "당신들은 불한당에 편견 덩어리이야. 솔직히 둘 다 어떻게 손님 명단에 올랐는지 모르겠네. 초대장 없이 온 불청객이라고 생각할 수밖에 없겠어."

"핀." 잭이 성묘의 털을 가볍게 잡아당겼다. 안내 데스크 주변으로 구경꾼이 모여들기 시작했는데, 그들 역시 불안한 듯했다. "어쩌면 그냥 무시하는 게 나을지도—"

"우린 편협함을 무시하지 않아, 잭." 피네스트라가 말했다. "그래서 편협한 겁쟁이들이 용감해지는 거야."

"어떻게 감히!" 남자가 자기 옷깃을 움켜잡으며 식식거렸다. "이런 식으로 대접하면 호텔 듀칼리온에 다시 안 오는—"

"당신들은 호텔 듀칼리온에 다시는 못 올 거야. 이제부터 안내 데스크 뒤에 당신들 얼굴을 큼지막하게 붙여 놓고 **출입 금지**라고 써 붙일 거거든."

남자는 순간 말문이 막혔지만, 금세 정신을 차리고 엄포를 놓았다. "여기 관리자하고 얘기해야겠어. **누가** 여기 책임자야?"

핀은 의도적으로 천천히 남자를 향해 두 걸음 다가섰다. 얼굴을 남자에게 바싹 밀어붙인 핀의 커다란 호박색 눈이 위험할 정도로 가늘어졌다. 촉촉한 분홍색 코는 거의 남자의 얼굴만 했고, 말하는 목소리는 공회전하는 엔진처럼 우르릉거렸다. 모리건은 바닥으로 울림을 느낄 수 있었다.

"*내가* 여기 책임자야." 핀이 체크인 책상 위로 뛰어올라 두 사람에게 이를 드러내며 쉬익거렸다.

"감염됐어!" 여자가 비명을 질렀다. "저 고양이가 할로우폭스에 걸렸어!"

"감염되지 않았어!" 모리건이 소리치며 안내 데스크로 달려가 팔을 넓게 벌리고 핀과 사람들 사이를 막아섰다. "핀은 감염

될 수 없어요. *워니멀*도 아니라고요. 방금 그렇게 말했잖아요!"

"**스팅크를 불러!**" 남자가 소리쳤다.

"**할로우폭스에 감염됐대!**" 다른 고객 하나가 의자를 집어 들더니 아이들이 있는 쪽으로 격하게 떠밀었다. "물러가라, 짐승아!"

모리건이 시선을 돌리는 곳마다 핀에게 무기로 쓸 만한 것을 집어 드는 사람들이 보였다. 당연하게도 불같이 화가 난 핀은 쉭쉭거리며 가까이 온 무기들을 멀리 쳐냈다.

잭은 안내 데스크 위로 올라가 사람들에게 소리쳤다. "제발, 여러분, 진정하세요. 그냥 오해라고요."

모리건이 정신없이 로비를 훑어보니, 찰리와 마사가 핀의 이름을 부르며 사람들을 밀치고 나오려 애쓰고 있었다. 케저리가 반대쪽에서 나타났고, 챈더 여사는 정문에서, 프랭크는 나선형 계단에서 모습을 드러냈다. 모두 불어난 군중 사이로 길을 뚫고 나오려고 안간힘을 쓰는 중이었다.

상황이 어찌나 빠르게 악화됐는지 놀라울 정도였다. 공포 때문이든 증오 때문이든 로비에 모인 모든 사람의 눈 수백 쌍이 갑자기 피네스트라에게 못 박힌 듯했다. 핀도 문제 해결에 도움이 안 되기는 마찬가지였다. 핀은 송곳니와 발톱을 드러낸 채 등을 둥글게 휜 방어 자세를 취하고 있었다.

설상가상으로 『거울』의 사진기자가 허둥지둥 카메라 필름을

71

갈아 끼우며 사진을 찍으려고 안달이 나 있었다. 의심할 여지 없이 사람들이 워니멀을 더 무서워하게끔 만들 사진을 찍고 싶어 하는 듯했다.

속이 울렁거렸다. 모리건은 모두가 성묘를 *그만 쳐다보고*, 핀이나 다른 누군가에게 뭔가 끔찍한 일이 일어나기 전에 돌아서서 가 버리기를 바랐다.

모리건은 숨죽인 채 나직이 노래를 부르기 시작했다. 불안할 때 나오는 일종의 습관으로, 긴장된 순간이 닥치면 그렇게 행동했다. 딱 집어 정확히 언제부터 그랬는지는 말할 수 없지만 곰원에게 쫓기고 상처를 입으면서, 오페라하우스에서 난동을 부리는 말원을 지켜보면서, 공공 도서관에서 거대한 벌레 떼에 포위당하면서, 자신도 모르게 어떤 일이 닥치든 미리 대비하는 것이 최선이라는 생각이 굳어 버린 것 같았다.

"*모닝타이드의 아이는 명랑하고 순하지.*" 원더가 즉시 모여들면서 손끝이 따끔거리고 따뜻해지는 느낌이 들었다. "*이븐타이드의 아이는 사악하고 사납지.*"

불현듯 모리건은 한 번도 해 보지 못한 어떤 것을 시도하기로 결심했다. 유령의 시간 안에서 몇 번이고 거듭해서 봤지만 루크가 모리건에게 아직 준비가 덜 됐다고 말했던, 그림자 만들기 기술이었다. 이 기술에는 원드러스예술인 위빙과 베일이 모두 필요했다.

모리건은 머리를 맑게 하기 위해 심호흡했다.

그리고 마치 그림을 보듯 방을 관찰했다. 사물의 형태와 색깔, 빛이 스치는 위치, 그림자가 만들어지는 후미진 곳까지. 그것이 모리건에게 필요한 재료였다.

그러는 동안 원더가 모리건의 의도를 감지하고 그것을 명령으로 받아들이는 것을 느낄 수 있었다. 또한 모리건은 자기 자신을 느꼈다. *자신*이, 정해진 형태가 없는 내면의 *자기 자신*이 부풀어 몸보다 더 크게 자라났다. 그 가공할 만한 원드러스의 팔이 로비로 뻗어 나가 필요한 것을 모으고, 여기저기에서 그림자를 조금씩 뽑아내는 것이 느껴졌다. 아주 조금씩, 없어졌다는 걸 알 만큼은 아니지만 모리건의 새로운 그림자를 만들기에 충분할 정도의 작은 조각들이었다.

모리건과 원더는 완벽하게, 신날 만큼 손발이 착착 맞았다.

곧 로비는 별이 총총한 어둠으로 뒤덮였다. 그림자는 모든 것이 까맣게 될 때까지 계속 자랐다.

그렇게 그림자가 모든 것을 집어삼키게 만들 생각은 아니었다. 다만 지켜보는 시선으로부터 피네스트라를 가려 주고 싶을 뿐이었다. 하지만 효과는 똑같았다. 사람들은 이제 피네스트라를 볼 수 없었고, 그래서 공격할 수도 없었다. 사진기자는 위협적으로 보이는 피네스트라의 사진을 한 장도 찍을 수 없었다. 모리건은 그제야 마음이 놓였다.

로비는 시끌벅적한 혼란으로 가득 찼고, 사람들은 불을 다시 켜라고 소리쳤다. 이런 가운데 마음속에 뚜렷한 질문 하나가 떠오른 한순간을 모리건은 나중에 다시 기억할 것이다. *이제 어떻게 하지?*

모리건은 로비 전체를 그림자로 가득 채웠다.

핀이 진정할 때까지 버틸 수 있을까? 집중력을 잃지 않으면서 잭과 호손과 케이든스에게 피네스트라를 몰래 데리고 나가 모두 돌아갈 때까지 숨겨 두라는 말을 전할 수 있을까? 이 상황을 안전하고 만족스럽게 해결하고 늘 그랬던 것처럼 파티를 마무리할 수 있을까? 로비는 난장판이지만, 신문 사회면에는 격찬하는 기사가 나올 수 있게?

이제 어떻게 하지?

하지만 모리건은 고민할 필요가 없었다. 대답이 돌아왔기 때문이다.

어둠 속에서 하나의 빛이 나타났다. 로비 건너 어디선가 희미하게 빛나는 녹색의 빛이었다. 모리건은 심장이 뛰기 시작했다. 흐릿한 녹색 불빛이 점점 가까워졌다. 그 빛은 한 개가 아니라 두 개였다. 아주 작은 녹색의 빛 두 개가 어둠 속에서 모리건을 향해 다가왔다.

눈이었다. 모리건을 바라보는.

어떤 생각이 들기도 전에 또 한 쌍의 빛나는 녹색 눈이 모리건의 왼쪽에서 나타났다. 저 아래 바닥에서, 마치 그림자를 이리저리 빠져나갔다 들어오듯 깜박거렸다. 이어서 세 번째 눈한 쌍이 모리건의 머리 위로 미끄러지듯 날아올랐다. 빠르게움직이는 세 번째 눈이 점점 더 크고 선명해질 즈음… 끼익 하는 날카로운 새 울음과 함께 사람들이 놀라서 꺅 고함을 치는소리가 들렸고, 모리건도 찢어질 듯한 비명을 질렀다. 머리 위에서 퍼덕이는 날갯짓과 발톱이 느껴지고, 왼쪽 어디선가 물어뜯을 듯 으르렁거리는 소리가 들리고, 어둠에 잠긴 사람의 손이 얼굴을 움켜잡고―

그러다가 전부 멈췄다. 모리건은 뚜렷한 쿵 소리를 세 번 들었다. 모리건을 공격했던 상대들이 바닥에 쓰러진 것이다. 로비에는 한층 더한 공포가 감돌았다.

"그게 뭐였어?" 누군가 소리쳐 물었다.

"자기야, 어디 있어―"

"아무것도 안 보여!"

타는 듯한 녹색의 빛이 세 개의 몸을 빠져나오더니 어둠 속에서 기묘하고 모호한 하나의 형체로 뭉쳤다. 그리고 모리건에게 몰려들어 피부 위를 이리저리 돌아다니면서 춤추듯 맴돌았다. 마치 안으로 들어가는 길을 찾는 것처럼. 모리건은 빛이 몸에 닿을 때마다 추위를 느꼈다.

마침내, 녹색의 빛은 포기한 듯 그냥 공중을 떠다녔다.

"잭." 모리건이 떨리는 목소리로 속삭였다. "저거 보여?"

"응." 잭의 목소리에는 혼란과 놀라움이 가득했다.

불빛이… 모리건을 *지켜보는* 것 같았다. 마치 평가하듯이. 기이한 녹색의 *무언가*는 모리건 때문에 당황한 듯했다. 모리건이 그것 때문에 당황했던 것처럼.

모리건은 저 *무언가*에 대해 백 퍼센트 확신했다.

할로우폭스는 *살아 있는* 존재였다.

모리건은 힘이 서서히 사그라드는 걸 느꼈다. 조금 전에 모았던 원더가 전부 없어졌다. 그림자는 갑자기 찾아왔던 것처럼 갑자기 사라졌다. 마치 스위치를 켠 것처럼 로비는 다시 빛으로 환해졌다.

할로우폭스도 순식간에 사라졌다. 세 개가 아닌, *수십 개*의 작은 녹색 알갱이로 흩어져 사방으로 날아갔다. 일부는 로비에 모인 사람들 사이로 사라졌고, 일부는 호텔을 완전히 빠져나간 듯했다. 어쨌든 모두 사라졌다.

모리건은 무릎에 힘이 풀렸다. 서 있는 것만으로도 온 힘이 필요했다. 바닥을 내려다보니 세 명의 몸이 눈을 크게 뜬 채 가만히 누워 있었다.

올빼미원과 기린원과 개원이었다.

"죽었어!" 누군가 비명을 질렀다. "누가 저들을 죽였어!"

"아니야, 이 바보야." 또 다른 사람이 소리쳤다. "*바이러스잖*

아. 할로우폭스가 데려간 거지."

"**고양이** 짓이야!"

로비는 다시 한번 시끄러운 불협화음으로 진동했다. 죽은 것 같은 세 워니멀에게 불운이라도 옮을까 싶어 멀리 떨어지려는 사람들로 혼란스러웠다. 모리건과 잭, 호손, 케이든스, 그리고 핀은 재빠르게 쓰러진 세 사람 주위를 장벽처럼 막아섰다. 문을 향해 우르르 돌진하는 수백 명의 사람에게 짓밟히지 않도록 하기 위해서였다.

시원한 가을바람이 돌풍으로 바뀌어 진홍빛 나무 사이로 휘파람을 불어 댔다. 마지막 손님까지 밤의 거리로 달아나자 나뭇잎은 갈색으로 변해 가지에서 떨어졌고, 사람들을 쫓아 문밖으로 휭 날아갔다.

23장

구조 단체

그날 밤 침실은 마음이 차분해지는 여름 오아시스였지만, 모리건은 한숨도 자지 못했다. 야자나무 사이에 걸린 세 개의 해먹이 훈훈한 산들바람에 흔들렸다. 잔잔한 파도가 모래섬 바닥을 휘감았고, 천장에는 별이 총총한 맑은 밤이 펼쳐졌다.

처음으로 그림자 만들기를 시도한 모리건의 머리와 몸은 몹시 기진맥진했다. 마치 트롤경기장에서 강인한 그림스고르겐블라그와 10회전 경기라도 치른 것 같았다. 그런데 잠은 오지 않았다.

한쪽에서 호손이 나직하고 끈질기게 코를 곤 탓일지도 모르고, 다른 쪽에서 케이든스가 이따금 잠꼬대를 투덜거린 탓일지도 모른다. 아니, 사실은 새벽이 될 때까지 시곗바늘 소리를 하나하나 세고 있었기 때문일 것이다. 피네스트라가 억지로 아이들을 잠자리에 들여보낸 이후로 모리건은 그렇게 계속 깨어 있었다.

구급차가 와서 피해 워니멀 셋을 데려가고 난 뒤, 모리건은 브롤리를 움켜잡고 곧장 네버무어 바자로 출발하려 했다. 주피터를 찾아서 무슨 일이 있었는지 말할 작정이었다. 하지만 핀이 그 계획을 단숨에 무너뜨렸다.

"*바로 그런 주의분산*이야말로 바자 마지막 날 밤의 주브에게 가장 필요 없는 일이지." 핀은 그렇게 말하면서 모리건과 호손과 케이든스를 위층 침실로 올라가게 했다.

동트기 직전, 별이 총총한 검은 하늘에 아주 살짝 빛의 기운이 스며들 때 모리건은 살금살금 방을 빠져나왔다. 일찌감치 스모킹팔러에 몰래 들어가서 차를 마시며, 주피터에게 노을 축제에 관해 모두 이야기하고 그 답례로 바자에 관한 모든 이야기를 들을 준비를 할 생각이었다. 하지만 잭이 먼저 나와 복도를 서성이고 있었다.

잭은 손가락을 입에 대고, 살짝 열린 스모킹팔러 문을 가리켰다. 안에서는 높은 목소리와 높은 햇살처럼 노랗고 희미한 레몬향 연기가 흘러나왔다.

"―현시점에서는 추측일 뿐이야, 물론."

"사람들에게는 뭐라고 말할 거야?" 두 번째 목소리는 피네스트라였다. 꼬리로 벽을 일정하게 쿵쿵 치는 소리가 들리는 걸 보니 초조하게 서성거리는 듯했다. "말할 거지? 사람들―"

"핀, 말했잖아. 내가 결정하는 게 아니라고. 퀸 원로는 그러면 공포만 더 조장할 거라고 생각해. 리버스 경위는 공공의 안전에 큰 차이가 없다면 비밀을 유지해야 한다고 하고. 만일 정말로 시발점이―"

"원협은 늘 그런 식이지." 핀이 으르렁거렸다. "언제나 다 아는 것처럼― 너희들!"

문이 활짝 열리며 피네스트라가 코앞에 나타나자 모리건과 잭은 펄쩍 뛸 듯이 놀랐다. 피네스트라는 나직이 그르렁거렸다. "엿듣는 게 무례하다는 걸 몰라?"

"피네스트라, 그냥 들어오라고 해." 주피터가 스모킹팔러 안에서 몹시 지친 목소리로 말했다. "어차피 알게 될 거야."

핀은 분한 듯 코를 쿵쿵거리며 두 사람을 들어오게 한 뒤 털이 복슬거리는 커다란 머리로 밀었다.

"악, 조심해요, 핀!" 비틀거리며 안락의자에 파묻힌 모리건이 항의했다.

"둘 다 괜찮니? 핀한테 축제 이야기는 모두 들었어." 주피터는 한숨을 쉬더니 허탈한 듯 중얼거리며 덧붙였다. "부끄럽다. 나중에 신문에서 기사를 봤다면 정말 깜짝 놀랐을 거야."

"우리는 괜찮아요." 잭이 말했다. "우리가 뭘 알게 된다는 거예요? 무슨 일인데요?"

창턱 끝에 걸터앉은 주피터는 두 손으로 얼굴을 문질렀다.

"어젯밤에 리버스 경위와 얘기했어. 윈터시 공화국에 경위의 정보원이 있는데, 그 사람은 공화국이 할로우폭스의 진원지라고 믿는대. 2년 전에 그쪽에서 워니멀만 걸리는 전염병이 돌았다나 봐. 물론 부르는 이름은 달랐지만, 목격자 진술은 동일해. 동요가 일어나고 언어 상실이 생긴 다음 우니멀 같은 행동으로 회귀했다가 폭력 행위가 나타나고, 마지막으로 혼수상태가 된다는 거야. 혼수상태보다 나쁜 경우도 있었고." 주피터는 말을 멈추고 숨을 크게 들이마셨다.

"2년 전에 그런 일이 있었는데, 스텔스는 왜 이제야 알게 된 거예요?" 잭이 물었다. "그 사람들은 공화국에서 일어나는 모든 일을 감시하지 않아요?"

"정말?" 모리건이 물었다. 처음 듣는 얘기였다.

"워니멀 인구가 점점 줄어든다는 건 알고 있었어." 주피터가 말했다. "그런데 다른 요인에 주목했지. 워니멀은 오랫동안 국경을 초월해 공격받아 왔고, 질병에 관한 이야기는 아무도 들지 못했으니까. 게다가 공화국은 워니멀 집단이 작고 여기저기 흩어져 있어. 사실상 서로 교류도 없다고 봐야 해."

"이해가 안 돼요." 모리건이 말했다. "윈터시 공화국에는 워니멀이 없어요."

피네스트라가 비웃는 듯한 탄성일 질렀다. "당연히 있지! *네가 본 적 없다고 그게 꼭—*"

"진정해, 핀." 주피터가 미간을 누르면서 두통약 두 알을 물컵에 던져 넣었다. 물에서 거품이 일면서 시원하고 차분한 라일락 빛깔로 변했다. "맞아, 모그. 워니멀은 공화국에도 있어. 많이 있지. 하지만 공화국의 워니멀은 자유주에서처럼 생활하지 못해. 그곳에도 워니멀 공동체가 있는데, 대부분 숨어 있어." 주피터는 라일락빛 물컵을 단숨에 들이켰다.

"왜 숨어 살아요?" 모리건이 물었다.

"그들도 좋아서 숨어 사는 게 아니야." 핀이 말했다. "*그럴수밖에* 없는 거지."

"윈터시당은 공식적으로 워니멀의 존재를 인정하지 않았어." 주피터가 마저 설명했다. "그 때문에 워니멀의 생명이 위험해지는 거고. 자유주에 사는 워니멀 일부는 공화국을 탈출한 이들이야. 그중 한 명이 할로우폭스를 옮겼을 수도 있어."

"하지만 국경은 막혀 있잖아요." 모리건이 말했다.

"그래, 공화국과 자유주 사이의 국경은 공식적으로 폐쇄됐지." 주피터가 말했다. "하지만 자기가 어떤 일을 하려는 건지 분명히 알고 있다면 드나들 수 있는 길은 있어. 위험하지만 도움이 절실히 필요한 이들이 있는 한, 자유주에는 불가피한 위험을 기꺼이 감수할 사람들이 있단다. 그리고 공화국의 워니멀들은 도움이 절실히 필요해. 핀이 속한 단체에서 그들을 안전하게 데려오는 일을 전문적으로 하고 있어."

"핀이… 밀입국 조직에서 활동한다고요?" 모리건과 동시에 잭이 불쑥 말했다. "핀, *밀입국범*이에요?"

모리건은 자신이 왜 놀라는지 알 수 없었다. 이제 모리건도 성묘를 알 만큼 알아서, 핀이 무슨 일이든 할 수 있는 능력이 있다는 것도 잘 알았다.

핀은 아무렇지 않게 발톱으로 깔개를 긁었다. "우리는 '구조'라는 표현을 선호해."

"잠깐." 잭이 말했다. "주브 삼촌, 지금 할로우폭스가 그중 한 명을 통해서 건너왔을지 모른다는—?"

"주피터한테도 **말했지만**, 그걸 퍼뜨린 건 절대로 우리가 **아니야**." 핀이 사납게 받아쳤다. "불가능해. 국경을 넘어오는 워니멀은 모두 *한 달* 동안 안전한 은신처에서 머물다가, 우리가 구해 준 곳으로 이동해서 자리를 잡는다고. 질병이 있다는 조짐이 보이면 곧바로 *격리되어* 치료받을 때까지 머문다고. 절대, *절대로* 할로우폭스 1호 환자가 나를 통해 네버무어에 들어

올 수는 없어."

"핀, 비난하는 게 아니었어. 조심해야 한다는 거지. 머지않아 불시 단속이 있을 테니까 은신처는 닫아 두는 게 좋아. 네 동료들에게도 각별히 조심하라고 전해. 국경이 그 어느 때보다 삼엄한 감시를 받고 있어."

"난 자유주가 철옹성 같다고 생각했는데요?" 모리건이 물었다.

주피터가 얼굴을 찌푸렸다. "철옹성이라고 할 수는 없어."

"하지만 에즈라 스콜은 못 들어오잖아요."

"그래, 그자는 못 들어와." 주피터가 말했다. "우리 국경이 특별히 스콜을 막아 주고 있으니까. 에즈라 스콜에게는 철벽과 같지. 하지만 평범한 공화국 시민들에게는 꼭 그렇지도 않아. 공화국의 일반 시민들은 대부분 자유주가 있는지도 몰라. 알아도 어디 있는지, 어떻게 들어올 수 있는지 몰라. 하지만 말했다시피 들어오는 길은 *있어.*"

"미친 사람이 조종하는 커다란 거미 기계를 타고 시계를 통해 들어온 것처럼." 모리건이 2년 반 전에 네버무어로 들어왔던 이상한 이동 경로를 떠올리며 말했다. 그 말에 잭이 웃음을 터뜨리며 모리건 옆의 안락의자에 털썩 주저앉아 다리를 옆으로 걸쳤다.

"뭐, 그런 거지." 주피터가 설핏 웃으며 말했다. "운이 좋아서 잘생기고 진취적인 데다 출입통제소에 친구까지 있는 빨간 머리를 알게 된다면, 그것도 방법이야. 그렇지 않다면 다른 여러 가지… *비공식* 통로를 통해 자유주로 오게 돼." 주피터는 입을 크게 벌리고 하품하는 핀을 힐끗 바라봤다. "아니면, 혼자 힘으로 넘어오는 경우엔 하일랜드를 통과하는 길고 위험한 길이 있어. 그 전에 먼저 절벽을 올라야 하지만. 절벽을 오르기 전에는 프로스퍼 동쪽 해안에서 해로우 해협Harrow Strait을 건너야 하는데, 겉보기와는 달리 아주 위험한 바다야."

"게다가 가능한 작은 배로 이동해야 해양경비대의 눈을 피할 수 있어." 핀이 말을 이으며 지적했다. "하지만 해협을 건너는 데는 며칠이 걸려. 할로우폭스에 감염된 사람은 그렇게 건너올 수가 없지."

주피터가 다시 말을 이어 받았다. "설령 바다를 건넌다 해도 사나운 용과 싸워야 하고, 동굴에 사는 검은 절벽의 부족도 마주치겠지. 그 모든 과정을 거쳐 살아남는다 해도, 몇 주에 걸쳐 하일랜드를 빠져나오면 이번에는―"

"정말이라니까, 주브. 그들은 그렇게 온 게 *아니야.*" 핀이 끼어들었다. "내부 도움 없이, 공화국에서 며칠 안에 네버무어로 들어올 수 있는 *유일한* 가능성은 주로강을 통하는 거라고. 해로우 해협에서 바로 유입되는 길이야. 그런데 해양경비대가 수상 교통을 감시하면서 드나드는 배를 일일이 확인해."

"헤엄쳐서 온다면요?" 잭이 물었다.

피네스트라가 코웃음을 쳤다. "빠져 죽지 않으면 다행이지."

모리건은 프랜시스가 말했던 강에 사는 독사, 대왕 가시 악마물고기, 물늑대, 백골 같은 게 떠올랐다. 그곳을 헤쳐 나올 수 있는 사람은 없었다. 그런 위험천만한 강을 지나오려면… 잠수함이라도 타야 했다.

모리건의 머릿속에 어떤 생각이 떠올랐다. 모리건은 몸을 쭉 펴고 똑바로 앉았다. "핀, 배를 타고 물 *위*로 온 게 아니라면요? 그럼 해양경비대한테 들키지 않았겠죠?"

주피터가 이마를 찡그렸다. "모그, 무슨 말을 하려는 거니?"

모리건은 프랜시스, 타데와 함께 그랜드대로의 전당포에서 봤던 배에 관해 설명했다. 프랜시스가 잠수함과 간첩에 관해 말해 준 것도 이야기했다.

"그리고 거기 주인이 그랬거든요. 아, 뭐더라? 그게 현지 설계가 아니라고 했어요." 모리건이 말했다. "*윈터시당의 진짜 자산이라고.*"

주피터가 눈을 가늘게 떴다. "리버스 경위에게 알아보라고 해야겠어. 좋은 정보야, 모그."

불현듯 가장 하고 싶었던 말이 생각난 모리건은 의자 앞으로 몸을 조금 더 내밀어 앉았다. "잭이 녹색 눈을 봤어요! 어젯밤 세 워니멀한테서요."

주피터가 깜짝 놀라 모리건과 잭을 차례대로 바라봤다. "잭이, 네가 봤다고?"

잭이 고개를 끄덕였다. "정말 기묘했어요. 선명하게, 타는 듯한 녹색이었는데, 그게… 좀…….."

잭이 말꼬리를 흐리자, 모리건이 주피터에게 세 워니멀에 관해 모든 것을 말했다. 할로우폭스가 정점일 때 불빛이, 마치 할로우폭스 그 자체인 것처럼 워니멀들의 몸에서 빠져나온 이야기도 전했다.

주피터는 이야기에 귀를 기울이는 동안, 무언가 참고 있을 때처럼 이를 앙다물었다 풀기를 반복했다. "잭… 어젯밤 일 중에 이해가 안 되는 게 하나 있어. 감염된 워니멀이 파티에 참석했다면, 핀이나 케저리에게 왜 아무 말 안 했니? 그 전에 볼 수 있었을 텐데 워니멀이—"

"감염된 게 *아니었어요.*" 잭이 단호하게 대답했다. "우리가 바자에서 봤던 모습하고는 달랐어요, 주브 삼촌. 맹세할 수 있어요. 그들은, 그러니까, *비어 있지 않았어요.* 그러다가 사방이 컴컴해졌어요." (주피터가 모리건을 힐끔 바라봤다. 핀이 그림자 만들기에 관해서도 전부 말한 게 분명했다.) "그때부터 바자에서 봤던 것과 비슷하게 정점을 보였는데, 그런데… 빨랐어요. 할로우폭스를 빨리 감기라도 한 것처럼요."

모리건은 녹색 불빛이 감염된 워니멀의 몸에서 나왔을 때의 모습과 자신에게 몰려왔다가 다시 쪼개졌던 과정을 설명했다. "그래서, 아저씨, 그런 생각이 들었어요. 사실 질병이 아닌 게 아닐까?" 모리건이 숨도 쉬지 않고 속사포처럼 말을 마쳤다.

주피터가 이마에 주름을 잡았다. "그게 무슨 말이니?"

"포스터에 관해 물어봤던 거 기억하세요? 왜 녹색 눈을 알리지 않느냐고 했더니, 아저씨가 감염자의 눈이 초록빛으로 불타는 듯 보인다고 하면 사람들이 그걸 두고 악마한테 홀렸다고 우길 거라고 했잖아요. 그런데 아저씨, 그게 딱 그랬어요! 몸 안에서 *살아 있는*, 워니멀 몸 안에 두꺼비처럼 쪼그리고 앉아 있는… 그걸 뭐라고 하죠? 다른 생명체의 몸을 차지하는 생물 같은—"

"기생충 말이야?" 주피터가 거들었다.

"네!" 모리건이 손가락을 튕겼다. "아니면 그, 괴물이요. 그렇게 움직였다니까요. *나한테* 들어오려고 했던 것 같아요. 내가 워니멀이 아니라 들어오지 못했지만요."

"질병처럼 행동하는 살아 있는 기생충이라." 주피터가 곰곰이 생각하며 말했다. "그러면 감염 유형이 이상한 것도 이해가 되네. 할로우폭스가 왜 그렇게 마구잡이로 번졌는지. 스스로 생각도 할 줄 안다면, 가장 적당한 숙주를 찾아낼 수도 있을 거야." 주피터는 잠시 입을 다물었지만, 모리건은 그의 머리에서 왱왱 돌아가는 소리가 들리는 듯했다.

하지만 모리건의 짐작은 거기서 끝이 아니었다. "그런데 아저씨, 만약에… 만약에 스콜이 그걸 만들어서 네버무어에 보낸 거면 어떻게 해요? 스콜은 그런 사람이잖아요. 괴물도 만들고! 자기가 직접 들어오지는 못하지만, 어쩌면—"

"가능한 얘기야. 대책 본부에서 논의해 봐야겠어. 하지만 그때까지 이 대화는 우리만 알고 있기로 하자. 알겠니?"

핀이 주피터를 유심히 들여다봤다. "주브, 워니멀 사회에는 알려야 하지 않을까—"

"워니멀을 생각해서 비밀로 하려는 거야." 주피터는 물컵 바닥에 남은 라일락 빛깔의 물을 우울하게 응시했다. "핀, 지난밤 손님들은 네가 감염된 워니멀이라고 생각했어. 왜? 단지 네가 화를 내서야. 사람들이 너를 해칠 수도 있었고, 너를 공격할 수도 있었—"

"풉, 내 걱정은 하지 마—"

"당연히 *걱정되지*, 피네스트라! 너뿐 아니라 우리 친구와 고객과 이 도시의 모든 워니멀이 걱정돼!" 주피터는 눈을 크게 뜨고 모두를 이해시키려고 노력하며, 피네스트라와 모리건과 잭을 한 명씩 바라봤다. "질병인 줄 알고 있는 사람들이 그렇게 행동한다면, 생각해 봐, 그게 괴물일 수도 있고 스콜이 한 짓일 수도 있다고 말했을 때 어떤 일이 벌어질지! 그건 *워니멀*을 괴물이라고 말하는 거나 똑같아. 워니멀 사회 전체를 사냥해도 좋다고 공표하는 거라고."

"*부탁이야*, 당분간 이 일을 입에 올리지 않겠다고 어서 약속해."

모두 약속했다. 핀조차도.

24장

악화 일로

3년, 가을

"이럴 순 없어, 주브. 나 안 참을 거야. 자네가 취소할 때까지 내려가지 않겠어!"

프랭크는 샹들리에에 매달려 흔들렸고, 모리건은 그다지 놀라지 않았다. 프랭크는 온종일 극단적인 행동을 하겠다고 위협했다.

"어이가 없군, 프랭크." 주피터가 안내 데스크 위에 누워 발목을 포개고 배 위에 얹은 손가락을 얽은 채, 날카롭고 피곤한 목소리로 말했다. 주피터는 들리지 않게 덧붙였다. "평소에도 그렇지만."

"내려오게, 프랭크. 말 들어." 케저리가 달래듯이 말했다. 케저리와 마사, 찰리는 침대 시트의 네 귀퉁이를 나눠 잡고 최대한 높이 든 상태에서 샹들리에 밑을 왔다 갔다 하며 프랭크가 떨어지면 받을 준비를 했다. "어서, 자, 우리가 밑에 있어."

"절대 안 내려가요!" 프랭크가 소리쳤다. 프랭크가 마구 흔들릴 때마다 검은 망토가 부풀면서 로비에 빛과 그림자를 드리웠다.

모리건과 잭은 나선형 계단 맨 아래에 앉아 그걸 구경했다. 샹들리에 불빛이 깜박거리고 연극처럼 망토가 펄럭이는 광경에는 마음을 진정시키는, 미친 유령이 출몰하는 버려진 극장 같은 미학이 있어서 즐길 만했다. 하지만 지난 24시간 동안 모리건의 불안감은 점점 더 커졌다.

주피터의 예상처럼, 노을 축제가 갑작스럽게 끝나고 몇 시간 만에 벌써 신문들은 널리 알려진 호텔 듀칼리온의 뉴스로 들끓었다. 미치광이 생강 같은 유명한 호텔 주인과 불가사의한 사건, **그리고** 품행이 좋지 않은 워니멀들 모두 타블로이드의 훌륭한 먹잇감이 되었다. 주피터가 그날 *거기*에 없었다는 사실은 중요하지 않았다.

네버무어를 걱정하는 시민들은 어느 때보다 큰 목소리로 떠들었다. 화난 목소리로 주먹을 휘두르는 당의 설립자는 유명한 워니멀 권리 활동가인 고릴라원 상원 의원 기스카르 실버백과 정면으로 맞서, "이 불안한 시기에" 공공장소에 워니멀 출입을 허용하는 것의 위험성에 관해 격렬한 논쟁을 벌였다.

네버무어에는 긴장감이 감돌았다. 모든 사람이 다음 공격을 기다리는 것만 같았다. 주피터는 할로우폭스를 통제할 수 있을 때까지 듀칼리온의 문을 닫기로 했다. 예상대로 프랭크는 그때부터 줄곧 울부짖었다.

"주브, 어떻게 *해 봐요*." 챈더 여사가 끙끙대며 주피터의 발을 안내 데스크에서 밀어내 억지로 일어나 앉히면서 채근했다. "이 바보 같은 짓 좀 말려요!"

주피터는 비웃었다. "*정말요*? 프랭크가 *어떤* 바보 같은 짓도 못 하게 말릴 능력이 있었다면, 아직도 수천 크레드나 되는 칵테일 우산 할부금 고지서를 매달 받고 있겠어요? 난 프랭크에게 저녁 만찬 파티를 열어도 좋다고 말했고, 프랭크는 *요란뻑적지근한* 축제를 벌였죠. 그런데 나한테 무슨 신비한 힘이 있다고 프랭크를 말리라고 하는지 모르겠군요!"

챈더 여사가 한껏 근엄한 표정으로 빤히 바라보자, 주피터는 신음을 흘리며 마지못해 안내 데스크에서 미끄러져 내려왔다.

"*좋아*." 주피터가 흔들리는 흡혈귀를 노려봤다. "프랭크, 제발 내려와. 같이 얘기해 보자고."

"싫어! 내려가지 않을 거야, 주브, 나를 내려가게 하려면, 아아아악!"

샹들리에를 놓친 프랭크가 밑으로 곤두박질쳤다. 마지막 순간, 침대 시트에 안착하면서 바닥으로 살포시 내려앉았다. 이 모든 수모에 격분한 듯 프랭크는 얼른 일어나 한 사람 한 사람을 노려봤다.

주피터는 두 손을 주머니에 집어넣고 한숨을 쉬었다. "네버무어호텔경영자연합에서 잠깐 문을 닫으라는 권고를 받았어, 프랭크. 나는 다만—"

"오리아나는 아직 열잖아. 거긴 권고를 무시하고 있어. 우리가 문을 닫으면 얼마나 고소해하겠어, 주브! 그거 알아? 그들은 매일 밤 파티를 열어서—"

"오리아나는 *워니멀* 출입을 금지했어." 주피터가 쏘아붙이며, 한 손을 얼굴 위로 가져갔다. "*알아들어?* 오리아나는 그런 수를 써서 계속 영업하는 거라고."

프랭크가 고개를 돌렸다. 마사는 두 손으로 입을 막았고, 모리건은 잭과 경악스러운 눈빛을 주고받았다. 아무도 입을 열지 않았다.

주피터는 불편한 침묵을 깨고 말했다. "내가 그렇게 하길 원하는 거야? 어떤 친구는 못 들어오게 막고, 어떤 친구는 반갑게 맞아 주고?"

프랭크는 씩씩거리며, 약간 짜증이 난 듯 망토를 고쳐 입었다. "분명 사람들은, 뭐, 어쨌든 *잠깐*이니까!"

"그건 모를 일이야, 프랭크." 케저리가 말했다. "얼마나 오래 걸릴지 우리는 알 수가 없어."

"그럼 다른 손님들은 어떻게 해요?" 프랭크는 도움을 청하는 표정으로 찰리와 마사를 쳐다봤다. "우리가 그 손님들한테—"

"내 생각에는" 마사가 머뭇거리며 입을 열었다. "우리는 고객을 똑같이 배려해야 해요. 오리아나에서 하는 일은… 글쎄요, 그건 옳지 않아요." 마사는 입을 오므리며 이 문제에 대해 할 말은 그것뿐이라는 점을 분명히 했다.

"정말 부적절하죠." 찰리가 동의하자, 케저리도 진지하게 고개를 끄덕였다.

주피터가 조용히 말했다. "프랭크, 나는 자네한테 놀랐어. 정말이지, 아직도 네버무어에는 자네를 반갑게 맞아 주지 않는 곳이 있어. 그건 자네가—"

"흡혈귀니까, 알아!" 프랭크의 눈썹이 위로 치솟았다. "맞아. 그래서 내가 불평한 적 있어? 솔직히 난 사람들을 탓하지 않아. 내가 골칫거리니까! 지난주에도 슈퍼마켓에서 어떤 남자를 물었거든!"

챈더 여사는 숨이 멎을 듯 놀랐다. "프랭크!"

"아, 그냥 조금 깨문 정도였어요." 프랭크가 손을 흔들며 말했다. "꽃을 보냈어요. 내가 하고 싶은 말은—"

"이건 토론할 일이 아니야." 주피터는 목소리를 높이지 않았지만, 이를 악물고 있는 듯했다. "이건 내 호텔이야. 내 호텔이 무엇을 지지할지는 내가 정해. 그리고 듀칼리온은 그런 걸 지지하지 *않아*."

"주브—"

"그게 내 최종 결정이야. 우리는 이 상황이 끝날 때까지 문을 닫을 거야."

누가 다른 말을 꺼내기도 전에 주피터는 모리건을 지나쳐 나선형 계단을 쿵쿵 올라갔다. 아무도 물어볼 틈이 없었지만, 모두 같은 질문을 생각하고 있었다. 하지만 답할 수 있는 사람은 없었다.

이 상황은 *언제* 끝날까?

여름은 완전히, 처참하게 멈췄다. 모리건은 학교로 돌아가는 게 기뻤지만, 학교도 별로 나을 건 없었다. 네버무어 어디든 마찬가지였다.

홈트레인 919가 프라우드풋역에 도착한 월요일 아침, 모리건은 듀칼리온 소식으로 도배됐던 기사 때문에 다들 자신을 바라보며 수군거릴 거라고 생각했다.

하지만 끔찍한 뉴스가 계속 쏟아져 나오는 바람에 별다른 일은 생기지 않았다. 금요일 밤의 노을 축제 이후로 벌써 세 건의 공격이 더 발생했다. 멧돼지원이 길거리에서 어떤 여자를 밟아 뭉갰고, 나이 든 푸들원이 이웃집의 손자를 공격했으며, 악어원은 한 남자를 용기광장 분수대에 끌어다 넣어 거의 익사시킬 뻔했다. 세 명의 공격자는 모두 혼수상태에 빠졌고, 피해자들은 부상과 충격에서 회복됐다.

"악어가 실버백 상원 의원의 개인 비서라던데." 위 기수의 여학생이 승강장에서 친구에게 소곤거리는 소리가 들렸다. "좋게 보이진 않지?"

"악어원이야." 모리건이 반사적으로 말을 바로잡았다.

여학생이 충격받은 얼굴로 돌아봤다. "정말 악어를 옹호하는 거야? 사람을 물에 *빠뜨려 죽일* 뻔했는데!"

"옹호하는 게 아니라—"

"어쨌든." 여학생은 인상을 찌푸린 채 친구를 돌아보고 식식거리며 "원더스미스야"라고 조그맣게 말했다. 모리건은 그들이 다른 공격 거리를 찾아내길 바랄 지경이었다.

가을의 냉기가 원협 안에 자리 잡으면서 매일매일 할로우폭스 회의가 열렸고, 주피터와 리버스 경위는 끊임없이 호출받으며 도시 어디선가 이상한 행동을 하는 워니멀이 나타났다는 보고가 있을 때마다 달려갔다.

대책 본부의 규모는 세 배로 커졌고, 워니멀 자원봉사자가 점점 많아졌다. 그들은 소피아처럼 감염 워니멀의 친구와 가족에게 접촉해 자료를 수집했으며, 할 수 있는 곳에서 도움을 줬다. 브램블 박사와 루트위치 박사는 24시간 내내 감염자를 돌보며 할로우폭스의 근원을 밝히려 노력했고, 치료법이나 백신을 찾기 위해 필사적이었다.

(주피터는 특히 브램블 박사가 모리건의 괴물 이론을 여전히 납득하지 못하고 있다고 말했다. "몸에 들어가 질병처럼 보이고 질병처럼 행동하는 괴물이라면 모든 면에서 질병처럼 다루어야 하고, 따라서 질병처럼 치료될 수 있다"고 말했다고 했다. 모리건은 그 이야기를 듣고 코를 벌름거리며, 그것도 이론이라 할 수 있다면 *브램블 박사*의 이론을 자신은 여전히 납득하지 못하고 있다는 사실을 전해 달라고 부탁했다.)

좋은 소식은 들리지 않고, 회의는 대개 언쟁으로 발전했다. 할로우폭스의 진짜 피해자가 누구인가를 두고 시작된 논쟁은, 증가하는 감염자를 돌보는 데 부속병원의 인력과 자원을 계속 사용해야 하는지의 문제로 옮아갔다.

결국 사람들이 생각하는 문제는 이것이었다. *진짜* 피해자는 병원 침상에 텅 빈 채 아무 반응 없이 누워 있는 워니멀들일까? 아니면 워니멀의 공격을 *받은* 사람들일까?

"현재 벌어지고 있는 일을 좀 더 제대로 파악할 때까지 모든 워니멀을 협회 교정에서 추방할 것을 제안합니다." 둘시네아 디어본은 그날 회의에서 이렇게 공표했다.

잘못 봤을 수도 있지만, 모리건은 디어본이 소피아 쪽으로 경멸 어린 시선을 던지는 것 같다고 *생각했다*. 모리건은 주임 교사의 머리에 책가방을 던져 버리고 싶은 충동을 막기 위해 가방을 꼭 끌어안았다.

"옳소! 옳소!" 바즈 찰턴이 세 번째 줄에서 외쳤다.

"디어본의 제안에 적극적으로 동의합니다." 프랜시스의 고모인 헤스터가 자리에서 일어나 말하자, 프랜시스는 자신의 모습이 보이지 않게 푹 가라앉았다. "협회의 성인 회원들은 이 사소한 사실을 자주 잊어버리는 것 같은데, 우리가 프라우드풋 하우스 안에서 운영하는 건 *학교*입니다. 학교에는 *아이*들이 있지요. 교사 중 누가 미쳐 날뛰는 과격한 우니멀로 변하지 않기만 바라며 그저 손 놓고 기다려야 하는 건가요? 나는 더 이상 그런 위험을 감수하고 싶지 않아요."

"우니멀?" 사가 원로가 고함지르는 소리가 어찌나 큰지, 모리건과 919기는 자리에서 몇 센티는 뛰어오른 것 같았다. 사가 원로는 뿔이 달린 고개를 낮추고 발굽으로 땅을 구르며 마치 돌진할 것 같은 자세를 취했다. 긴장된 속삭임이 터져 나왔다. "우리를 우니멀이라고 했나, 헤스터 피츠윌리엄? *막돼먹은*

소리!"

분위기가 견딜 수 없게 팽팽해져, 모인 사람들 모두 달아날
태세였다.

"사가 원로, 진정해요." 웡 원로가 말했다. 그는 침착하게 손
을 내밀었지만, 모리건은 웡 원로가 가볍게 떠는 게 보이는 듯
했다. "그런 의도로 한 말이 아닐 거라고—"

"매우 도발적인 비방을 협회의 동료 회원들에게, 자신의 *형
제자매*에게 사용한 것?" 사가 원로는 거의 코에서 김을 내뿜고
있었다. 모리건은 의자 팔걸이를 움켜잡았다. "바로 그게 저 사
람이 의도한 겁니다."

헤스터는 거대한 황소원이 노발대발하는 모습에 겁먹었지
만, 곧 정신을 차리고 몸을 최대한 꼿꼿하게 폈다. "내 말은 감
염자가 말과 지능을 잃어 가고 있다는 겁니다. 워니멀다운 모든
것을 잃고 있습니다. 그들은, 한마디로 *우니멀*이 되고 있어요,
사가 원로. 원로께서 그걸 인정할 용기가 있든 없든 간에요."

"용기—" 사가 원로가 말을 시작하려는 찰나, 요란한 **꾕음**과
함께 문이 활짝 열렸다. 공공 주의분산 부서의 홀리데이 우가
강당으로 뛰어들어 곧장 퀸 원로에게 달려갔다. 그리고 귀에
무언가를 속삭이며 손에 쪽지를 하나 꾹 쥐어 줬다.

좌중은 조용해졌다. 홀리데이가 소식을 전한 뒤 숨 돌릴 틈
도 없이 강당을 뛰어나가는 동안 사람들은 일제히 숨을 멈춘

듯했다. 퀸 원로는 쪽지를 읽고 나서도 한동안 조용했다. 표정은 여전히 변함없었다. 마침내, 퀸 원로가 심상치 않은 목소리로 말했다.

"할로우폭스가 생명을 앗아 갔습니다."

25장

우리는 사실 모두 한편이다

퀸 원로의 말이 집회소에 울려 퍼졌다.

퀸 원로는 큰 소리로 쪽지를 읽었다. "어젯밤, 선창에서. 수십 명이 목격한 가운데 할로우폭스가 정점에 이른 낚시꾼 개코원숭이원이 배에서 내리는 청년 일행 네 명을 공격함. 그중 세명은 심각한 부상을 입어 치료 중. 한 명은 위독."

퀸 원로는 목을 가다듬으며 마음을 단단히 먹고 마지막 결정타를 전했다.

"개코원숭이원은 할로우폭스가 정점에 달하자 자제력을 잃고 배에서 뛰어내렸습니다. 목격자들의 진술에 따르면, 그의 몸은 물에 닿기 전에 혼수상태가 되었고 물살 아래로 가라앉아 다시 떠오르지 않았다고 합니다. 일부 선원이 그를 구하려고 했지만…" 퀸 원로는 입을 꼭 다물었다. 더는 말할 필요가 없었다.

정적이 흘렀다. 그러다가 서서히 수군거리는 소리가 불어났다.

———◆———

그날 하루가 끝날 무렵, 할로우폭스 사망자는 두 명으로 늘어났다. 안타깝게도 청년 한 명이 부상으로 죽은 것이다.

원협 안의 분위기는 암울했다.

원협 밖에서는 두려움과 분노가 마른 잎에 붙은 불처럼 번졌다.

기드온 스티드 수상이 네버무어에 비상사태를 선포하는 특별 조치를 취했고, 도시의 모든 워니멀에게 일몰 통행금지령을 내렸다.

기드온 스티드는 "통행금지령을 어기는 자는 체포되어 법의 테두리 안에서 고소 및 기소를 당할 것"이라는 불길한 약속을 내놓았다.

기스카르 실버백은 그날 오후 지당한 분노가 이글이글 타오르는 모습으로 갑자기 방송에 나타났다. 919기 아이들은 집으로 돌아가는 홈트레인 안에서 치어리 씨의 낡은 무선 라디오 주변에 옹기종기 둘러 모여 그가 하는 말에 귀 기울였다.

"워니멀 사회에 속한 우리 대다수가 이미 스스로 격리를 자청했지만, *여전히* 범죄자 취급을 받고 있습니다!" 실버백이 전파 건너편에서 으르렁거렸다. "우리는 이 바이러스에 걸리고 싶지 않습니다! 우리는 네버무어의 친구들을 해치고 싶지 않습니다! 수상에게 **두 명**의 죽음이 있었다는 사실을 다시 말해 줘야 합니까? 한 명은 인간이고, 한 명은 워니멀이었습니다. 하지만 스티드는 워니멀 시민을 보호하기 위한 조치를 *전혀* 취하지 않고 있습니다. 그러기는커녕 이들 할로우폭스 피해자를, 그렇습니다, 이들 역시 *피해자*입니다. 이 피해자들을 보호해야 할 도덕적 책임을 원드러스협회에 모두 떠넘기고 있습니다! 원협은 이 짐을 어느 정도 나눌 수 있을 뿐입니다. 정부가 나서야만 합니다."

"저 말이 맞지." 아나가 피곤한 목소리로 말했다. 아나는 요즘 여가 시간의 많은 부분을 부속병원에서 보조로 일하며 보냈는데, 여름방학 동안에도 그랬다. 눈 밑으로 다크서클이 보였고, 평소 깔끔하던 곱슬머리는 엉망으로 틀어 올려 지저분한 상태에서 풀릴 줄 몰랐다. "폐쇄 병실로 운영하던 게 완전히 *폐*

쇄 병동이 됐어. 그것도 이제 거의 다 찼고."

"몇 명이나 되는데, 아나?" 케이든스가 물었다.

"백 명쯤, 더 될 수도 있고. 세다가 포기했는데 계속 들어오고 있어." 아나는 크게 하품하며 말을 마쳤다. 아칸이 말없이 일어나서 아나가 제일 좋아하는 머그잔에 차를 우리기 시작했다.

실버백 상원 의원의 맹비난을 받은 스테드 수상은 통행금지가 사람뿐 아니라 워니멀의 안전을 위한 것이기도 하다고 주장했다.

그는 "네버무어의 워니멀들이 감염을 피하려면 안전하게 집 안에 있으면 된다"고 말했다.

모리건은 고개를 절레절레 저었다. 할로우폭스는 통행금지 때문에 멈추지는 않을 것이다. 그게 무엇이든, 악마든 기생충이든 *괴물이든* 워니멀이 밤새 집에서 나오지 않는다고 포기할 리 없었다. 그건 공기 중에 떠다니며 접촉한 사람들만 감염시키는 병균 같은 게 아니었다.

할로우폭스는 사냥을 하고 있었다. 워니멀이 그 사냥감이었다.

워니멀이 어디 있든 찾아낼 것이다.

919역에 도착해서 다른 친구들이 손을 흔들며 내리는 동안 모리건은 객차 안에서 머뭇거렸다.

"차장님." 모리건이 말했다. "친구 분은 어때요?"

"로시니 말이니?" 치어리 씨가 깊은 숨을 들이쉬었다. "아직 병원에 있어. 부상이 꽤 심각했거든."

죄책감이 쿡쿡 모리건을 찔렀다. 그날 고블도서관에 가지 말았어야 했다.

"괜찮을까요?"

"물론 괜찮을 거야. 이제 어서 가. 아침 일찍 다시 만나자."

모리건은 치어리 씨의 눈에 눈물이 말갛게 비친다고 생각했지만, 치어리 씨는 이내 감정을 추스르고 돌아섰다.

———◆◆———

"워니멀이 서른여덟 명 체포됐어!" 다음 날 모리건이 지하 9층에 도착했을 때, 코널이 고함을 지르고 있었다. 목소리가 흘러나온 곳은 공부방이었지만, 모리건은 긴 대리석 통로를 반쯤 지났을 때 그 소리를 들을 수 있었다. "하룻밤에! 실버백 상원 의원이 이걸 용납하진 않겠지. 그가 막을 거야. *그래야 해.*"

"힘들 거야." 소피아가 평소처럼 차분하게 대답했다. "스팅크가 자신들의 권한 내에서 발 빠르게 움직이고 있어, 코널. 게다가 스티드가 통행금지령을 내리면서 대중의 지지를 폭넓게 받았고. 기스카르 실버백이 그다지 *위력적으로* 보이지도 않고—"

"실버백이 스티드를 밀어붙여 옳은 일을 하게 할 수 없다면 우린 이 문제를 워니멀권리위원회로 넘길 거야. 제기랄, 그래야 한다면 의회에도 쳐들어갈 거야!" 코널이 언성을 높였다.

모리건은 문 앞에서 잠시 멈춰 안을 엿봤다. 몹시 화가 난 코널은 지팡이를 짚고 걸을 수 있는 가장 빠른 걸음으로 왔다 갔다 서성였다. 지팡이를 짚지 않은 손으로는 신문을 꽉 움켜잡고 있었다. 그러는 동안 소피아는 긴 탁자 위에 미동도 없이 앉아 있었다.

소피아가 한숨을 쉬었다. 숱이 많은 붉은 꼬리가 휙 움직였다. "진정해, 코널."

"*진정하라고?*" 코널이 걸음을 멈췄다. "소피아, 당신의 권리가 침해당하고 있다는 걸 모르겠어? 나는 그냥 가만히 있진 않을 거야―"

"내 권리가 어떤 상태인지 나도 매일매일 인식하고 있어. 워니멀이라면 다 그렇다고 해도 틀리지 않을걸." 소피아의 목소리는 전혀 커지지 않았지만, 날이 서 있었다. 그 말에 응수하기 위해 입을 달싹이던 코널은 그러지 않는 게 좋겠다고 생각한 듯했다. "그리고 나 역시 그냥 *참고 넘어가고* 싶지 않아. 하지만 통행금지 문제는 적절한 방법으로 대처해야 하는데, 의회에 쳐들어가는 건 그다지― 모리건?" 소피아가 다시 한번 꼬리를 휙 움직이면서 힐끗 돌아봤다. "너니?"

모리건은 제 이름을 부르는 소리에 펄쩍 뛸 듯이 놀랐다가 약간 부끄러운 표정으로 방에 들어갔다.

"미안해요." 모리건은 볼이 달아오르는 걸 느끼며 사과했다. "나는 단지…" 무슨 말을 해야 할지 몰라 말끝을 흐렸다. 두 사람의 대화를 엿들은 건 명백한 사실이었다.

"너는 이번 통행금지 문제를 어떻게 생각해?" 소피아가 모리건에게 물었다.

"그 애는 *어린아이야*." 코널이 쏘아붙였다.

"이 애는 원더스미스야."

"아직 어린아이라고!"

"코널의 말에 동의해요." 모리건이 조용히 말했다.

코널이 고개를 들더니 선명한 푸른 눈을 깜박이며 모리건을 바라봤다. "어리지만 아주 총명한 아이지, 내가 늘 말했잖아."

소피아가 귀를 쫑긋했다. "어째서, 모리건?"

"스티드는 끔찍하게도 범죄가 아닌 일로 사람들을 체포해요. 그건 사람들을 더 겁먹게 할 뿐이에요." 모리건은 탁자 앞에 앉아 외투 단추를 끌렀다. "게다가 공격이 일어나기 전에 감염자를 찾아내는 할로우폭스 임무는 어떻게 해요? 대책 본부 인원의 3분의 1이 워니멀인데, 이제 해가 지면 못 나오잖아요! 원로님들이 *적어도* 소피아나 다른 대책 본부 사람들에게 통행금지령을 문제 삼지 않도록 특별 허가를 내줄 수는 없었나요?"

소피아가 고개를 저었다. "그렇게는 안 돼, 모리건. 원로들은 정부에 개인적인 요청을 할 수 없어."

"그리고 이건 일부 워니멀을 특별히 허용하고 말고 할 일이 아니야." 코널이 덧붙였다. "모든 워니멀에 관한 공정성의 문제지."

"그럼··· 그 말이 옳을지도 몰라요, 코널. 우리가 의회에 *쳐들 어가야* 할지도 몰라요." 모리건이 주장했다. "우리 모두가요. 원드러스협회가 전부 다 말이에요. 우리가 다 함께 기드온 스티드한테 도전한다면, 어떻게 되겠어요! 우리 원들이 다 같이, 저마다 비기를 앞세운다면 말이에요. 안 된다고요? 그냥 겁을 줘서 스티드가······."

모리건은 소피아의 얼굴에 실망한 기색이 역력한 것을 보고 말을 멈췄다.

"우리가 가진 비기로 사람들을 억압해서는 안 돼, 모리건. 원드러스협회는 그런 곳이 아니야."

모리건은 눈을 깜박였다. 갑자기 불쾌하고 익숙한 감정이 끓어올랐다. 부끄러웠다. 사람들을 억압하다니··· 그게 바로 에즈라 스콜이 한 짓이었다.

"알아요!" 모리건이 잽싸게 말했다. 자신이 듣기에도 방어적인 말투였다. "그건 저도 알아요. 정말로 무슨 짓이든 해야 한다는 뜻은 아니었어요. 나는 그냥··· 아니에요."

어색한 침묵이 흐르는 동안 누구도 무슨 말을 해야 할지 몰랐다. 그러자 코널이 헛기침을 하며 회중시계를 열었다. "5분 남았다, 원더스미스." 코널이 시계를 들어 모리건에게 보여 주었다.

모리건이 머리를 흔들며 무슨 말인지 생각했다. "뭐가, 5분이에요?"

"네 수업 말이다. 5분 뒤에 시작이야." 코널이 손가락으로 위쪽을 가리켰다. "옥상에서."

"아, 맞다. 갈게요." 모리건이 재빨리 일어나서 문 쪽으로 뛰어갔다. 자리를 뜰 이유가 있어서 다행이었다. 모리건은 지하 9층의 대리석 통로를 급히 달려가며 불편함을 털어 버리려고 애썼다.

"모리건, 잠깐!"

모리건은 걸음을 멈추고 돌아섰다. 공부방에서 소피아가 쫓아 나오자 다시 모리건의 마음에 죄책감이 스며들었다. 모리건은 무슨 말이든 하려고 했지만, 소피아가 앞발을 들어 막았다. "괜찮아. 넌 내 편이라는 걸 보여 주려고 노력한 거잖아. 난 알아. 다만 나는 이 문제에 편 같은 건 없다는 사실을 짚어 주고 싶었어. 워니멀도, 인간도… 우리 모두 이 상황이 끝나길 바라는 거니까. 심지어 스티드 수상도, 스팅크도 그래. 우리는 모두 같은 편이야, 정말로."

모리건은 고개를 끄덕였지만, 솔직히 그 말에 동의할 수 있는지 더는 확신이 없었다.

장소	참석자 및 일정	날짜 및 시간
원드러스예술학교, 프라우드풋 하우스 옥상, 남쪽 끝	그레이셔스 골드베리, 모리스 블레드워스	산업 연대, 8년 가을, 세 번째 월요일
	골드베리와 블레드워스의 원드러스예술 인페르노 연습	09:13-10:32 ⒶA

모리건은 시간에 맞춰 옥상에 도착했다. 햇빛 때문에 눈을 가늘게 뜨고 허공의 작은 틈을 발견해서(낮에 야외일 때는 찾기가 더 어려웠다) 안으로 손을 뻗었다. 손끝으로 선선한 바람이 스쳤다. 틈은 익숙한 느낌으로, 부드럽게 열렸다. 과거로 미끄러지듯 들어가자 주변의 공기가 바르르 떨렸다.

유령의 시간 안은 폭풍이 몰아칠 것 같은 검은 아침이었다. 가을바람이 살을 에는 듯했다. 하지만 잠시 후 모리건은 밝은 주황색 화염이 내뿜는 뜨거운 온기에 둘러싸였다. 『유령의 시간』의 목록을 확인할 시간이 없었던 모리건은 마치 불의 창조자인 것처럼 화염을 지배하는 그레이셔스 골드베리를 보고 놀랐다.

이번에는 학생이 한 명뿐이었다. 골드베리보다 나이가 많은 원더스미스였지만, 모리건이 보기에 인페르노는 골드베리보다 하수였다. 뇌운과 이따금 번쩍이는 번개를 배경으로, 두 원더스미스는 불길을 감아 꽃을 만들고 하늘 높이 불덩이를 쏘아 올렸다.

어느 순간 골드베리는 손바닥으로 바닥을 누르며 불길이 바깥쪽으로 소용돌이치게 하더니, 마지막 빛의 파동으로 옥상 전체를 아주 잠깐 환히 타오르게 했다. 모리건은 크리스마스이브에 봤던 성 니콜라우스의 촛불 묘기가 떠올랐다. 하지만 골드베리의 솜씨는 그보다 더 정밀하고 강력했다. 어찌나 강력했는지 순간적으로 골드베리와 블레드워스가 바닥에서 얼마간 튕겨 올랐을 정도였다.

초급자 단계는 뛰어넘은 수준이었다. 두 사람은 모리건이 지금껏 보지 못한 기술을 연습하고 있었다. 그건 루크가 시간표를 짤 때 실수했거나, 모리건이 상급 기술을 배울 준비가 됐다고 생각한다는 뜻이었다.

그런 생각이 들자 한편으로 힘이 났다. 모리건은 발전을 거듭했고, 주임 교사가 그 사실에 주목했다는 걸 알게 되어 기뻤다.

다른 한편으로, 그레이셔스 골드베리는 오늘 아침에는 절대 보고 싶지 않은 원더스미스였다. 화가 끓어올랐고 겁이 났고 역겨웠다. 모리건은 소피아가 걱정됐으며, 통행금지령을 내리고 서른여덟 명을 체포한 스티드에게 화가 났다. 디어본과 헤스터가 목소리를 높였던 마지막 회의를 생각하면 분노가 치밀었는데… *이제* 아침을 워니멀 권리의 적으로 악명 높은 원더스미스와 보내야 하다니. 모리건은 수업을 몰래 빠져나가고 싶은 충동이 들었다.

하지만 맙소사, 골드베리는 눈부셨다.

모리건은 지난 시간 소피아가 이 옥상에 서서 했던 말이 떠올랐다. *이 비범한 재능이 저 악마 같은 여자에게 헛되이 쓰여서는 안 된다고 생각했어… 어떻게든 유용하게 쓸 수 있도록 만들겠다고.*

그리하여 심장은 앙심에 짓눌리고 핏줄은 정의로운 분노를 노래해도, 모리건은 골드베리의 재능을 유용하게 만들기 위해 노력하며 긴 아침을 보냈다. 모리건은 자신을 도둑이라고 상상하면서 골드베리가 숨 쉬는 방식, 가볍게 이동하는 자세, 발을 딛는 모양, 이따금 혀를 이에 갖다 대는 모습까지 할 수 있는 모든 걸 훔쳤다. 골드베리의 손안에서 불은 작아졌다가 커졌다가 타오르고 으르렁거렸다. 불길은 분수대의 물방울처럼 춤췄다. 다 타서 불씨만 남았다가 활짝 피어오르는 버섯구름처럼 살아났다. 골드베리는 무늬와 모양을 만들었다. 공중에 떠오르는 손, 사자, 얼굴 같은 그림은 성 니콜라우스의 불새를 연상시켰다.

모리건은 모든 동작을 그대로 따라 했다. 결코 나무랄 데 없는 솜씨는 아니었지만, 그 어느 때보다 훨씬 성공적이었다. 심지어 자신만의 불새를 만들기도 했다. 날개의 불이 길게 늘어지는 까마귀에 가까웠지만, 하늘로 날려 보내며 승리의 함성을 지르기도 했다. 불완전했지만, 모리건 *자신의* 불새였다. 수업은 명상이 되었고, 시간은 흘러갔다. 인페르노와는 왠지 더 부드럽게 연결되는 것 같았다. 더 빨랐다. *거의* 매끄러웠다.

모리건은 순환 호흡까지 시도해 보았는데(챈더 여사가 친절하게 개념을 설명해 줬다), 아주 잘되지는 않았다. 유령의 시간 수업에서의 문제는 손을 들고 질문할 수 없다는 것이었다. 원래 수업에 참석했던 학생의 질문에 의존할 수밖에 없었는데, 그 학생이 모리건보다 훨씬 어리거나 경험이 적은 경우가 아니면 대부분 모리건이 궁금해하는 걸 질문하지 않았다. 궁금한 걸 기억해 두었다가 나중에 소피아, 코널, 루크에게 물어봐도 실질적인 도움을 받기는 어려웠다. 세 사람은 원더스미스가 아니었기 때문이다.

골드베리는 수업 중에 단 한 번만 말을 했다. 나이가 더 많은 원더스미스 모리스 블레드워스는 위압감에 눌려 더는 따라가지 못하고 멈춰 서서 골드베리를 지켜봤다.

"그걸 어떻게 하지?" 그가 골드베리의 손을 가리키며 물었다. "어디서 나오는지 잘 모르겠어."

"뭐가 어디서 나온다는 말이지?" 골드베리는 방해받아 짜증이 난 얼굴이었다.

"그 불길 말이야. 불길이 완전히 죽었을 때도 자네는 순식간에, 너무 쉽게 다시 살려 내는 것 같아." 블레드워스가 말했다.

나이 든 원더스미스와 모리건은 골드베리가 팔뚝 전체를 횃불로 만드는 모습을 자세히 관찰했다. 불길은 손끝까지 지글지글 타다가 완전히 꺼졌다.

아니… 완전히 꺼진 게 아니었다.

골드베리가 손가락 하나를 내밀었다. 가까이 다가가자 더없이 작은, 아주 미세해서 거의 *보이지도 않는* 불꽃이 피부 가장자리마다 맴돌고 있었다.

"죽지 않았어. 보이나?" 골드베리가 말했다.

골드베리는 몸을 낮게 웅크린 채 옥상 끝까지 달리며, 손끝을 땅에 긋고 하늘을 향해 넓은 원호를 그렸다. 골드베리가 움직인 길을 따라 완벽한 불길의 자취가 남았다.

"불꽃 하나면 돼." 골드베리가 어깨를 으쓱이며 말했다. "작은 불꽃이 큰 불을 만들지."

모리건은 불길과 두 원더스미스, 그리고 유령의 시간 전체가 눈앞에서 희미하게 사라지는 모습을 조용히 지켜봤다.

작은 불꽃이 큰 불을 만들지.

모리건의 손끝에서 불길이 사그라들어 거의 사라지는 동안 그 말이 머릿속을 맴돌았다. 아주 작은, 미세한, 거의 보이지 않는 불꽃.

길게 심호흡을 하면서 모리건은 씩 웃었다. 활기가 넘치고 자신감이 차오르는 기분이었다. 그리고 아주 오랜 시간이 흘러 처음으로, 네버무어가 처한 이 혼란을 벗어날 방법이 있다는 어떤 *확신*이 들었다.

모리건은 희망을 느꼈다. 그 이유는 말할 수 없었다. 아무것도 변하지 않았기 때문이다.

하지만 그건 완전한 사실이 아니었다. 무언가 변하고 있었다. *모리건 자신*이 달라지고 있었다. 모리건은 그 어느 때보다 *진짜* 원더스미스가 된 기분이었다. 어떤 일이든 다 할 수 있을 것만 같았다. 걱정에 싸인 머리가 조금 맑아졌고, 어깨가 곧게 펴졌다. 며칠 만에 처음으로 모리건은… 평온함을 느꼈다.

그때 뒤에서 들려온 어떤 소리에 모리건의 아드레날린이 솟구쳤다.

머리가 그 소리를 이해하기 전부터 심장이 쿵쿵 경고를 울렸다.

모리건이 천천히 돌아서는 동안, 에즈라 스콜은 노래를 흥얼거렸다. 피부밑으로 거미가 스멀거리는 것만 같은 소리였다.

26장

괴물, 스콜

밝았던 날이 어두워졌다. 매캐한 나무 연기 냄새가 공기 중에 가득했다.

"이게 그들이 네게 해 줄 수 있는 최선인가?" 스콜의 입꼬리한쪽이 슬쩍 휘어 올라갔다. "얼토당토않은 죽은 원더스미스들에게 배우는 얼토당토않은 지혜가?"

모리건은 아무 말도 하지 않았다. 손가락 끝을 맞비비자 살짝 뜨거운 열감이 느껴졌다. 아직 불꽃이 아직 남아 있었다.

그는 전과 다름없어 보였다. 단정하고, 절제되고, 신중했다. 마치 시간 안에 얼어붙은 남자의 초상화처럼. 완벽하게 가른 깃털 같은 갈색 머리카락은 관자놀이 부분만 은색이었다. 창백한 도자기 같은 안색은 마치 죽음의 가면 같았는데, 왼쪽 눈썹을 가르는 가느다란 흉터가 유일한 흠이었다. 눈은 너무 어두워서 거의 검게 보였다.

그렇지만 모리건이 눈을 가늘게 뜨다 못해 거의 감고 있는 지경이라 해도 희미하게 어른거리는 고사메르의 빛이 그를 둘러싸고 있는 것을 보면, 네버무어에 들어온 건 스콜의 몸이 아니라 정신이라는 걸 알 수 있었다.

스콜이 고개를 저었다. "말해 봐. 우리가 마지막으로 만난 뒤로 배운 게 하나라도 있나?"

몸을 낮게 웅크린 모리건이 손끝을 땅에 대고 옥상 위를 달리며 불타는 흔적을 남겼다. 모리건은 득의양양하게 환호를 지르고, 골드베리가 했던 것처럼 공중으로 팔을 크게 휘둘러 불길로 원을 그렸다. 파란 하늘을 배경으로 타들어 가던 불은 둥그런 연기가 되어 머물렀다.

모리건은 가슴을 들썩이며 이글거리는 눈으로 뒤를 돌아 스콜을 바라봤다.

"고마워, 많이 배웠어."

낮게 으르렁거리는 소리가 들렸다. 그림자 속에서 사냥개 무리가 나오자 모리건은 목이 바짝 탔다. 그렇고말고. 스콜이 가는 곳마다 연기와 그림자 사냥단이 따라왔다. 둥글게 원을 그리기 시작한 사냥개들의 털은 칠흑 같았고 눈은 타다 남은 잉걸불 같았다. 나무 연기 냄새가 모리건의 콧속을 가득 채우자 눈에 눈물이 고였다.

스콜은 감명 없이 모리건을 똑바로 바라봤다. "있어야 할 자리에서 몇 광년은 뒤처져 있군. 원드러스협회가 네게 *날개를 달아 준 것 같겠지만*, 크로우 양… 나한테는 날개가 잘린 채 자신이 우리 안에 있다는 사실조차 모르는 가엾은 작은 새 한 마리밖에 보이지 않아."

"재미있네." 모리건이 말했다. "내 눈에는 친구라고는 연기로 만든 개들뿐인 외롭고 무기력한 살인마밖에 안 보이는데. 난 당신이 두렵지 않아, 스콜."

그는 웃었다. "그렇게 말하면 위로가 되겠지."

이상한 것은, 모리건이 그 말이 사실이라는 걸 깨달았다는 점이다. 어느 정도, 대부분.

스콜이 옥상에 나타나서 깜짝 놀랐는데, 모리건은 깜짝 놀라는 걸 좋아하지 않았다. 하지만 지금까지 만났을 때와는 달리 내면 깊숙이 도사린 공포는 느껴지지 않았다. 아마 유령의 시간에서 같이 시간을 보내고, 그의 어린 시절을 봤기 때문일 것이다.

아니면 그저 익숙해진 탓인지도 몰랐다.

너무 기이한 생각이었다.

"내가 전에 말했잖아. 원드러스협회에는 네가 배워야 할 것을 가르쳐 줄 수 있는 사람이 아무도 없다고. 위대한 그리젤다 폴라리스도 못 할 일이지. 너에겐 내가 최고의 기회이자 유일한 기회야, 크로우 양." 스콜이 가볍게 고개를 숙였다. "놀이는 그만둘 때가 됐어. 내가 온 건 공식적인 합의를 하기 위해서야."

모리건이 눈을 가늘게 떴다. "그게 무슨 소리야?"

"내 제자가 돼. 내가 가르칠 수 있는 모든 것을 배우겠다고 동의해. 열심히 노력하고, 집중해서, 마침내 너의 운명인 원더스미스가 되는 거야."

"아, 알겠는데" 모리건이 약간 당황한 듯 웃음을 터뜨렸다. "미안하지만, 이 합의에서 나는 *정확히* 뭘 얻게 되지?"

스콜이 눈썹을 치켜올렸다. "비할 데 없이 깊이 있는 지식과 자유주에서 가장 강한 사람이 될 기회? 이 길을 마다하고 오래전에 죽은 낙오자 유령의 수업을 듣고 이류가 되겠다고?"

"좋아. 그렇다 쳐." 모리건이 말했다. "하지만 진실은 나한테 아무것도 줄 수 없다는 거야. 왜냐면 내가 당신한테 받고 싶은 게 없으니까. 나한테 필요한 건 여기 원협에 다 있어."

"하나만 빼고… 치료법."

말이 허공을 떠돌았다. 모리건과 스콜은 잠깐 말없이 서로를 바라봤다.

"무슨 치료법?" 마침내 모리건의 맥박이 빨라졌다.

스콜은 질문에 대답하지 않았다. 그럴 필요가 없었다.

모리건은 믿을 수 없다는 듯이 고개를 저었다. "*나한테* 치료법을 그냥 *준다고?*"

스콜의 얼굴에 재미있어하는 기색이 스쳤다. "당연히 아니야. 하지만 내 제자가 되면, 할로우폭스라고 불리는 걸 *치료만* 하는 게 아니라, 할로우폭스 자체를 파괴해 주지. 우리가 같이 파괴하는 거야. 영원히."

"그게 거짓말이 아니란 걸 내가 어떻게 알아?" 모리건이 따져 물었다. "할로우폭스가 *파괴될 수 있는 건지* 어떻게 알지?"

"내가 만든 걸 내가 되돌리지 못할 것 같나?"

모리건은 피가 거꾸로 솟는 느낌이었다. 입을 열었다가 다물었다. 원인을 찾았다는 기분과 분노가 동시에 밀려왔다.

"당신이 그랬을 줄 알았어. 내가 그럴 거라고 *했거든!*" 모리건이 왔다 갔다 서성이며 손가락 사이로 불꽃을 일으키기 시작했다. "질병 따위가 아닌 거지? 그것도 당신이 만든 괴물이야! 내 말이 맞지?"

하지만 스콜은 아무 말도 하지 않았고, 어떤 비밀도 흘리지 않았다.

"*왜?* 단지 사람을 죽이고 해치는 게 좋아서? 아니면 이것도 그 구역질 나는 *시험*이야? 섬뜩한 시장처럼? 이렇게까지 혼란을 일으키고 고통을 주는 이유가 나한테…" 모리건은 말을 멈췄다. 마음은 앞서 달리고 있었지만, 완성된 그림 전체가 파악되자 말문이 막혔다. 모리건이 역겹다는 듯이 입을 비틀었다. "나한테 제자가 되겠다는 동의를 받으려는 거였어."

스콜의 얼굴은 무덤덤했다.

"내 말이 *맞아*." 다시 입을 열었을 때 모리건의 목소리는 낮고 화가 나 있었다. "아니야? 당신이 원하는 걸 얻는 방법은 협박밖에 없으니까—"

"극적이군." 모리건은 모욕을 당한 느낌이었다. 벌집처럼 화가 윙윙거리는 자신과 달리 무관심하게 들리는 스콜의 부드러운 목소리 때문이었다. 모리건은 그에게 뭐라도 던지고 싶었다. 충격을 주고 싶었다. "끔찍이도 주제넘은 건 말할 것도 없고. 이 세상이 너를 중심으로 *돌아가진* 않아. 그리고 내 유일한 목표가 널 속여 제자로 삼는 거라면, 이보다 훨씬 더 효율적인 방법은 얼마든지 있어."

"난 당신 안 믿어."

"좀처럼 믿지 않지."

"그럼, 왜?" 모리건이 다시 따졌다. "어째서 할로우폭스 같은 걸 만든 거야? 그냥 비뚤어진 행동이 재밌어서?"

스콜이 짜증 섞인 짧은 한숨을 내쉬었다. "너한테 설명해 주겠다고 한 적 없는데, 크로우 양. 나는 누구한테 내 자신을 설명해야 할 필요를 느껴 본 적이 없고, 지금도 그럴 생각이 없어. 나는 *치료법*을 준다고 했지. 그게 내 제안이야."

"아마 필요 없을걸." 모리건은 주먹을 꽉 쥐고 턱을 살짝 쳐들었다. "브램블 박사님이 치료법을 거의 다 찾은 것 같던데."

스콜은 측은한 듯한 미소를 지을 뿐이었다. 그 미소는 모리건의 뒷골을 서늘하게 했다.

"자자, 그렇게 어려운 선택이 아니잖아? 내 제자가 되어 모든 워니멀 동족을 구해! 네버무어의 영웅이 되는 거야! 야호, 만세! 누가 알아, 너한테 메달이라도 줄지."

스콜이 나직이 휘파람을 풀자, 그림자 사냥개들이 옆으로 고분고분 모여들었다. "며칠 시간을 줄 테니 내 제안을 고려해 봐. 하지만 너무 오래 걸리지는 마라. 상황은 네가 아는 것보다 훨씬 더 심각해. 너도 곧 알게 될 테고, 그땐 날 찾아오겠지."

모리건이 입술을 비죽거렸다. "내가 찾아갈 일은 없을—"

"그렇게 될 거야." 스콜은 여전히 차분한 말투였다. "고사메르 노선으로."

"고사메르역은 폐쇄됐어." 모리건이 적의를 드러내며 말했다.

스콜은 눈을 감고, 미간에 주름 하나를 잡은 채 우스꽝스러운 말이라도 들은 것처럼 고개를 저었다. "크로우 양, 언젠가 네가 이해할 날이 올 거야. 네버무어의 얼마나 많은 이들이 모든 걸 멈춘 채 누워 있는지, 또 죽어 있는지, 네가 다시 생명을 되돌려 주길 참을성 있게 기다리면서 말이야. 언젠가, 네가 어떤 가공할 힘으로 이 도시를 운영할 수 있는지 깨닫게 되겠지. 네가 조금만 노력한다면."

스콜과 그의 사냥개들은 마치 옥상을 어슬렁거리는 듯한 모습으로 돌아섰다.

"아, 한 가지 더." 스콜은 갑자기 걸음을 멈추고 돌아서서 모리건과 마주 봤다. "경고해 두지. 그들은 각본을 뒤집을 거야."

모리건이 미간을 찌푸렸다. "뭐라고?"

"원드러스협회 얘기야." 스콜이 분명하게 말했다. "얼마 안 가 원더스미스에 관한 각본을 뒤집을 거다. 너에 관한 입장이겠지. 원협의 공식 입장은 오랫동안 *원더스미스는 괴물이라는* 거였어. *원더스미스가 이 모든 문제의 화근이라는* 거였지. 하지만 봐. 머지않아 *이 원더스미스가 괴물을 도륙할 것이다*로 바뀔 거야. *이 원더스미스가 우리의 모든 문제를 해결할 것이라고.*"

"오, 안 돼." 모리건은 반쯤 감은 눈으로 스콜을 노려봤다. "그렇게 끔찍한 생각을 하다니. 사람들을 *도와달라는* 부탁을 받게 될지도 모른다니, 정말 끔찍해."

"너는 아무것도 몰라."

이미 돌아선 스콜이 그림자에 가려진 채 다시 떠나려고 할 때, 마침내 모리건은 그의 등 뒤에서 정말 하고 싶었던 말을 외쳤다. 몇 달 동안 생각했던 것이었다.

"그들을 왜 죽였어?"

모리건은 모든 용기를 다 쥐어짜서 그 말을 던졌다. 자신의 대담함에 놀라 몸이 부들부들 떨렸다. 스콜은 멈춰 섰지만 돌아보지는 않았다. 사냥개들이 으르렁거리며 경고했다. "왜 다른 원더스미스들을 죽인 거야, 친구들을?"

스콜은 미동도 하지 않았다.

"그들은 당신을 믿었어."

모리건은 그가 움직이는 것을 보지 못했지만, 스콜은 순식간에 다가와 모리건을 내려다봤다. 창백하고 무표정한 가면이 미끄러지듯 사라져 그 안의 짐승, 검은 눈과 그을린 입과 날카로운 이가 드러났다. 그림자 사냥개들이 낑낑거렸다. 개들조차 그를 두려워했다.

공포가 모리건의 목을 조이는 것 같았다. 압도적인 본능이 뒤로 물러서라고, 도망치라고, 눈을 감으라고 했지만, 모리건은 버텼다. 숨을 죽이고 괴물 스콜을 뚫어지게 쳐다봤다. 그를 기억 속으로 소환하면서.

"언젠가 네가 이해하게 될 일이 하나 더 있지." 스콜이 으르렁거리듯 말했다. "원더스미스에겐 친구가 없다는 사실이야."

모리건은 그 말에 데기라도 할 것처럼 움찔 물러섰다.

그리고 가면이 돌아왔다. 고요하고 창백하며 차가운 그 가면은 대리석을 깎아 만든 것 같았다. 너무나 아무렇지도 않아서, 모리건은 스콜의 숨겨진 다른 얼굴을 본 게 상상이었다고 믿을 뻔했다. 그의 진짜 얼굴을.

그러고 나서 스콜은 사라졌고, 그 자리에는 빙그르르 감기는 검은 연기만 남았다.

27장

불꽃

모리건은 스콜과 사냥개들이 고사메르 속으로 사라진 뒤에도 한동안 옥상에 머물렀다. 길게 심호흡하고 손을 맞잡아 떨림을 진정시켰다.

마침내 모리건은 멍하니 계단으로 돌아갔다. 스콜과 나눈 대화가 계속 떠올랐지만, 그 괴물 같은 얼굴만큼은 머릿속에서 떨쳐 내려고 애썼다.

상황은 네가 아는 것보다 훨씬 더 심각해.

병원이 혼수상태인 워니멀로 넘쳐 나는 것보다 더 심각한 상황이 있다고? 사람들은 공격받을까 봐 집을 나서는 걸 두려워하고, 워니멀들은 체포라는 위협 때문에 통행금지 안에 갇혀 있는 이 상황보다 더 심각할 수 있어? 듀칼리온이 무기한 문을 닫는 것보다 더 나빠? 사람들이 죽는 것보다 더 나쁘고, 치료할 방법이 없는 질병보다, 아니 정확히 말하면 물리칠 수 없는 괴물보다 더 나쁜 상황이 있을 수 있어?

마지막 계단을 내려가 와글와글한 프라우드풋 하우스 입구로 들어갔다.

누군가 모리건의 팔꿈치를 잡았다.

"모리건!"

"아야! 케이든스, 무슨—"

"어디 *갔었어*?" 케이든스는 인파를 비집고 정문 쪽으로 모리건을 데려갔다. "유기적 마법 연수 수업에도 안 들어오고."

"옥상에 있었어. 잠깐만, 난 지금—"

"지금 그게 중요한 게 아니야. 밖으로 나와. 이걸 좀 봐."

"케이든스, *잠깐*." 모리건이 팔을 확 빼려고 했지만, 케이든스가 꽉 붙잡았다. "할 말이 있어."

"나중에 해. 중요한 일이야." 케이든스가 팔을 놓아준 건 대리석 계단 맨 위에 도착했을 때였다. 그곳에는 열 명 남짓한 학생들이 긴장한 표정으로 서 있었다.

불꽃

원협의 높은 철문 밖에 있는 긴 진입로 끝에 거대하고 소란스러운 사람의 물결이 모여 있었다. 수백 명의 사람들이 플래카드를 들고 퀸 원로와 웡 원로, 사가 원로에게 소리쳤다. 세 원로는 원협의 담 바로 안쪽에 있었다. 플래카드는 너무 멀어서 잘 보이지 않았지만, 성난 고함 소리로 추측했을 때 친절한 내용이 적혀 있진 않은 듯했다.

케이든스와 모리건이 계단 아래에 있던 램에게 다가갔다. 램은 마법 연수 수업에서 받아 온 이상하게 생긴 약초와 식물이 담긴 바구니를 불안한 듯 가슴에 꼭 끌어안고 있었다.

"또 그 사람들이야." 램이 진입로를 향해 고개를 끄덕이며 말했다.

양철을 긁는 것처럼 끼익 하는 기계음에 모두 움찔하며 귀를 막았다. 곧이어 귀에 거슬리는 익숙한 목소리가 교정 전체에 울려 퍼졌다.

"우리는 답변을 요구한다." 로랑 생 제임스가 쩌렁쩌렁 말하자 시위대가 동의의 함성을 질렀다. 네버무어를 걱정하는 시민들당은 모리건이 마지막으로 봤을 때보다 당원이 약간 더 늘어난 것 같았다. **"우리는 진실을 요구한다. 우리는 원드러스협회에 살인자와 폭력적인 공격자 보호를 중단할 것을 요구한다!"**

군중이 이 말에 크게 환호하자 확성기가 다시 끼익 소리를 냈다.

상급생 한 명이 기둥에 기대어 씩씩거렸다. "우리가 무슨 '살인자'를 보호한다는 거야? 개코원숭이원은 주로강에 빠져 죽었잖아! 우리가 그 워니멀을 정확히 어떻게 보호했는데?"

"이 사람들은, 협회의 이른바 최고원로위원회라는 사람들은 열심히 일하는 보통 시민을 보호하지 않겠다고 합니다."

프라우드풋 하우스 전체로 소문이 퍼진 듯했다. 점점 더 많은 학생들이 모여들었다. 타데와 아나도 무리를 비집고 빠져나와 동기들에게 합류했다.

"왜 아무도 원로위원회를 방어하지 않는 거야?" 타데가 싸울 준비하듯 소매를 걷어붙이며 물었다. "우리 모두 저 아래로 내려가야 해."

"맞아. 그래야 해." 모리건도 맞장구쳤다. 세 원로가 거대한 성난 군중을 마주하고 서 있는 모습은, 비록 그 사이에 잠긴 문이 있다 해도 보고 싶지 않은 모습이었다. 보통 때라면 작고 연로한 퀸 원로가 가장 걱정됐겠지만⋯ 상황이 상황이다 보니 모리건은 사가 원로에게 눈길이 갔다. 걱정하는 시민들이 문을 부수고 들어오면 사가 원로는 어떻게 되는 거지? 모리건은 노을 축제 때 피네스트라를 향해 순식간에 돌변했던 파티 참석자들을 떠올렸다.

"우리가 저 아래 *있었어.*" 케이든스가 말했다. "우리 몇 명이. 램하고 내가 푸념하는 숲을 걸어 나오는데 저렇게 모여들더라고."

"저 사람들한테… 있잖아, 다 최면을 걸어 버리지 그랬어?" 타데가 물었다. "그 이상한 목소리로 하는 그거. 저 사람들한테 그만하고 집에 가라고 해 봤어?"

케이든스가 눈을 굴렸다. "내가 '이상한 목소리로 하는 그거'는 저렇게 *많은* 사람한테는 안 돼, 타데. 저렇게 많은 사람에게 뭘 하라고 하는 건 불가능해. 그건 그런 식으로 하는 게 아니거든. 어쨌든 퀸 원로님이 모두 뒤로 물러나 프라우드풋 하우스 앞에 있으라고 했어."

"저 사람들은 이 상황이 교착상태가 되는 걸 바라지 않아." 램이 초조한 듯 아랫입술을 씹느라 살짝 웅얼거리는 목소리로 설명했다. 바구니를 움켜잡은 손가락은 하얗게 핏기가 가셨다. "사태를 진정시키고 싶어 해."

"그럼 제대로 못 하는 거 아냐?" 타데가 말했다. "말하는 걸 들어 봐, 점점 더 심각해지고 있어."

"사람을 죽이려는 자칼원은 반드시 법의 심판을 받아야 한다!" 생 제임스가 외치자 환호성이 울려 퍼졌다. **"자칼원은 즉각 경찰 조사에 임하라!"**

"그분이 말을 하게 되기를." 아나가 조용히 말했다. 다른 이들이 아나를 바라봤다. 아나는 아직 병원복을 입고 있었는데, 눈가가 빨간 것이 막 울다가 그쳤거나 이제 막 울음을 터뜨릴 듯했다. "누구든 한마디라도, 다시 할 수 있기를 빌어요."

"자칼원이라니?" 모리건이 물었다.

아나가 코를 훌쩍이며 설명했다. "오늘 아침에 그랬어. 자칼원이 개인 병원에서 어떤 노인을 공격했어. 노인은 현장에서 사망했고, 자칼원은… 여기 있어, 물론. 병원에." 아나가 소매로 코를 훔쳤다. 타데가 아나의 어깨를 한 팔로 감쌌다.

"우리 한 명, 저쪽 두 명이네." 옆에 있던 누군가 말했다. 모리건이 어깨 너머로 힐끗 보니 918기에 속한 남학생이었는데, 비주류 고양이원이었다. 거의 완전한 사람 모습이었지만 멋진 구레나룻과 작은 분홍색 코를 보면 알 수 있었다.

"그게 무슨 소리야?" 그의 친구가 물었다.

"사망자 수 말이야." 고양이원이 침울하게 설명했다. "이제 균형이 깨졌어. 워니멀 한 명, 사람 두 명. 이제 저쪽은 자기들이 도덕적으로 우위를 차지했다고 생각할 거야. 안 그래?"

모리건은 다시 소피아의 말이 떠올랐다. *우리는 모두 같은 편이야.*

그 말이 어느 때보다 더 공허하게 다가왔다.

"여러분이 두려워한다는 걸 압니다!" 퀸 원로가 소리쳤다. 가냘픈 목소리였지만 멀리까지 울려 퍼졌다. "답을 듣고 싶어하는 것도 압니다. 하지만 감염된 워니멀을 악당이라고, *살인자*라고 여기는 것은 도움도 되지 않고 인도적인 판단도 아닙니다. 그들은 모두 *병들었습니다.* 무서운 질병의 피해자입니다—"

"누가 진짜 피해자인지는 우리가 알아!" 문의 철근을 꽉 붙잡고 있던 여자가 소리쳤다. 양쪽에서 사람들이 떠받쳐 주자 여자가 위로 솟아올랐다. "우리 로비는 이제 고작 스물다섯 살이었어! 앞으로 살날이 창창했다고. 내 아들을 위한 정의는 어디로 갔지?" 여자는 화가 나서 문을 흔들었다.

모리건은 가슴이 철렁 내려앉았다. *로비.* 주로강 선창에서 공격당해 죽은 청년의 이름이 분명했다.

"아드님의 죽음은 정말 안타깝게 생각합니다." 퀸 원로가 말했다. "우리도 그 고통을 함께 느끼며, 유족에게 애도를 표합—"

"*애도를* 표한답니다." 생 제임스가 소리치며 시위대의 야유를 끌어냈다. **"저들은 오 정말 안타깝지만 살인자 비호를 그만둘 정도로 안타깝지는 않은 것입니다."**

"연습을 많이 하고 온 것 같지?" 누군가 모리건의 귀에 대고 투덜댔다. 돌아보니 호손과 마히르가 와 있었다. "저 사람은 어딜 가든 확성기를 들고 다니면서 틈만 나면 목청으로 이겨 먹으려고 하는 것 같지 않아?"

생 제임스가 내지르는 소음 뒤로 철문이 철커덩거리는 소리가 이어졌다. 시위대가 문을 잡고 앞뒤로 흔드는 소리였다. 퀸 원로가 다시 사람들을 진정시키려고 애쓰며 호소하듯 두 손을 들고 얘기하려 했지만, 그 말은 들리지 않았다.

"사람들이 미쳐 가고 있어!" 마히르가 말했다. "저것 봐, 문을 부수려고 하잖아!"

그 말이 맞았다. 시위대는 폭도, 말 그대로 진짜 폭도가 되어 버렸다. 폭도는 숲에 마녀가 살던, 오래전 사라진 마을에 관한 이야기책에나 나오는 사람들이었다.

"저 사람 봤어? 쇠스랑을 들고 있어." 호손의 목소리는 한 옥타브나 올라갔고 눈은 휘둥그레졌다. "누군데 쇠스랑을 가지고 있지? 나는 쇠스랑을 *뭐에* 쓰는지도 몰라!"

"됐어." 타데가 말했다. "나는 아래로 내려가서 도울 거야. 원로님들끼리 저 사람들을 막는 건 불가능해."

모리건은 다시 그날 아침 소피아가 했던 말을 떠올렸다. *우리가 가진 비기로 사람들을 억압해서는 안 돼. 윈드러스협회는 그런 곳이 아니야.* 이건 다른가? 지금은 의회에 난입하려는 게 아니라, 난입당할 위험에 처한 원협을 방어하는 것이었다.

"저건… 던지는 거야, 찌르는 거야—"

"*시끄러워, 스위프트.* 나하고 같이 갈 사람?" 타데가 노려봤다.

"안 돼." 램이 바구니를 떨어뜨리고 두 손으로 타데의 팔뚝을 꽉 붙잡았다. 바구니에 들어 있던 풀이 계단 위로 쏟아졌다.

"*안 돼, 타데. 좋은 생각이 아니야.*"

"그건 예지자로 말하는 거야, 겁쟁이로 말하는 거야?"

램이 아주 잠깐 생각하더니 말했다. "둘 다야."

하지만 원로들조차 위험한 분위기 변화를 감지한 것 같았다. 원로들은 마침내 평화라는 그릇된 임무를 포기하고, 폭도를 문 밖에 남겨 둔 채 빠르게 프라우드풋 하우스 진입로를 올라가기 시작했다.

한 무리의 교사와 차장들이 프라우드풋 하우스에서 몰려나오면서 모여 있던 학생들이 양쪽으로 갈라졌다. 그들은 학생들을 에워싸더니 뒤로 밀기 시작했다.

"모두 안으로 들어가, 지금 당장!" 디어본이 역정을 내며 말했다. "교통사고라도 본 양 넋 놓고 구경하지 말고! 차장들은 담당 기수를 모으도록!"

"오, 안 돼." 램이 원로들을 골똘히 바라보며 속삭였다. "너무 느려." 램이 입가로 손을 모으고 동기들이 한 번도 들어 본 적 없는 큰 목소리로 원로들에게 소리쳤다. "*서둘러요! 더 빨리요.*"

모리건의 몸이 떨렸다. 아주 특별한 종류의 한기가 느껴졌다. 램이 어떤 순간을 맞이할 때만 느껴지는 그런 냉기였다. 모리건은 케이든스를 바라봤고, 두 아이는 의논할 필요도 없이 램과 함께 원로들을 향해 소리쳤다.

"더 빨리! 뛰어요, 어서!"

"얘들아! 그만하면 됐어." 치어리 씨가 아이들을 한데 모으며 말했다. "좋아, 919기, 가자. 건물 안으로, 어서."

"하지만 차장님, 저기—"

"말 들어, 타데."

"아니요, 치어리 차장님, **저길 보라고요!**"

사람들이 담을 넘고 있었다. 어떤 사람은 문의 자물쇠를 무언가로 연신 내리쳤는데, 돌멩이나 벽돌처럼 보였다. 마침내 문이 부서질 때는 귀청이 찢어질 것 같은 **쨍그랑** 소리가 울렸다. 사람들이 교정으로 물밀듯 쏟아져 들어왔고, 격한 고함을 지르며 프라우드풋 하우스로 행진하기 시작했다. 원로들은 걸음을 멈추고 돌아서서 그들을 바라봤다. 윙 원로가 두 손을 드는 모습이, 마치 기적이라도 일으켜 군중을 멈춰 세우려는 것 같았다.

디어본은 학생들을 안으로 몰아가는 일을 포기했다. 대리석 계단 위에 서 있던 모든 사람이 눈앞의 광경에 입을 떡 벌린 채 공포에 질렸다. 더 많은 협회 회원들이 프라우드풋 하우스와 교정 이곳저곳에서 등장했다. 마치 소리 없는 경보음이라도 울린 것처럼 어디선지 모르게 회원들이 모여들었다. 차장들이 하급생을 제지하는 동안에도, 그들은 원로들과 교정을 보호하기 위해 진입로를 따라 성큼성큼 밀고 나왔다.

소름 끼치는 펑-펑-펑-크르르르 소리와 함께, 디어본이 뒤틀리면서 으르렁거리는 머가트로이드로 변했다. 얼어붙은 머가트로이드의 얼굴과 두 손은 싸울 준비가 되어 있었다. 타데는 손가락 마디를 꺾으며 치어리 씨의 팔 아래로 몸을 숙였다. 성인 회원들 대열에 합류하고 싶은 마음이 간절했다.

그 순간, 모리건은 반신반의한 마음이 사라지고 지금 자신이 어디 서 있는지 정확히 깨닫게 됐다. 모리건은 소피아의 말에 동의했다. 그리고 램을 믿었다.

"타데, 멈춰." 모리건이 타데의 망토를 붙잡았다. "네가 가면 상황만 악화될 거야. 협회는 그래서는 안 돼."

"뭐라고? *지금이야말로 딱 우리가—*"

"아니야." 모리건이 고집했다. "그렇지 않아. 네가 한 말 기억 안 나? 여름방학 전에 나하고 말다툼했잖아. 너는 주의분산에 관한 모든 걸 배웠어. 그게 얼마나 중요한지 네 입으로 말했고. 억제와 주의분산, 그게 협회가 할 일이야. 우리는 사람들을 도와야 해, 그들과 싸우는 게 아니라."

타데가 미친 사람을 보듯 모리건을 바라봤다. "아, 그래. 미안하지만 난 *성난 폭도*를 *주의분산*하는 법은 못 배웠어. 나한테 뭘 하라는 거야. **생일 케이크에서 튀어나와 놀래 주기라도** 할까?"

타데는 모리건이 잡고 있던 망토를 홱 잡아 빼더니 협회 회원들이 몰려드는 진입로로 달려갔다.

"타데, 돌아와!" 아나가 울부짖었다.

모리건은 자신이 보고 있는 광경이 느리게 움직이는 느낌이었다. 폭도들이 원로들 앞에 도착했고, 모리건의 우려대로 화난 회원들이 사가 원로 주변을 빽빽하게 둘러섰다. 모리건은 두 주먹을 꽉 쥐었다.

"당신들을 보십시오!" 사가 원로가 사람들을 향해 소리쳤다. "이건 기이한 행동입니다. 어떻게 감히?"

걱정하는 시민들은 마치 폭력적인 우니멀을 막는 것처럼 사가 원로에게 나무 피켓을 휘두르며 대응했다. 안타깝게도 황소원인 사가 원로는 그들이 원하는 대로 발굽을 맹렬히 구르며 방어 태세를 취하고 커다란 뿔이 달린 머리를 좌우로 흔들면서 우렁찬 고함을 질렀다.

원협 회원들은 함성을 지르며 달려가 사가 원로를 둘러쌌다. 두 집단은 어떤 일이 일어날지 전혀 알지 못한 채 금방이라도 맞붙을 기세였다. 이 모든 사태가 순식간에 진행되는 동안, 모리건은 어느새 손끝의 작은 불꽃과 그 불꽃이 걷잡을 수 없는 화염으로 너울거리는 과정을 생각했다.

작은 손이 모리건의 손목을 붙잡았다.

램이었다.

"그래." 램은 격하게 고개를 끄덕였다. "그거야. 지금."

모리건이 눈을 깜박였다. "뭐가?"

"작은 불꽃… 큰 불." 램이 진입로로 눈길을 돌려 죽은 불꽃 나무 하나를 정면으로 바라봤다. 검은 가지가 마치 앙상한 손 가락처럼 하늘을 향해 뻗어 있었다.

모리건은 문득 원협을 두 번째로 방문했던 날이 생생하게 떠 올랐다. 첫 번째 평가전을 치른 날이었다. 모리건은 곧바로 이 해했다. 모리건은 램이 붙잡은 손을 살며시 빼내 정신없는 치 어리 씨 몰래 옆으로 빠져나왔다. 그리고 곧장 나무가 있는 곳 으로 달려갔다.

수업 때와는 달랐다. 지금 모리건의 기분은 처음으로 불을 내뿜을 때와 더 가까웠다. 목구멍 뒤쪽에서 재의 맛이 느껴 졌다.

그때와 다른 점은 두려움이나 분노, 공포에 휩싸이지 않았다 는 것이었다.

이 순간 모리건은 차분했고 확신에 찼다.

그리고 필요했다.

정확히 어떻게 해야 하는지는 몰랐지만, 무엇을 해야 할지는 알았다.

모리건은 갈비뼈 안쪽에서 서서히 타오르는 불꽃을 상상했 다. 호흡을 고르게 하며, 작은 불꽃이 입술 위로 올라오는 모습 을 보다가 그 불꽃 하나를 손으로 옮겼다.

모리건이 손바닥을 뻗어 화석이 된 불꽃나무에 가져다 댔다. 가슴에서 올라온 온기가 팔을 따라 내려가며 혈관으로 퍼져 나갔고, 손 한가운데를 통해 검고 차가운 나무에 생명을 흘려보냈다.

모리건은 눈을 감았다. 아찔하면서도 말할 수 없이 즐거웠다. 온 세상이 손바닥 크기로 줄어들었다. 그 느낌은 매끄러운 나무껍질과 맞닿은 피부에 온전히 담겼다. 불같이 맹렬한 에너지가 차가운 힘을 심연으로 밀어 넣는 감각이었다. 뱀의 허물을 벗기듯이 그것을 털어 내고, 너무 깊이 잠들어 죽은 거나 다름없는 것을 격렬하게 깨웠다. 부활이었다.

스콜의 목소리가 머릿속에서 나직이 울렸다.

크로우 양, 언젠가 네가 이해할 날이 올 거야. 네버무어의 얼마나 많은 이들이 모든 걸 멈춘 채 누워 있는지, 또 죽어 있는지, 네가 다시 생명을 되돌려 주길 참을성 있게 기다리면서 말이야.

모리건은 눈을 뜨고, 머리 위로 팔을 활짝 뻗은 나뭇가지를 올려다봤다. 서늘한 초록색 불이 나뭇잎처럼 깜박거렸다. 이곳저곳에 주황색 불꽃이 스치고, 노란색으로 살짝 옅어지며 아롱다롱한 짙은 갈색이 보였다. 초가을의 빛이 폭발한 듯 밝게 타오르는 모습은 푸념하는 숲의 색을 모방한 것이었다.

하나씩 하나씩, 프라우드풋 하우스에서 원협의 문으로 이어

지는 진입로 양쪽으로 오랫동안 죽어 있던 나무 수십 그루가 아
우성치며 살아났다. 머리 위를 둥글게 덮는 불꽃의 차양 아래
서게 된 두 진영은 그 장관에 움직임을 멈추고 입을 다물었다.

백 년 넘게 죽은 듯했던 불꽃나무가 되살아났다.

28장

네버무어에 새롭게 등장한 위협

"*관광을 시키고 있어.*" 폭동이 일어난 다음 날 아침, 주피터가 유유자적 로비로 들어서며 말했다. 시간은 아직 토요일 아침 8시였고, 주피터는 감염된 워니멀을 찾아 밤새 도시를 순찰하다 돌아온 참이었다. 하지만 주피터는 이미 네버무어의 모든 신문을 훑어보고, 할로우폭스 대책 본부 회의에 참석했다가, 원로들과 이야기를 나눈 *다음* 커피와 페이스트리와 신선한 오렌지 주스를 들고 듀칼리온에 돌아온 것이다. 주피터가 그렇게

활기 넘치는 모습은 몇 주 만에 처음이었다. "무료 관광을, 주
말 내내! 믿겨지니?"

"누가요?" 잭이 물었다. "뭘 관광해요?"

"공공 주의분산 부서 말이야. 원협을 관광시켜 준다고." 주
피터가 잭에게 맛있는 냄새가 나는 계피롤이 든 갈색 종이봉투
를 하나 던지더니, 모리건과 케저리에게도 하나씩 건넸다.

세 사람은 안내 데스크 앞을 서성이고 있었다. 잭과 모리건
은 아직 잠옷 바람이었고, 케저리는 여느 때와 같이 분홍색 타
탄 무늬 제복에 금실로 수놓은 장식용 손수건을 꽂은 차림이었
다. 그러나 듀칼리온은 거의 일주일째 문을 닫은 상태였다. 주
피터는 그동안 원하는 사람에게 유급휴가를 줬지만, 직원 중
일부는 호텔에 남아 바쁘게 지내는 게 더 좋다고 했다. 게다가
케저리나 프랭크 같은 이들은 듀칼리온에서 살고 있었으므로
달리 갈 곳이 없었다. 케저리는 여전히 날마다 할 일이 넘쳤다.
물론 대부분은 주피터에게 온 메시지를 받아 놓고, 호텔 폐쇄
에 관한 불만을 처리하는 일이었다.

"네? 사람들을 프라우드풋 하우스 안으로 들여보낸다고요?"
모리건이 물었다. 그게 왜 끔찍한 생각인지 적어도 열두 가지
의 이유를 당장 말할 수 있었다. "제정신이에요? 그 안에 용이
있는데! 폭발하는 것도 있고. 또… 호손도, 가끔 있는데."

"아아, 아니야. 건물 안으로는 못 들어가지. 교정만 도는 거

야. 뭐, 정말 앞쪽 진입로로만 다녀. 푸념하는 숲 근처에 가게 둘 수도 없고. 진절머리가 나서 죽고 싶을걸. 하지만 그렇다 해도." (주피터는 말을 멈추고, 너무 뜨거운 커피를 후루룩 들이 켰다가 화분에 뱉고는 벗겨진 혀를 쭉 내밀고 미친 듯이 부채 질해 댔다.) "외부이니 워넙에 드러와? 저어어대 안 대! 그이구 이거 바!"

주피터는 팔 밑에 끼고 있던 신문 더미를 꺼내 의기양양하게 한 부씩 내려놨다. 1면의 큰 제목이 하나 같이 비슷했다. **불꽃 나무가 돌아오다!**와 **나무의 기적인가, 방화 미스터리인가?** 또 는 **죽음으로부터의 귀환: 영원히 잃어버린 줄 알았던 자연의 원더.**

"호이데이 우웅, 자깐." 주피터는 말을 멈추고 시원한 오렌 지 주스를 한입 가득 마셨다. "휴, 홀리데이 우는 **천재**야. 만일 누군가 네가 개입했다는 걸 눈치챘다 해도, 모그. 아니 말은 바 로 해야지. 너의 *눈부신* 위업이라는 걸 알아챘다고 해도, 또 목 격자들이 네 이야기를 신문사에 언급했는지 몰라도, 신문에는 한 줄도 실리지 않았어. *너나 스텔스에 대한 언급은 여기에 한 마디도 없어. 내가 벌써 다 읽어 봤거든. 두 번씩.*"

모리건은 자신이 사람들 눈에 띄지 않았다는 데 *전혀* 놀라지 않았다. 그 아수라장에서 시위대 중 어느 누가 학생 한 명이 나 무에 손을 얹고 서 있다는 것을 알아챘을 것이며, 봤다 해도 그 행동이 무엇인지 짐작이나 할 수 있었을까?

그런데 스텔스라니? 충격에 휩싸여 정적이 내린 순간이라도 난데없이 스텔스 장교 한 *부대가* 급습해 지휘권을 장악했다면 모를 수 없었을 것이다. 하지만 때맞춰 도착한 스텔스는 반전된 분위기를 최대한 이용해 어리둥절한 시위대를 태연히 모아 별다른 소동 없이 교정 밖으로 인솔했다.

모리건은 스텔스를 생각하면 뭔가 불안한 느낌이 들었다. 원드러스협회의 사적 법 집행 기관인 스텔스는 특별한 *존재감*과 수수께끼를 가지고 있었다. 그들이 가는 곳마다 조금은 위협적인 분위기가 따라다녔다. 그들은 모리건을 소름 돋게 했다. 왜 목격자 진술에서 단 한 *명도* 그들을 언급하지 않았는지 모리건은 이해할 수 없었다.

"그뿐 아니야." 주피터는 계속했다. "1면 기사에 뭐가 빠졌는지 알아보겠니?"

잭은 쌓인 신문을 정리했다. "할로우폭스 얘기가 없네요."

"할로우폭스가 빠졌지." 그의 삼촌이 반복했다. "워니멀 얘기도 없어. 모두 불꽃나무 얘기만 하고 싶은 거야. 백 년 동안 아무도 불씨 하나 맺히는 걸 못 봤거든. 일곱 포켓 어디서도 말이야. 그런데 지금은, 짠! 소위 걱정하는 시민들이 내던 잡음이 불가사의한 나무 이야기로 쏙 들어갔지. 시위 이야기는 아무 데도 없어! 모그, 조금이나마 유예 시간을 벌게 되어 원로님들이 얼마나 기뻐하는지 넌 *모를 거야*. 네 원드러스예술 수업이 시기적절하게 성과를 거두게 되어 속으로 좋아하고 있을걸."

"속으로 좋, 좋아한다고요?" 잭이 어이없다는 듯 씩씩거리며, 입에 있던 페이스트리를 삼키느라 기침했다. "대단하시네. 다음번에 또 폭도한테 밟힐 뻔할 때 구해 주면 누가 *간지럼을 태웠다고* 기지개 정도 켜겠어."

모리건이야말로 대신 화내 주는 잭 덕분에 속으로는 약간 기분이 좋았다. 모리건은 『네버무어 *파수꾼*』을 집어 들었다. 1면에 모든 빛깔이 잘 드러난 불꽃나무 사진이 실리고, 그 위에 머리기사로 **역사상 가장 위대한 생태학적 재림**이라는 제목이 적혀 있었다.

"아저씨는 홀리데이 우가 개입해서 시위대가, *아야!*" 모리건이 움찔했다. 왼손 손가락 하나가 벌레에 물린 것처럼 간지럽고 따끔거렸다. 아침 내내 짜증이 나도록 반복되고 있었다. "시위대 소식이 묻혔다는 거죠?"

"홀리데이 우는 네버무어에 있는 모든 뉴스 편집장을 움직일 수 있거든." 주피터가 말했다. "어젯밤에 홀리데이가 한 명 한 명과 개인적으로 몇 시간 동안 얘길 나눴는데, 무슨 대화가 오갔는지는 모르지만 원래 *어떤 전개로* 기사를 발행하려고 했든 간에 결국 홀리데이의 안으로 결정된 거지. 너희도 오늘 아침 원협을 봤어야 해. 사람들이 줄 *서서* 나무를 구경하고 있다고!"

주피터는 못 믿겠다는 듯 웃으며 고개를 저었다. "국면 전환의 여왕으로 인정하마. 내가 없는 동안 연락 온 건 없나요, 케저리?"

모리건은 씩 웃으며 잭을 봤고, 잭은 조심스럽게 모리건에게 눈썹을 치켜올렸다. 최근 듀칼리온을 괴롭히던, 우울하고 피곤했던 주피터와는 상당히 달랐다. 모리건이 어느 쪽을 더 좋아하는지는 분명했다.

"몇 건 있지요." 케저리가 몸을 꼿꼿이 세우고, 손으로 쓴 쪽지 뭉치를 휙휙 넘겼다. "회계사가, 언제까지 전 직원에게 급여를 지불할지 이번 주에 *세 번* 물었습니다. 직원 중 4분의 3은 휴가를 떠나 즐거운―"

"그 사람들은 즐거운 휴가를 간 게 아니에요." 주피터가 말했다.

"제가 아니라, 회계사가 한 말입니다."

"세상에, 이제 일주일도 안 됐다고요! 게다가 직원들의 잘못으로 듀칼리온이 문을 닫은 것도 아니잖아요. 어떻게 하라는 건지, 그냥 굶게 놔둘까요?"

"노스 대장이 딱 그렇게 말할 거라고 회계사에게 전해 줬습죠." 케저리가 침착하게 말했다. "그랬더니 이렇게 전해 달라더군요. 호텔 듀칼리온은 자선단체가 아니고, 현재 수입이 있는 것도 아니니, 잘 얘기해서 대대적인 재개장을―"

"할로우폭스를 잡기 전까지는 안 돼요." 주피터가 케저리의 말을 잘랐다. "치료법이라도 나오면 몰라도."

모리건은 똑바로 앉았다. 스콜이 던진 제안에 관해 주피터와 이야기해 보려고 밤새 기다렸지만, 다른 사람들이 있는 자리에서 꺼낼 이야기는 아니었다. 주피터가 의아한 얼굴로 모리건을 바라봤지만, 모리건은 고개를 저으며 입 모양으로 얘기했다. *나중에요.*

주피터가 케저리를 보며 말했다. "그럼, 왕삐짐Grand Sulk과 관련된 새로운 상황이 있나요?"

*왕삐짐*은 주피터가 다소 이상한 듀칼리온 현재 상태를 말할 때 쓰는 말이었다. 문을 닫은 이후로 호텔이 약간 *이상해지기* 시작했다. 처음에는 사소했다. 어딘가에 있어야 할 방이 전혀 다른 곳에서 나타났다. 화려한 벽지가 있던 벽이 헐벗은 벽돌 벽으로 변해 있기도 했다.

그러다가 서서히, 아무도 없는 위층의 가장 고급스럽고 가장 비싼 스위트룸들이 텅 비고, 물건들이 조금씩… 잠들기 시작했다. 불이 나가더니 다시 들어오지 않았다. 난방이 꺼지고, 난로도 모두 꺼지고, 추위에 입김이 하얗게 보였다. 급기야 스위트룸이 저절로 잠긴 뒤로 아무도 열 수 없었고, 주피터도 예외는 아니었다.

케저리와 프랭크와 나머지 직원들은 걱정했다. 잠자는 곳들을 깨우려고 안 해 본 일이 없었다. 어느 날 밤엔 가짜 파티까지 열었다. 하지만 듀칼리온은 그런 노력을 받아들이지 않았다. 계속해서 한 방씩, 한 층씩 천천히 문을 닫았다.

한편, 주피터는 호텔이 유치하게 구는 것뿐이니 철이 들어야 한다며 함께하기를 거절했다. 모두에게 *자신이* 책임자고, 언제 다시 문을 열지 *자신이* 결정할 것이며, *건물한테* 끌려다니지 않겠다고 공언했다.

하지만 모리건은 듀칼리온이 유치하다고 생각하지 않았다. 모리건이 보기에 듀칼리온은 상처를 받은 것 같았다. 어쩌면 홀이 너무 텅 비어서 약간 상실감을 느꼈을 수도 있고, 고요함 때문에 게임의 규칙에 혼선이 왔을지도 몰랐다. 모리건은 혹시 몰라 호텔이 문을 닫은 이후로 침실에 특별히 더 살갑게 대했다. 이상하건 말건 모든 변화를 칭찬했다. 최근 크고 검은 거미로 가득한 테라리엄이 생겼을 때는 너그러운 마음이 극한의 시험대에 올랐지만, 모리건은 그저 고개를 끄덕이며 환호처럼 들리기를 바라면서 이렇게 말했다. "계속 움직이네. 다리가 참 많다."

"12층, 13층, 14층이 현재 완전히 동면에 들어갔어요." 케저리가 말했다. "5층 온실은 서리로 뒤덮였고, 스모킹팔러는 분명 피곤한 기색이었습니다. 두 번째로 큰 무도회장은, 마지막으로 확인했을 때 모기가 들끓는 늪지였지요."

"오, 그랬어." 챈더 여사가 마사와 함께 계단을 내려와 로비로 들어섰다. "어제 그곳을 리허설 장소로 쓰면 좋겠다고 생각했거든. 음악 살롱이 벽장만 하게 줄어들어서 말이야. 그런데 냄새는 어떻고! 습기는 어떻고! 한마디로 끔찍해."

마사가 두 손을 꽉 쥐었다. "아, 이런. 골든랜턴 칵테일 주점의 등도 며칠째 깜박거리고 있어요. 장담하는데 곧 꺼질 거예요."

"도대체 이곳에서 무슨 일이 일어나고 있는 거죠?" 챈더 여사가 물었다. "주브, 듀칼리온이 우리에게 화가 난 것 같아요."

"화난 게 아니에요." 모리건이 말했다. "속상해서 그래요. 그리고 조금 혼란스러워하는 것 같아요."

"**애기가 된 거지.**" 주피터가 고개를 뒤로 젖히고, 텅 빈 로비에 울려 퍼지도록 말했다. 모두 위를 쳐다보다가 움찔했다. 검은 새 샹들리에가 불길하게 깜박거렸다. 빛이 가득한 두 날개가 유난히 심란했다.

언론에서 할로우폭스 말고 다른 이야기라도 다뤘던 날이 하루라도 있던 게 다행이었다. 하지만 토요일 석간신문이 나올 무렵, 할로우폭스는 다시 1면 뉴스로 돌아왔다. 이날 두 건의 공격 사건이 새로 발생했다. 주피터는 오후에 호텔을 나가 밤

새 돌아오지 않았다.

모리건은 마침내 아침 식사 후 스콜의 제안에 관해 주피터에게 말했고, 그의 대답에 안심했다.

"스콜은 *거짓말쟁이야*." 주피터가 강한 어조로 말했다. "알잖아. 또 심리전을 펼쳐서 네 두려움을 이용해 널 조종하려는 거야."

"그럼… 아저씨는 스콜이 할로우폭스를 만든 게 아니라고 믿는 거예요?"

주피터가 한쪽 눈썹을 치켜올렸다. "아, 그자가 만들었을 거야. 딱 그자가 했을 법한 일이거든. 하지만 고칠 수 있다는 건 믿지 않아. 그자에게 치료제가 *있다 해도*. 그것도 아주 의심스럽지만. 어쨌든 스콜이 네버무어를 엉망으로 만들어 놓고 그중 뭐 하나라도 자기가 정리한 게 있었어? 네가 책임져야 할 건 *아무것도 없어*, 모그. 우리는 그자가 어떤 약속을 하든 너를 끌어들이지 않을 거야."

"하지만 만약에―"

"내 말 잘 들어." 주피터가 모리건을 똑바로 바라보며 말했다. "그자가 고사메르를 타고 네버무어에 들어오는 건 막을 수 없지만, 네 머릿속에 들어가는 건 반드시 막아야 해. 이 일을 다시 생각해 보는 일은 없었으면 해, 알겠니?"

모리건은 고개를 끄덕이고 코로 천천히 심호흡했다. "아저씨, 사실대로 말해 주세요… *정말 브램블 박사님이 치료법을 찾을 것 같아요?*"

"매일매일 점점 더 접근하고 있어." 주피터의 말이 어찌나 확신에 찼던지, 모리건은 그 말을 믿고 싶었다.

그날 저녁, 뭔가 매우 기묘한 일이 일어났다. 모든 것을 바꾸어 놓을 일이었으나, 모리건은 처음엔 정확히 이해하지 못했다.

잭은 관현악단 연습 때문에 학교로 돌아갔지만, 모리건과 마사와 찰리는 아무도 없는 로비의 큰 벽난로 앞에 앉아 피시 앤드 칩스(* fish and chips – 감자와 생선을 튀겨서 먹는 퓨전 요리 – 옮긴이)와 으깬 완두콩으로 저녁 식사를 하고 있었다(직원 식당은 그날부터 난방이 안 됐다). 그때 챈더 여사가 토요일의 구혼자로 불리는 남자와 저녁 식사를 하는 요일별 데이트를 마치고 돌아왔다.

"여러분, 케저리를 봤나요?"

"아마 스모킹팔러에 계실 거예요." 찰리가 대답했다. "연기 흐름을 고치신다고요. 기침을 심하게 했거든요."

모리건은 소프라노의 어깨 너머로, 한쪽 어깨에 배낭을 걸친 채 검은 새 샹들리에를 경외감 어린 눈으로 응시하는 꾀죄죄한 차림의 젊은 남자를 유심히 바라봤다.

"*저분이 토요일의 구혼자예요?*" 모리건이 신난 목소리로 조그맣게 물었다. "정말… 음…" 남자를 어떻게 표현해야 할지 생각나지 않았다. 머리가 부스스하다? 면도를 안 했다? 네버무어

최고의 소프라노와 저녁 식사를 하기에는 부적절한 차림이다?
"정말… 기대했던 모습이 아니네요?"

마사는 깔깔 웃었지만, 챈더 여사는 당황한 얼굴이었다.

"토요일의, 누구? 아니란다. 저 사람은 순다라 백작이 아니
야. 저 신사 분은 방금 앞뜰에서 만났어. 우리 가스레인지를 손
보러 왔다는구나."

"가스레인지요? 우리 주방은 전부 원드러스예요." 찰리가 자
신의 접시에 식초를 뿌리다가 고개를 들고 얼굴을 찌푸리면서
큰 소리로 물었다. "거기, 어느 회사에서 나왔어요?"

남자는 잰걸음으로 급히 다가오며 배낭에 손을 집어넣었다.
그리고 찰리의 질문은 무시한 채 물었다. "네가 모리건이지?"

모리건은 손가락에 묻은 끈적이는 초록색을 핥았다. "음,
네? 누구신데—"

찰칵.

카메라 플래시에 눈앞이 캄캄해진 사이 남자는 정문으로 뛰
쳐나갔다. 그때까지도 다들 눈을 깜박이며 당황스러워할 뿐이
었다.

"**이봐**! 거기 서!" 찰리가 충격을 떨쳐 내고 벌떡 일어나 남자
를 쫓아갔지만, 몇 분 만에 어리둥절한 얼굴을 하고 빈손으로
돌아왔다.

설명할 길 없는 이상한 일이었지만, 그 당시에는 주피터가

돌아오는 대로 알리자고(언제가 됐든) 의견을 모으는 것 외에 할 수 있는 일이 없었다. 다음 날 아침이 되어서야 모리건은 비로소 이해할 수 있었다.

———◆◆———

원더스미스!

그것이 제목이었다. 크고 굵은 글씨체로 적힌 「선데이포스트」 1면의 머리기사였다. 제목 아래에는 여태껏 찍은 사진 중 아마도 단연 최악일 듯한 모리건의 얼굴이 실려 있었다.

"내 얼굴에 으깬 완두콩이 묻었어요." 모리건은 이제 몇 번째인지도 모를 말을 비참하게 반복했다. 그러는 동안에도 마치 파멸의 공처럼 자신의 인생에 날아든 신문을 벌써 20분째 들여다보고 있었다. "왜 사진을 컬러로 인쇄했을까요?"

"그게 정말 제일 급한 문제일까?" 주피터가 온화한 목소리로 물었다.

"*내 얼굴에 으깬 완두콩이 묻었잖아요!*"

주피터는 어깨를 으쓱였다. "덕분에 저런 제목치고는 덜 위험해 보이잖니. 대단하지?"

"꼭 코딱지가 묻은 것처럼 보인단 말이에요!" 모리건이 주피터를 노려보며 말했다.

모리건은 그 사진에 굴욕감을 느꼈지만, 사실 그보다 더 나쁜 건 2면에 이어서 실린 기사였다.

모리건 크로우: 네버무어에 나타난 새로운 위협인가?

금요일의 무시무시한 불꽃나무 미스터리가 풀린 건 오늘 있었던 충격적인 폭로 덕분이었다. 원드러스협회에서 2년 가까이 비밀리에 원더스미스를 교육하고 있다는 폭로였다. 13세의 모리건 크로우가 바로 희귀 수목종에 불을 붙인 당사자로 보이는데, 이때 사용한 알려진 바 없는 요사스러운 능력은 협회의 상급생 회원들도 모르는 것이었다.

원협 내부의 익명의 정보통에 따르면 크로우는 사실 윈터시 공화국의 시민으로, 자유주에 불법으로 데려와 원드러스협회 평가전에 참여시켰다고 한다. 크로우는 회원 자격을 얻어 추방에서 면제된다.

이 정보통은 크로우가 대중을 위험에 빠뜨리지 않도록 하기 위해, 최고원로위원회에서 회원 자격을 인정할 수밖에 없었다고 주장한다.

"그 애가 우리 담장 밖에서 무슨 짓을 할지 누가 압니까? 크로우는 원협에서 '위험인물'이라고 부르는 존재입니다. 정확히 어떤 능력을 가지고 있는지 아무도 모르지만, 그 애는 이미 다른 학생에게 심각한 부상을 입혔습니다."

이 소식은 살아 있는 마지막 원더스미스인 대량 학살자 에즈라 스콜이 백 년 전 자유주에서 쫓겨나 다시는 볼 수 없게 된 이후, 더는 원더스미스가 없다고 믿었던 많은 사람에게 충격으로 다가왔다. 크로우가 죽은 스콜의 계승자일 가능성이 있는지, 혹은 이러한 능력이 저절로 나타난 것인지는 알려진 바 없다. 크로우에게 어떤 성질의 사악한 능력이 있는지, 혹은 생길 것인지도 아직 알려지지 않았다.

우리가 알 수 있는 것은 원드러스협회가 위험하고 치명적으로 발전할 수 있는 무기를 거의 2년 동안 숨겨 왔다는 사실이다. 그리고 우리는 네버무어의 시민들이 이 사실을 알고 대응할 권리가 있다고 믿는다.

크로우의 후원자로, 호텔 듀칼리온의 대표이자 소유주인 동시에 탐험가연맹 장교로 유명한 주피터 노스 대장은 인쇄 시점까지 연락이 닿지 않아서 견해를 들을 수 없었다.

"연락이 닿지 않아 견해를 들을 수 없었다니! 내 견해를 듣고
싶으면 언제든지 연락하라고. 나는 연락이 지나치게 잘 되는
사람이란 말이야." 주피터가 분통을 터뜨렸다. 모리건이 한쪽
눈썹을 치켜올린 채 주피터를 보았다. "그래, 알아. 그렇게 늘
잘되는 건 아니야. 하지만 자기들이 연락을 안 한 게 사실이잖
아. 원로들이 기사를 삭제할 거란 걸 아니까. 오오, 그리고 불
꽃나무 미스터리가 갑자기 '무시무시해'졌다니 재미있군. 어제
는 기적이라더니! 있지, 나는—"

갑자기 부아가 오른 모리건은 신문을 돌돌 말아 벽난로 안으
로 집어던졌다. 종이는 검게 그을리며 흡족하게 움츠러들었다.
모리건이 기사를 읽으며 펄펄 뛰고 바닥을 서성이는 동안 침실
의 벽난로는 계속해서 커지고 더 커졌다. 이제 벽의 절반을 차
지할 정도로 커진 벽난로는 탁탁 소리를 내며 더 크고 환하게
타오르면서 그 기분 나쁜 물건을 불타는 구렁텅이에 집어던져
달라고 *애원했다.*

"좋아." 주피터가 고개를 끄덕이며 목을 가다듬었다. "볼 만
한 연출이야."

"고마워요. 신문 더 없어요?"

"수십 부 있지. 다른 사람이 가져가기 전에 눈에 띌 때마다
사 버렸거든." 주피터가 모리건을 곁눈질하며 말했다. "네가 원
하면 마저 태워도 돼."

"나중에요." 모리건은 문어 안락의자에 털썩 앉았다. 촉수가 실룩거리다가 다시 가지런해지면서 모리건을 조용히 받쳐 주었다. "이해가 안 돼요. 어떻게 안 거죠? 아무도 못 본 줄 알았는데! 이 사람들이 말하는 *내부의 정보통*이 누굴까요?"

"자신과 자신의 이득 말고는 아무것도 대수롭지 않게 여기는 바보겠지."

"바즈 찰턴이라고 생각하시는군요." 모리건이 단번에 말했다.

"바즈가 확실해."

"어떻게 알아요?"

주피터의 표정이 어두워졌다. "나는 바즈를 알아."

모리건은 배에 손을 얹었다. 토할 것 같았다.

이 모든 일이 끔찍하고 섬뜩하도록 익숙했다. 결국 어릴 때부터 늘 따라다녔던 그 상황이었다. 윈터시 공화국의 저주받은 아이 등기소에 오른 삶이 그랬다. 언제나 위험하고, 언제나 신뢰할 수 없는 아이. 나쁜 일이 생기면 언제나 비난받는 아이. 네버무어에서도 같은 운명인 걸까? 다음에는 또 무슨 일로 비난받을지 끊임없이 두려워해야 하는 걸까?

"모그, 들어 봐." 주피터가 침대 끝에 걸터앉아 고개를 숙이고 모리건의 눈을 들여다봤다. "괜찮을 거야. 약속할게. 조만간 일어날 일이었어. 너나 나나 원로들도 선뜻 받아들이기엔 조금

이른 감이 있지만, 우리가 감당하지 못할 일은 아무것도 없어. 신문 머리기사로 몇 번 더 오를 거고, 며칠 동안 원치 않는 관심을 조금 받아 넘기고 나면, 모든 게 다 잦아들 거야. 두고 봐."

＊　＊

주피터의 판단이 그렇게까지 빗나간 건 모리건도 처음 겪는 일이었다.

그날 하루가 끝날 무렵, 네버무어의 모든 사람이 모리건 크로우의 이름을 알게 된 것 같았다. 석간신문이 모두 그 이름으로 도배됐기 때문이다. 몇몇 기자가 호텔 듀칼리온에 나타나 앞뜰을 서성이며 위험한 원더스미스를 얼핏이라도 보려 했고, 모리건의 이름을 외치면서 밖으로 불러내려 애썼다. 홀리데이 우가 모리건을 위해 그토록 친절하게 보호했던 소중한 익명성이, 카메라 플래시 한 방에 발가벗겨졌다. 갑자기.

빠르게 질주하며 돌고 도는 생각 때문에 일요일 밤에 쉽게 잠들지 못한 모리건은 월요일 아침에 늦잠을 자서 홈트레인을 놓칠 뻔했다. 평소 모리건의 침실은 아침 해가 뜨는 것처럼 천천히 등이 밝아지고 새가 소곤소곤 노래하는 등의 기상 신호를 주는데, 그런 게 모두 없어지는 바람에 불편했다. 방은 어둡고 조용했다.

"왜 안 *깨워* 준 거야?" 모리건이 85호실에 짜증을 부렸다가, 정신을 차리고 벽을 토닥였다. "네 잘못이 아니야. 저 새 커튼 마음에 든다! 음, 미역인가? 냄새가… 아주 좋아."

모리건이 도착했을 때 홈트레인은 벌써 승강장에 들어와 있었다. 모리건이 달려가 객차에 오르자 919기 동기들이 일제히 얼굴을 들고 뭔가 잘못한 듯한 표정을 지었다(아나는 빈백에 파묻혀 잠깐 눈을 붙이는 중이었으므로 예외였다). 프랜시스가 손을 뻗어 무선 라디오의 볼륨을 끝까지 낮췄다.

아이들도 들은 것이다.

"모리건, 안녕. 괜찮지?" 치어리 씨가 객차 앞쪽에서 인사하며, 말없이 언제나와 같은 따뜻함을 전했다. 모리건이 고개를 끄덕이고 입을 꾹 다물자, 엔진이 굉음을 내며 일을 시작했다. "좋아. 그럼 움직여 보자."

"안녕, 코딱지." 호손이 해맑게 인사했다.

모리건이 인상을 쓰며 램의 옆자리에 앉았다. "으깬 완두콩이야."

"나라도 그렇게 우길 거야." 호손이 과장된 얼굴로 한 눈을 찡긋했다. 모리건은 여전히 사진에 관해 화가 치밀었지만, *하마터면* 웃을 뻔했다. 하마터면.

"그만해." 모리건은 호손의 머리에 쿠션을 던지고 나서 무선 라디오 쪽으로 고갯짓했다. "뭔데? 뭘 듣고 있었어? 내 얘기야?"

프랜시스가 미안한 듯 얼굴을 찡그리며 볼륨을 높였다.

"―하지만 안 해요. *당연히* 최고위원회는 견해를 밝히지 않을 거예요, 앨비. 왜냐하면 다 *거짓말이니까*!" 방송에서 굵고 우아한 목소리가 흘러나왔다. "모리건 크로우가 누굽니까? 어디서 나타났죠? 그리고 *내부의 정보통*이 주장하는 대로라면, 증거가 뭘까요? 자, 앨비, 원더스미스는 백 년 전에 네버무어에서 추방당했어요! 그런데 이제 와서, *어린 여자아이*를 그자라고 하면 우리가 믿어야 하나요?"

"그렇지만 그쪽에서 말하는 건 그게 아니잖아요, 생 제임스 씨? 그 사람들이 말하는 건―"

"생 제임스라고?" 모리건이 말했다. "이건―"

"맞아, 네버무어를 걱정하는 얼간이들. 쉿, 들어 봐." 케이든스가 말했다.

"제 의견을 말씀드리면" 생 제임스가 진행자의 목소리를 파묻으며 속사포처럼 말했다. "이건 협회 측의 고의적인 협박 전술입니다. 네버무어를 걱정하는 시민들이 금요일에 원협 앞에서 시위를 했는데, 토요일 밤에 '*익명의 정보통*'이 '*이야기를 유출*'했지요. 협회가 전달하려는 메시지는 이겁니다. 우리에게 도전하지 말고 얌전히 있어라. 말을 듣지 않으면 어떤 일이 벌어지는지 보아라. *원더스미스가 생각나게 해 주마*!"

"그러면 모든 게 조작됐다고 생각하시는 건가요?"

"*그렇게 생각합니다.*" 생 제임스는 조급증이 나는 듯 가볍게 발끈하며 말했다. "내가 바라는 건 원드러스협회가 직접 나서서 말하는 겁니다. 아니, *보여 주어야 해요.* 소위 이 원더스미스가 어떤 일을 하는지 보자고요. 만일 사실이 아니라면, 협회는 비판하는 사람들을 거짓말로 협박하고 입에 재갈을 물리려고 하는 건가요? 그리고 *사실이라면,* 그건… 글쎄요. 그건 심각한 문제고, 실제로 처리가 필요합니다."

그 말에 모리건의 뒷골이 쭈뼛했다.

자신이 그런 존재였나? 처리해야 할 문제?

진행자가 목을 가다듬었다. "앨비 히긴스의 〈*굿모닝 네버무어*〉를 이제 막 듣기 시작한 청취자 여러분을 위해 말씀드리면, 오늘 아침은 만인의 레이더에 잡힌 문제를 토론하고 있습니다. 정말 새로운 원더스미스가 나타난 걸까요, 협회의 농간일까요? 청취자와 전화를 연결해서—"

케이든스가 손을 뻗어 라디오를 껐다. "틀림없이 바즈가 말을 흘린 거야."

"주피터 아저씨도 그렇게 말하더라."

"내가 알아낼게. 바즈는 매번 내 비기가 뭔지 잊어버리니까. 오늘 회의 때문에 프라우드풋 하우스에 왔거든. 회의가 끝나면 자기 입으로 털어놓게 할 거야."

"자기 후원자한테 최면을 걸겠다는 음모를 난 못 들은 거로 해야겠지, 케이든스?" 치어리 씨가 조종석에서 뒤에 들리도록 말했다.

"고마워요, 차장님."

"*케이든스.*"

원협에 도착하자, 치어리 씨는 푸념하는 숲을 지나 프라우드풋 하우스까지 아이들과 함께 걸어갔다. 프라우드풋 하우스 정문 앞에는 오늘도 사람들이 와 있었고, 치어리 씨는 모리건을 보지 못하게 막으려는 것 같았다.

"저 사람들은 불꽃나무를 구경하러 온 걸 거예요." 모리건이 말했다.

비록 나무들 때문에 곤경에 처하긴 했지만, 모리건은 자부심을 느끼지 않을 수 없었다. 진입로 맨 위의 풍경은 완전히 달라져 있었다. 마녀가 하늘로 손을 뻗은 것처럼 가늘고 검게 헐벗은 가지가 사라졌다. 그 대신 수천 가지 빛깔의 초록색이 시원한 아침에 따스하게 빛났고, 주황색과 청동색과 금색으로 번진 부분이 여기저기 눈에 띄었다. 모리건은 불꽃나무 덕분에 원협이 어느 때보다 아름다워 보인다고 생각했다.

"불꽃나무 관람을 막았어야 했어." 치어리 씨가 말했다. "기자들이 관람자로 이름을 올리고 들어와서 프라우드풋 하우스에 잠입하려 하거나 꼬치꼬치—" 치어리 씨가 말을 멈추고 모리건을 힐끔 바라봤다.

모리건은 정문을 다시 자세히 들여다봤다. 방금까지 보이지 않던 것이 눈에 들어왔다. 카메라와 마이크가 바다를 이루고 있었다. "내 얘기를 묻고 다닌다는 거죠."

"무시해. 무시하고, 무시해." 치어리 씨가 모리건에게 말했다. "문 근처에도 가지 마, 모리건. 하루 이틀이면 잦아들 거야. 걱정하지 마."

———————◆———————

케이든스는 바즈 찰턴에게 최면을 걸어 자백을 받아 낼 기회를 얻지 못했다. 월요일 아침마다 열리던 억제와 주의분산 회의가 취소됐기 때문이다.

"왜 취소됐는지 아는 거 있어?" 케이든스가 모리건에게 물었다. 두 아이는 오전 수업을 들으러 지하 3층 강당에 가는 길이었다. 유명한 원드러스협회 철학자가 방문해 우리는 *왜 여기에 있는가? 존재, 죽음, 도덕에 대한 질문*을 주제로 강연할 계획이었다(월요일 수업치고는 과하다는 데 둘 다 의견을 같이했다).

"아니." 모리건이 침울하게 말했다. "또 공격이 일어났을지도 모르지."

두 사람은 훌쩍거리는 소리를 듣고 복도 한가운데 멈춰 섰다. 병원복을 입은 작고 둥근 형체가, 부속병원 창립자이자 원로였던 고 애서튼 러스크의 동상 뒤에서 어깨를 들썩이며 몸을 웅크리고 있었다.

"아나?"

누가 소리라도 지른 것처럼 깜짝 놀란 아나가 원로의 동상 뒤에서 밖을 엿봤다. 아나의 얼굴은 얼룩덜룩 붉었고 콧물이 흘렸다. "아, 너희구나. 나는 그냥……."

"아나, 왜 그래?" 케이든스와 함께 급히 다가가며 모리건이 물었다. "무슨 일 있어?"

아나는 놀란 얼굴이었다. 두 사람을 만나서 그런 것도 있지만, 모리건의 질문에 더 놀란 것 같았다.

아나는 코를 훌쩍였다. "그게… 아무것도 아니야. 신경 쓰지마. 너는 지하 9층 원더스미스 친구들한테 가 봐야 하는 거 아니야?"

모리건은 아나의 목소리가 살짝 냉랭한 것에 움찔했다. "지하 9층은 나중에 가도 돼. 왜 울고 있어?"

아나의 얼굴이 일그러졌다. 아나는 눈가에 눈물이 그렁그렁한 채로 고개를 저었다. "아무한테도 말하면 안 돼."

"우리한테는 말해도 돼." 모리건이 다정하게 말했다.

케이든스가 고개를 끄덕였다. "물론이야. 우리는 한 자매잖아. 평생의 신의를 지키는. 기억하지?"

그 말이 상황을 더 악화시킨 것 같았다. 고개를 든 아나는 깜짝 놀라면서도 고마워하는 표정으로 케이든스를 보면서 숨도 못 쉴 정도로 흐느껴 울며 눈물을 줄줄 흘렸다. "너한테서 그렇게… 그렇게 친절한 말은 처음 듣는 것 같아."

케이든스가 팔짱을 꼈다. "그래, 나는 친절해. 그런 말 걷어치워."

"숨을 쉬어, 아나." 모리건이 말했다. "무슨 문제인지 우리한테 말해."

아나가 몸서리치듯 깊게 숨을 들이쉬며 소곤소곤 말했다. "깨어나고 있어."

"누가 깨어난다는, 잠깐, *워니멀*?"

"쉿!" 아나가 복도를 힐끔거렸다. "주류는 거의 그렇고, 비주류는 아직 아무도."

"하지만 그건 멋진 소식이잖아! 안 그래?" 모리건이 반신반의하며 물었지만, 아나는 눈을 질끈 감고 고개를 가로저었다.

"깨어나긴 했는데… 더 이상 *워니멀*이 아니야."

"그게 무슨 소리야?" 케이든스가 물었다.

"그들은 그냥…" 아나가 들쭉날쭉한 숨을 쉬었다. "우니멀이야. 다 우니멀이 됐어."

모리건이 아나를 빤히 바라봤다. "그건 불가능해."

"제일 먼저 표범원이 그랬어… 이제 그냥 표범이라고 해야 하나. 깨어난 건 토요일이었는데, 처음엔 모두 다 정말 기뻐했지. 그런데… 자기가 누군지, 어디에 있는지, 자기가 뭔지도 모르는 거야. 말도 못 하고. 날고기 말고는 아무것도 먹지 않아. 우리가 하는 말을 하나도 알아듣지 못하고, 그저 겁먹고 화만 내. 왔다 갔다 하면서 으르렁거리는 게 꼭 우리에 갇힌 우니멀 같아. 그리고 지금…" 아나는 터져 나오는 울음을 꾹 참았다. "지금 모습이 딱 그래. 사람들이 주사를 놔서 재웠는데, 다시 깨어난 다음엔… 우리에 가뒀어."

주벨라 드 플림제가 깨어났다. 토요일에.

모리건은 깊은 우울감에 빠진 챈더 여사를 생각했다. 이 소식을 들으면 마음이 찢어질 터였다. 챈더 여사가 알면 어떻게 할까?

"전부 다 우, 우리 안에 가뒀어." 아나가 딸꾹질을 했다. "제일 위험한 우니멀은 모두. 표범하고 브러털러스 브라운하고 자칼하고 또… 모르겠어. 30명도 넘어. 대부분 진정제를 맞은 상태인데, 깨어 있을 때는… 오, 너무 *끔찍해*."

"비주류들은 어떤데?" 케이든스가 물었다. "그쪽도 일어나면 똑같을까? 분명 그들이 좀 더… 알잖아. 인간 쪽에…" 케이든스는 어떻게 표현해야 할지 모르겠다는 얼굴로 모리건을 바라봤다.

아나가 훌쩍이며 소매로 코를 문질렀다. "아직 몰라. 하지만 루트위치 박사님은 다음 주에 주류들을 옮기기 시작하는 게 좋겠대."

"옮기다니 어디로?" 케이든스가 물었다. 케이든스는 가방을 뒤져 구겨진 휴지를 꺼냈지만, 아나가 또다시 작은 친절에 눈물을 쏟자 눈을 위로 흡떴다.

"누가 알겠어. 루트위치 박사님하고 브램블 박사님이 그 문제로 말다툼하는 걸 들은 거야. 루트위치 박사님은 병원은 동물원이 아니라고 하셔. 하지만 이미 그렇게 취급하고 있는걸! 마치 우니멀을—"

"칼로!" 날카로운 목소리가 복도 저쪽에서 들려왔다. "칼로, 어디 있니? 여기 손이 더 필요해."

"갈게요, 루트위치 박사님." 아나가 황급히 얼굴을 문지르고 옷을 바로 잡은 다음, 모리건과 케이든스에게 별다른 말없이 아무 문제도 없다는 얼굴로 뛰어갔다.

———◆———

모리건은 나머지 오후 시간을 지하 9층에서 열한 살의 엘로디, 에즈라와 함께 물 위빙 수업을 들으며 보냈지만 좀처럼 집중할 수 없었다. 아나가 한 말을 생각하고 있지 않을 때도, *열받을 정도로 수월히* 유리잔 안에 소용돌이를 만드는 어린 에즈라를 물끄러미 바라보며 심란하고 화가 났다.

길고 어려운 수업이었지만, 그날이 끝날 무렵 모리건은 물에 직접 뛰어들지 않고도 웅덩이에서 물이 첨벙거리게 만들 수 있었다. 어린 두 학생만큼 빠르거나 정밀하지는 않았다. 나중에는 완전히 지쳐서 기진맥진했다. 그래도 진전은 진전이었다. 모리건은 물도 불만큼 잘 다룰 수 있길 바랐다.

오후에 집으로 돌아오는 길에는 이상하고 기분 나쁜 일이 두 가지 있었다. 하나는 푸념하는 숲을 지나 역으로 걸어가는데 누군가 낙하산을 타고 내려와 모리건의 코앞에 카메라를 들이민 일이었다.

"여기 원드러스협회에서 뭘 배우고 있니, 모리건 크로우?" 여자는 숨 쉴 틈도 없이 캐물었다. 모리건은 너무 놀라서 아무 말도 하지 않고 아무런 행동도 하지 않았다. 그러자 여자는 약간 용기가 생긴 듯했다. "네가 정말 원더스미스니? 네가 할 줄 아는 걸 사람들한테 보여 줄래? 우린 거짓말이라는 걸 다 알아. 그저 관심을—"

"아, 나무에나 올라가." 케이든스가 으르렁거리자, 낙하산 기자는 카메라를 떨어뜨린 채 망설임 없이 그 말을 따랐다. 가까이 있던 참나무가 분통을 터뜨리며 투덜거렸다.

"나한테서 떨어져! 아야, 내 코를 밟았다고, 이 몹쓸 것!"

아이들이 나뭇가지로 얻어맞는 기자를 내버려 두고 자리를 뜨자, 그쪽으로 상급생 무리가 몰려갔다(모리건은 이들이 기자의

169

기습 질문보다 교칙 위반에 더 격분한 것 같다고 생각했다).

또 한 가지 이상하고 기분 나쁜 일은, 마히르가 치어리 씨의 무선 라디오를 틀고 나서 몇 분 만에 일어났다.

"─농무부에 따르면" 라디오에서는 냉정하고 차분한 여자의 목소리가 흘러나왔다. "5포켓의 버블베리 농가들이 작년의 수확 부진에서 회복되고 있다고 합니다."

"하지만 먼저, 수도에서 들어온 소식입니다. 실버 지구의 거물이자 새로 결성된 네버무어를 걱정하는 시민들당 대표인 로랑 생 제임스 씨는 오늘, 지난 주말 「선데이포스트」에서 주장한 내용과 관련하여 '반박 불가능한 시각적 증거'를 제공하는 사람에게 5만 크레드의 보상금을 지불하겠다고 제안했습니다. 이 주장은 원드러스협회에서 진짜 원더스미스인 13세 학생인 모리건 크로우를 은밀히 보호하며 훈련시키고 있다는 내용이었습니다."

29장

모리건 크로우 사냥

공표를 들은 919기는 공포에 떨었고, 분노에 찬 한숨을 뱉은 치어리 씨는 곧장 발을 구르며 달려와 라디오를 꺼 버렸다.

"쓰레기 같은 놈." 호손이 빈백을 주먹으로 치며 감정을 터뜨렸다. "더러운 *쥐새끼*!"

"5만이라니!" 타데가 중얼거렸다. "그렇게 많은 돈을 단지 모리건을 보는 데 낭비한다고?"

치어리 씨가 다시 한숨을 쉬었다. "*타데*."

"왜요? 그렇잖아요. 기분 나쁘게 듣지 마, 모리건."

케이든스가 손가락을 탁 튕겼다. "아! 낙하산 타고 왔던 여자, 그것 때문이었어! 너를 자극해서 원드러스예술을 쓰게 하려고. 그걸 사진으로 찍어서 보상금을 타려고 그랬던 거야! *비열하게.*"

"원하는 걸 주지 않아서 다행이야." 아칸이 말했다.

"그래." 치어리 씨도 동의했다. "뛰어난 자제력이야."

모리건은 아무 말도 하지 않았다. 자제력 같은 걸 발휘한 게 전혀 아니었다. 오후 수업을 받고 진이 빠져 있었기에 망정이지, 그렇지 않았다면 자신도 모르게 여자가 원하는 걸 베풀어 줬을지도 몰랐다.

다른 친구들이 옆에서 분통을 터뜨리며 쓰레기 생 제임스(이제 이것이 그를 부르는 이름이 됐다)를 제대로 벌줄 수 있는 방법을 궁리하는 동안, 모리건은 기분을 부추기기 위해 아픈 곳을 찾아 찌르며 분노하려 애썼다. 놀랍게도 모리건은 너무 지친 데다 워니멀이 깨어난 일에 관해 아나가 했던 얘기가 너무 걱정되어, 이 새로운 상황을 신경 쓸 마음의 여유가 별로 없었다. 모리건은 적당히 반응하며 가상의 복수극에 동참했다. 하지만 모리건은 친구들이 모두 수면 위에서 물장구를 치고 있는 동안, 혼자 어둡고 서늘한 호수 밑바닥에 가라앉아 있는 것 같았다. 처음 느끼는 감정은 아니었다.

온몸이 쑤시고 발걸음은 무거웠다. 듀칼리온에 도착할 즈음 모리건은 뜨거운 음식과 뜨거운 목욕, 정확히 그 순서만 머리에 가득했다. 왕삐짐이 아직 주방에는 번지지 않았기를 간절히 바랐다. 모리건이 자신의 방문을 열고 들어가자, 그곳에서 주피터가 성큼성큼 돌아다니고 있었다. 벌건 얼굴로 두 팔과 브롤리를 크게 흔들다가 모자마저 바닥에 내팽개치고 쿵쿵 밟았다.

"홀리데이 우는 **악마야**!"

모리건은 몹시 놀라서 주피터를 가만히 바라봤다. "태도가 바뀌셨네요."

"바즈가, 전혀, 아니었어." 주피터는 단어 하나하나를 힘주어 말하면서, 돌이킬 수 없게 망가진 모자를 한 번 더 쿵 밟더니 발로 힘껏 차 버렸다. 모자는 단단한 나무 바닥을 *미끄러지*듯 날아가 반대쪽 벽에 툭 부딪혔다. "*그 여자였어. 아니, 그들*이라고 해야지."

"그들 누구요?"

"원로들! 원로들이 홀리데이하고 공공 주의분산 부서와 다 같이 짜고 날조한 거야." 주피터는 물결치는 생강색 머리카락을 손으로 한 번 훑어 내리고는, 몹시 흥분해서 앞뒤로 방을 서성이며 브롤리로 다리 옆쪽을 탁탁 두드렸다. "그래, 그랬겠지. 그게 그들이 하는 일이니까. 안 그래? 사람들 눈을 다른 데로 돌려놓고 숨기고 싶은 걸 숨기는 게 일이니까. 가장 편하게 이용할 수 있는 거라면 그게 뭐든, 누구든 이용하지. 그게 누구든 희생시키는 거라고. 이 경우엔 모그, 걸린 게 **너**야."

"무슨 말을 하는 거예요?"

"신문사에 정보를 준 '협회 안의 익명의 정보통'? 홀리데이였어. 허락받고 움직인 거야. 아니, 최고원로위원회의 *지시*를 받은 거지."

"뭐라고요? 설마요. 퀸 원로님은 그런—"

"오, 퀸 원로가 *맞아*." 주피터가 단호히 말을 끊었다. "퀸 원로는 원로들이 늘 하던 일을 한 거야. 협회를 최우선으로 두는 거 말이야. 완벽해. 모르겠니? 네가 불꽃나무를 부활시킨 뒤로 상황이 썩 괜찮았지. 아무도 더는 할로우폭스 얘기를 안 꺼내고, 우리의 대처 방식에 의문을 제기하지도 않고 말이야. 「선데이포스트」에 너에 관한 정보를 흘려서 그걸 이용하자는 건 홀리데이 우의 생각이었지만, 정말이야, 원로들은 그 계획을 열광하며 승인했지. 그거 아니?" 주피터는 갑자기 생각에 잠긴 얼굴로 말했다. "살면서 *이렇게까지* 화날 일이 있으리라고는 생각한 적도 없어. 이 화를 병에 담을 수만 있다면, 실력 있는 헤비급 권투 선수한테 팔 수도 있을 것 같아."

모리건은 무언가 어둡고 불안한 것이 마음에 자리 잡는 기분이었다. 스콜의 말이 머릿속에 울려 퍼졌다.

그들은 각본을 뒤집을 거야.

그에게 정말 앞을 내다보는 능력이 있는 걸까? 이게 그가 의미한 배신일까?

"하지만 *원로님들은 비밀을 지켜야 한다고* 한 사람들이잖아요. 그러니까 *퀸 원로님이 그랬잖아요. 모두가 서약을 지키고 비밀을 보호해* 달라고, 그리고… *형제자매라고. 평생 신의를 지키라고.* 위선자들!"

"흥." 주피터가 투덜거렸다. "중요한 건, 모그, 그게 영원히 비밀은 아니었으리라는 거야. 그런 일은 늘 그렇듯이 언젠가 드러나야만 하지. 하지만 나는 미리 *예고*가 있고, 어떻게든 대비할 수 있을 거라 생각했어. 일이 이렇게 되어서 정말 미안하다. 진심이야."

모리건이 조금 전까지 지쳐 있었다면, 지금은 온몸의 뼈가 다 으스러져 가루가 되어 버리는 것 같았다. 침대가 탁자로 변했다는 것을 알아차렸을 때는 더없이 불행한 순간이었다.

모리건은 한숨을 쉬며 벽에 기댔다가 흘러내리듯 바닥으로 미끄러졌다. *이제 그만해.* 녹초가 되어 그런 생각을 했다.

"이해가 안 돼요." 모리건이 말했다. "이건 협회에 더 안 좋은 일 아닌가요? 사람들은 원더스미스를 무서워하고, 이제 원로들이 그런 원더스미스를 숨겨 왔다는 걸 알게 됐어요. 그게 할로우폭스보다 더 심각하잖아요! 이건 마치 거미를 한 상자 가지고 있다는 사실을 숨기려고, 또 다른 상자에… 산을 내뿜는 육지 돌고래나 그런 비슷한 게 들어 있다고 소리치는 거랑 똑같아요. 게다가 지금 걱정하는 시민들당의 그 남자가 준다는—"

"아, 그 얘기 들었구나." 주피터가 우울하게 말했다. 주피터는 벽 쪽으로 걸어가 모자를 주워 들고 원래 모양으로 되돌리기 위해 주먹으로 두드렸다(실패했다).

"더 문제를 크게 만든 것 같아요." 모리건이 하품을 하며 말했다. "원로님들이 정말 신중하게 생각하지 못했다는 생각이 들어요."

"나도 그래. 이런 결정을 내리다니, 극심한 공포 때문에 앞을 내다보지 못한 게 아닐까 의심스러워. 왜냐하면…" 주피터는 모리건을 힐끔 바라보며 머뭇거렸다. 이 말을 해도 좋을지 망설이는 모습이었다. "토요일에 어떤 일이 있었는데, 상황이 훨씬 더 나빠졌거든. 그 일로 인간과 워니멀 사이의 균열이 영영 더 벌어질 수도 있고, 그래서 원로들은 할 일을 조용히 결정하는 동안 사람들의 시선을 다른 데로 돌려놓을 필요가 있었던 거야. 모그, 내가 하는 얘기는 절대 다른 데로 새선 안 돼. 극도로 민감한 정보라서—"

"워니멀이 깨어나기 시작했어요." 모리건이 조용히 말했다. "그런데 우니멀이 되었대요."

주피터의 눈이 휘둥그레졌다.

176

"아나가 말해 줬어요. 하지만 루트위치 박사님한테 말하면 안 돼요. 케이든스하고 내가 말해 달라고 부추겼거든요."

"말하지 않을게. 너도 챈더 여사에게 주벨라 드 플림제에 관해 말하지 않겠다고 약속해 줘. 챈더 여사가 알면 아주 마음 아파할 거야."

"네, 제 생각도 그래요. 브램블 박사님이 치료제를 찾을 때까지 기다리는 게 좋겠어요." 모리건이 고개를 갸우뚱 기울이며 주피터를 봤다. "지금쯤이면 거의 찾았겠죠."

"흐음, 매일 조금씩 더 다가가고 있으니까―"

"매일 조금씩 더, 계속 그렇게만 말하네요." 모리건이 한쪽 눈썹을 치켜올렸다. "아저씨, 만약에 이걸 치료할 수 있는 유일한 사람이…….."

"안 돼." 주피터가 단호히 말했다. "네가 무슨 생각하는지 아는데, 당장 그 생각을 멈추길 바란다."

모리건이 얼굴을 찌푸렸다. "아저씨, 생각을 검열하면 안 되죠."

"말했잖아. 스콜은 거짓말쟁이야. 설령 진실을 말하고 있다 하더라도, 그자는 *우리에게 주는 것보다* 훨씬 더 가치 있는 것을 대가로 가져가려 할 거야. 이건 선택의 문제가 아니야. 모리건, 브램블 박사는 정말 뛰어난 사람이야. *진심*으로, 그리고 곧 돌파구를 마련하기 직전이야. 내가 알아."

스콜이 새빨간 거짓말쟁이일까, 모리건은 의문이 들었다. 원드러스협회가 입장을 뒤바꿀 것이라는 말은 거짓이 아니었다.

주피터가 손뼉을 한 번 치고는 웃었다. "배고프겠다! 먹을 것을 갖다주라고 할게. 꽃등심 스테이크일 거야. 내 생각에 넌 철분을 더 섭취해야 해. 채소도 많고, 통으로 구운 옥수수도 있어. 옥수수 구이 좋아하잖아. 수프부터 먹어야지, 물론. 수프도 있을 거야. 후식으로 큰 대접에 오디 아이스크림도 나올 건데, 그건 어때? 좋아." 이미 방을 나선 주피터가 복도에서 뒤돌아보며 말했다. "뜨거운 물로 씻고 나오면 문밖에 식사가 있을 거야. 오오, 초콜릿도 뿌려져 있지! 수프 말고 아이스크림 말이야. *그런데…….*"

모리건은 주피터가 브램블 박사의 돌파구에 관해 더 묻기 전에 도망가고 있다는 걸 알았지만, 너무 피곤해서 짜증을 낼 수가 없었다. 모리건은 눈을 감았다.

꼭 기억해 두었다가 내일 짜증 내야지. 그 생각을 끝으로 모리건은 이내 깊이 잠들었다.

다음 날 아침 눈을 떴을 때 모리건은 정확히 같은 자리에 똑같이 축 늘어진 채 반쯤 앉아 있었다. 하지만 그랬던 적이 없을

만큼 더없이 아늑하고 편안했다. 침대가 있던 자리에 나타났던 탁자는 사라지고 없었다. 밤새 새로운 침대가 자라났는데, 깃털 베개와 양털 담요로 만든 고치처럼 보드랍고 따뜻했다. 필요한 곳을 받쳐 주면서도 모리건을 부드럽게 안아 주고 있어 마치 공중에 뜬 느낌이었다.

모리건은 미소를 지으며 얼굴로 흘러드는 밝고 따스한 햇살을 즐겼다. 그렇게 다시 잠들 수 있을 것 같다고 생각하다… 깜짝 놀라 벌떡 일어나 앉았다.

햇살이라니! 몇 시나 됐을까? 모리건은 지금 학교에 있어야 했다.

베개가 놓인 고치에서 힘들게 뛰어내린 모리건은 홈트레인 역으로 향하는 문으로 달려가 동그란 자물쇠에 손가락 인장을 가져다 댔다. 하지만 아무 일도 일어나지 않았다. 동그란 원은 차가웠고 불이 켜지지 않았다.

"뭐야? 얼른, 이 바보야."

다시 시도하고, *다시* 더 세게 눌러 봐도, 변하는 건 없었다.

윽. 늦잠을 자서 홈트레인을 놓치면 이렇게 되는 건가? 모리건은 생각했다.

입은 채 잠드는 바람에 주름진 제복을 내려다보다가 모리건은 어깨를 으쓱였다. 별도리가 없었다. 방수포 우산을 움켜쥐고 문밖으로 뛰어나가서 식은 스테이크와 녹은 아이스크림이 담긴 전날 저녁 카트를 지나쳐 아래층으로 내려갔다. 로비가 시끌벅적했다.

"제발 그냥 경찰을 부르지 그래요?"

"당연히 불렀지요, 챈더. 오늘 아침에 벌써 두 번이나 다녀 갔는걸요." 언젠가 들어 본 적 있는 곤두선 목소리로 케저리가 말했다. "와서 사람들한테 나가라고 할 때마다, 점점 더 많이 와요!"

챈더 여사가 안달이 난 걸음으로 체커판 무늬 바닥을 서성일 때마다 푸른 실크 드레스가 그 뒤를 쓸고 다녔다. 찰리와 마사 는 번갈아 가며 커튼 틈으로 밖을 내다봤다. 피네스트라는 성 난 눈초리로 문가에 앉아 있었다. 동상처럼 움직임이 없었지 만, 꼬리가 불길하게 앞뒤로 흔들리며 북을 치듯 바닥을 두드 렸다.

밖에서 엄청난 소음이 들렸다. 어찌나 요란한지 두꺼운 이중 문도 소용없었다. 어떤 상황인지 이해가 가자, 모리건은 구역 질이 났다.

"우리 앞에 나와, 원더스미스!"

"여기로 나와! 뭘 할 수 있는지 보여 줘!"

모리건은 계단을 반쯤 내려가다 멈춰 서서, 난간을 꽉 붙잡 았다. 갑자기 목에서 맥박이 쿵쾅거렸다.

피네스트라가 으르렁거렸다. "정말이지, 케저리, 날 내보내

쥐. 저 탐욕스러운 인간들을 1분이면 처리한다니까."

"백만 번째 말하지만, 핀, *안 돼.*" 케저리가 말했다. "우리 중 누구도 저 콘도르(* vulture, 죽은 짐승의 사체나 병든 동물을 공격하여 잡아먹는 콘도르과의 새 – 옮긴이)들과 맞서면 안 돼. 너는 특*히* 더. 노스 대장 그 점을 콕 짚어 말했지."

핀이 케저리에게 낮게 식식거렸다. 반박할 말을 생각하고 있는 듯했지만, 그럴 새도 없이 앞뜰에서 *철퍼덕!* 소리가 울리고 비명이 뒤따랐다.

마사가 웃음을 터뜨렸다가 약간 멋쩍었는지 한 손으로 입을 막았다. "오, 세상에. 저 사람들한테 겁을 잔뜩 주려나 봐… 맙소사, 저게 뭐지, 찰리? 피인가?"

"블랙커런트 주스 같아."

"그리고 프랭크한테 물풍선을 주자는 건 누가 떠올린 *참신한* 생각이지? 마치, 오! 좋은 아침이구나, 모리건?" 모리건을 발견한 챈더 여사가 연기인 게 확연한 가벼운 목소리로 인사했다. 챈더 여사는 활짝 웃었지만, 이마에서 맥박이 뛰는 게 다 보일 정도였다. "잘 잤니, 아가? 여기는 보다시피 모든 게 평소처럼 편안해. 우리 스모킹팔러로 올라갈까? 이런, 제복이 예쁘지 않네. 검은색은 정말 너한테—"

"저도 보상금 얘기 알아요." 모리건이 챈더 여사를 안쓰럽게 여기며 말했다. 챈더 여사는 옆에 있던 소파에 주저앉아 부채

질을 했다.

"오, *다행이구나*, 애야. 나도 가면 놀이는 더 이상 참기 힘들 었단다." 챈더 여사가 고개를 들고 걱정스러운 눈으로 모리건 을 쳐다봤다. "겁이 많이 났겠구나."

"아니에요." 모리건이 거짓말을 했다. 그 때문인지 배에 불 편한 압박감이 들었다. "괜찮아요."

라디오에서 그 소식을 접했을 때와는 또 다른 기분이었다. 낙하산 사건조차 한 명의 괴짜가 친 사고였다면 재미로 넘길 수 있었다. 하지만 이건 달랐다. 이곳은 집이었고, 사람들이 문 앞까지 몰려왔다. 당연히 겁났다.

"좋은 기백이야." 챈더 여사도 그 말을 믿지 않았지만, 모리 건을 격려했다. "고개 들고, 힘내."

"주피터 아저씨는 어디 갔어요?"

"최고원로위원회 호출로 아침 일찍 나갔단다, 아가. 언제 돌 아올지 모르겠구나." 케저리가 말했다.

모리건은 한숨을 쉬고 형클어진 머리를 손으로 쓸어 넘겼다. 가운데 손가락이 계속해서 따끔거리고 간지러웠지만, 그 느낌 을 털어 냈다. "919역에 들어갈 수가 없어요. 그럼 원협에 못 가잖아요. 브롤리 레일을 타려고 했는데…….."

밖에서 다시 ***철퍼덕!*** 소리가 요란하게 들렸고, 역겨운 듯 꽥 하는 비명도 뒤따랐다. 케저리는 불안하게 입구 쪽을 흘깃거렸다. "그건 바람직해 보이지 않는구나. 자체 휴교를 할 수밖에 없을 것 같은데?"

"**그거** 괜찮은 생각이네요." 찰리가 케저리를 가리키며 말했다. "넌 땡땡이를 거의 안 치잖아, 모리건. 내가 항상 하는 말인데, 으악, 왜 그래?" 마사가 옆에서 찰싹 후려치자 찰리가 웃음을 터뜨렸다. "맞는 말이잖아. 얘가 그렇다니까."

챈더 여사가 손뼉을 쳤다. "오! 그래. 우리 여자들끼리 멋진 하루를 보낼까? 마사, 가자. 자기도, 피네스트라!"

"사양할게."

"우린 서로 머리도 꾸며 주고 가장 멋진 야망과 *가장* 수치스러운 비밀도 함께 나눌 건데? 그리고—" 모리건의 경악한 표정을 본 챈더 여사는 말을 멈추고 모리건의 어깨를 꽉 잡았다. "걱정하지 말렴. 주브가 지금 이 모든 일을 처리하고 있을 거야."

모리건은 그러길 바랐다. 무엇보다도 챈더 여사가 자신의 머리에 되돌리기 힘든 뭔가를 하기 전에 처리하길 바랐다.

하루였던 자체 휴교는 이틀이 되고, 사흘이 됐다.

주피터는 첫날 점심시간에 돌아왔다. 직원용 출입구로 허둥지둥 뛰어 들어온 주피터는 역정이 난 상태로, 모리건을 비롯한 누구에게도 원로들이 원한 것을 알려 주지 않았다. 919역의 문이 잠긴 게 우연이 아니었다는 말뿐이었다.

주피터는 이를 악물고 말했다. "*존경하는* 원로위원회에서는, *자신들이 그토록 경솔하게 만든* 이 우스꽝스러운 상황이 해결될 때까지 네가 원협에 오는 건 안전하지 않다고 결정했어."

(모리건은 실제로 원로들이 저런 표현을 썼을 거라고는 별로 믿지 않았다.)

주피터는 매일 원로들에게 불려 갔고, 날마다 전날보다 더 답답해하며 돌아와서는 무슨 얘기를 나눴는지 말해 주지 않았다. 주피터는 매일매일 치어리 씨가 담당 교사들에게 모아 온 과제를 산더미처럼 들고 왔고, 그때마다 모리건은 과제들을 무시한 채 신문에 실린 최악의 1면 표제를 샅샅이 훑었다. 네버무어의 주요 일간지들은 할로우폭스와 모리건 사이에서 어디에 더 관심을 둬야 하는지, 결정하지 못하는 것 같았다.

보상금 제공!
돈을 바라는 원더스미스 추격자들

병원장이 말한다, "우리는 극복할 수 없다!"
왕립 라이트윙의 워니멀 피해자 야간 기록

스콜과 크로우: 친구인가 적인가?

워니멀 공격 증가로
경찰의 출동 규모도 커진다

비밀에 싸인 모리건 크로우:
어디에서 왔으며 무엇을 원하는가?
네버무어를 걱정하는 시민들은 알고 싶다

"내가 원하는 건 혼자 있는 거야." 모리건은 신문을 벽난로에 던져 넣으며 투덜거렸다.

그러는 사이, 듀칼리온 안의 생활은 폐소공포증을 불러일으켰다. 사람들은 벌집에 모여드는 벌 떼처럼 호텔 주변으로 계속 무리지어 몰려왔다. 낮이고 밤이고 앞뜰에서 진을 쳤다. 마치 포위당한 기분이었다. 다행히 미로 같은 캐디스플라이앨리의 허름한 직원 전용 출입구를 아직 사용하는 중이었다. 그게 아니었다면 *그야말로* 고립된 신세였을 것이다(케저리가 기지를 발휘해 작고 빛바랜 **호텔 듀칼리온** 간판을 떼어 냈다).

모리건은 어쨌든 외출이 금지됐다. 가능한 한 로비에도 내려가지 않고, 화요일과 수요일은 대부분 방에서만 보냈다. 사람들에게는 학교 과제를 해야 한다고 말했지만, 실제로는 낯선 사람들이 자신에게 아우성치는 소리를 듣는 게 진절머리가 났다. 5층 창문에서 앞뜰을 내려다볼 수 있었지만, 모리건은 두꺼운 커튼을 쳤다. 85호실이 모리건의 행동을 알아챘는지 밖에서 들려오는 모든 소리를 덮어 버렸다.

마침내 수요일에 동면을 깨고 나온 모리건은, 주피터가 모리건의 역 문을 열게 원로들을 설득하고 의기양양하게 돌아오기를 기다렸다. 하지만 종종걸음으로 의기양양하게 나타난 건 주피터가 아니라 피네스트라였다. 피네스트라는 크고 못생긴 새끼 고양이를 옮기듯 어떤 남자의 목덜미를 물고 나선형 계단을 내려왔다. 그 광경을 보자마자 마사와 케저리가 벌떡 일어나 모리건이 보이지 않게 막아섰다.

"나를 내려놔!" 그 남자가 소리쳤다. "너 유치장 갈 줄 알아. 내 셔츠를 찢었잖아! 이건 폭행이야!"

피네스트라가 역겨운 표정으로 남자를 체커판 바닥에 내던졌다. "8층에서 이 구더기가 기어 다니는 걸 발견했어. 자기 말로는 패러글라이딩을 해서 창문으로 들어왔대. 나는 이 시민을 검거할 거야. 케저리, 수갑 갖다줘! 이 도둑놈한테 은팔찌를 채우라고!"

케저리가 지친 듯이 한숨을 쉬었다. "벌써 말했잖아, 핀. 우린 수갑이 없어."

"뭐야, *아직도?* 어떤 형편없는 관리자가 그런 것도 없이, 이

봐, 그자를 *보내면 안 돼*!"

하지만 케저리는 이미 삐걱거리는 정문을 열고, 겁에 질린 무단 침입자를 밖으로 떠밀었다. 마사와 찰리의 도움으로 얼른 문을 닫고 다시 잠글 수 있었지만, 그 사이 밖에 모인 인파가 얼핏 모리건의 눈에 들어왔고⋯ 밖에서도 한두 사람은 모리건을 본 모양이었다. 갑자기 요란한 소음이 더 커졌다.

"원더스미스다아아!"

"모리건 크로우는 가짜야!"

"저기 있다! 내가 봤어!"

"네가 정말 원더스미스면 증명해 보지 그래?"

모리건은 숨을 깊이 들이마시며, 두 귀를 틀어막고 싶은 충동을 억눌렀다.

"그러니까 뭐지?" 찰리가 물었다. "다섯 번짼가?"

"여섯!" 마사가 대답했다. "어디 보자. 가짜 배관공하고, 가짜 우체부하고, 또 노스 대장과 오랫동안 만나지 못한 사촌이라던 사람도 있었고—"

"—모리건과 오래전에 연락이 끊긴 이모라고 주장한 사람도 있었지." 찰리가 덧붙였다.

"아, 그리고 어제는 누가 취업 면접을 보러 왔다고 했어!"

"마사가 시험 삼아 일거리를 줬지." 찰리가 자랑스럽게 웃었다. "천으로 된 냅킨 3백 장을 다리게 한 다음 쫓아냈잖아."

마사도 기분이 좋아 보였다. "아주 큰 도움이 됐어. 제리 말이야."

모리건은 웃으려고 애썼다. 자신을 위해 농담한다는 걸 알았기 때문에 겁내지 않으려 했다. 하지만 아무리 애써도 집에 침입자가 들어왔다는 사실을 재미로 웃어넘길 수는 없었다.

적어도 이 "기회주의자들"은 나름대로 머리를 쓴 거라고 생각했다. 집 앞에 모여 있는 사람들에게는 해당되지 않는 얘기였다. 그들은 진을 치고 기다리며 모리건이 갑자기 튀어나오기를 바랐다. 튀어나와서 쩔쩔매며… 쩔쩔매며, 뭘 어쩌라는 거야? 모리건은 생각했다. 긴 망토를 입고 비명을 지르며 나와서, 미친 듯이 웃으며 괴물 군대라도 만들어 안겨 주길 바라는 걸까? 그들이 만든 전설 속 에즈라 스콜처럼? *정확히 뭘 바라는 걸까?*

물론 답은 어렵지 않았다. 5만 크레드.

하지만 정말로 보상금을 받을 수 있다고 생각한다면 먼저 모리건이 진짜 원더스미스일 수 *있다는* 걸 믿어야 하는데, 원더스미스가 위험한 존재라는 걸 다 아는 마당에… 사람들은 왜 모리건이 가는 곳마다 감히 따라다니는 건지 궁금했다.

"그만한 돈이라면 사람들은 더한 일도 할 게다." 모리건이 묻자 케저리는 그렇게 대답했다. "탐욕이 두려움을 이기는 거지."

━━━◆━━━

탐욕의 힘이 더 거세진 목요일 아침, 모리건은 스모킹팔러에서 라디오를 통해 쓰레기 생 제임스가 보상금을 두 배로 올렸다는 소식을 들었다.

10만 크레드라고? 잭이 비명을 질렀다.

모리건은 눈썹을 치켜올렸다. "발악하는 게 틀림없어."

"관심을 더 끌고 싶어서 발악을 하는구나, 맞아. *걱정하는 시민들*이 이번 주에 매일 1면 머리기사에 올랐던데. 그런 사람은 10만 크레드보다 관심이 더 소중하겠지." 잭이 말을 멈추고 잠시 생각했다. "모리건, 네가 뭔가 원드러스한 일을 하고 내가 사진을 찍어서 보상금을 나눠 갖는 건 어때? 6 대 4?"

"내가 6이야, 4야?"

"당연히 4지.

모리건은 곰곰이 생각하는 시늉을 했다. "7 대 3으로 해. 내가 7."

"흠, 9 대 1은 어때? 내가 9야."

"다시는 서로 안 보는 게 어때?"

잭이 손을 내밀고, 두 사람은 악수했다. "너하고 거래하지 않게 돼서 기뻐."

잭은 전날 밤에 돌연 집으로 돌아와 주피터에게 자신이 왜

'모리건과 연대하여' 일주일 동안 학교를 쉬어야 하는지 열변을 토했다(모리건은 잭이 목요일 오후에 물리학 시험을 봐야 하지만 공부를 하지 않았다는 사실을 우연히 알게 됐는데, 고자질하지는 않았다). 모리건은 이틀을 꼬박 지하 9층에도 못 가고 친구들도 만나지 못해 너무 지루하던 차에, 잭과 함께 있으니 원협에서 유배당한 처지가 조금은 견딜 만해졌다. 무척 즐겁게 아침 시간을 보낸 덕에, 모리건은 저 아래 앞뜰에서 자신의 이름을 부르짖는 사람들의 소리도 거의 무시할 수 있었다.

하지만 오후가 되자, 보상금이 두 배로 뛰어올랐다는 소식 탓에 듀칼리온 밖의 인파는 네 배로 불어났다. 모리건도 무시하기가 힘들어졌다. 사람들은 이제 질문을 포기하고, 모리건의 이름도 부르짖지 않았다.

이제 그들은 모리건을 부르는 마법의 주문이라도 되는 것처럼 한 단어만을 반복해서 외쳤다.

원더스미스.

원더스미스.

원더스미스.

그날 늦게 깜짝 놀랄 만한 인물이 또 하나 찾아왔다. 기분 좋

은 방문객은 *아니*었다.

모리건과 마사, 잭, 찰리는 분홍빛이 도는 주황색의 평온한 안개(복숭아 연기로, 달콤한 여름의 추억을 떠올리게 하는 향이었다)가 흐르는 스모킹팔러에서 보드게임을 하며 오후 시간을 보내다 누군가 언성을 높이는 소리에 로비로 나왔다.

"호들갑 떨 필요 없어요, 챈더. 그 애하고 *이야기만* 하고 가겠다니까요."

"당신이 나를 *챈더*라고 불러도 되는 사람은 아니지. 그리고 주피터가 이미 수차례 말했을 텐데. 대답은 절대 불가야—"

"괜찮다면, 그 대답을 모리건한테 직접 듣고 싶습니다."

"바로 그게 문제야. 괜찮지 않거든!"

에메랄드빛 녹색 스리피스 정장에 금색 가죽 부츠를 신고, 빛나는 검은 머리를 높이 포개 올린 홀리데이 우는 마치 패션 잡지의 한 장을 뚫고 나온 사람 같았다. 홀리데이 우 주변을 둘러싼 여섯 명의 사람들은 모두 검은 옷을 입은 채 다양한 장비를 끌고 있었다. 그중에는 조명 장치와 거대한 카메라, 모리건에게 딱 맞을 만한 옷이 가득한 옷걸이 등도 있었다. 챈더 여사, 케저리, 프랭크, 그리고 피네스트라가 마치 입구를 지키는 경호팀처럼 나선형 계단 밑에서 그들과 대치해 서 있었다.

"주피터는 지금 *어디* 있지? 그도 당신이 여기 온 거 알아?" 챈더 여사가 따지듯 물었다.

홀리데이 우는 자신의 손톱을 살펴보며 대수롭지 않다는 듯 어깨를 으쓱였다. "주피터야 할로우폭스 대책 본부 일로 중요한 회의가 있겠지요."

"참 편리할 대로네." 챈더 여사가 가늘게 실눈을 떴다. "*당신도 할로우폭스 대책 본부에 속해 있다는 걸 깜박 잊은 모양이야, 홀리데이. 당신은 왜 회의에 안 갔을까?*"

"*나야* 긴히 만날 사람이 있으니까— 아! 거기 있구나. 이 소동을 정리할 시간인 것 같죠?" 홀리데이가 계단을 내려오는 모리건을 눈으로 쫓으며 말했다.

챈더 여사가 휙 돌아섰다. "모리건! 이건 *하지* 않아도 돼."

"뭘 말이에요?"

"좋아, 여러분, 장비 설치해요. 전부 제대로 준비된 다음 문을 열어야 해요." 홀리데이가 손뼉을 두 번 치자, 옆에 서 있던 일행이 일제히 움직이면서 작은 영화 촬영장 같은 무대를 닫힌 이중문 바로 앞에 설치했다. "리지, 생각이 바뀌었어. 빨간 드레스는 너무 공격적이야. 예쁜 연푸른색 드레스로 가자. 해로울 거 없는 어린 여자애라는 걸 강조하자고. 머리는 좀 치자, 카를로스, 앞머리는 핀을 꽂아서 넘겨 줘. 사람들이 얼굴을 봐야 하니까. 맥신, 이마가 반들거리니 분을 발라 주고 뺨은 살짝 붉은 기를 줘. 얼굴이 너무 창백해."

사람들이 갑자기 모리건 주변에서 분주히 움직였다. 모리건의 몸에 옷을 대보고, 얼굴 전체에 분가루를 뿌려 대는 바람에 재채기가 나왔다. 헝클어진 머리를 빗으로 잡아당기기도 했다. 모리건은 너무 놀라서 뿌리치지도 못했다.

"좋아. 넌 뭐가 자신 있니?" 홀리데이가 모리건에게 물었다. "불꽃나무도 멋있긴 했는데, 우리는 새로운 게 필요해. 대담한 거. 그러면서 *위험하진* 않은 거. 밖에 있는 사람들이 위협을 느끼는 일은 없었으면 하거든. 약간 롤러코스터를 타는 듯한? *짜릿한* 거라고 하면 맞겠다."

"나더러 저기 나가서⋯ 저기서 원드러스예술을 사용하라는 거예요?" 모리건이 눈살을 찌푸리며 물었다. "저 많은 사람 앞에서?"

"이 애는 서커스 원숭이가 아니야!" 챈더 여사가 말했다.

하지만 홀리데이는 오로지 모리건만 바라보고 모리건의 말만 들었다. "로랑 생 제임스가 밖에서 온종일 네 이야기를 떠들어 대고 있어. 우리가 대응하지 않으면, 그 사람이 흐름을 주도하게 되는 거야. 너는 이 일이 어떻게 돌아가는지 몰라. 노스 대장도 마찬가지고. 하지만 나는 알지. 숨으면 숨을수록, 사람들은 점점 더 너를 사냥하고 싶어 해."

"생 로랑의 말처럼, 넌 괴담의 주인공이나 *싸움꾼*이 되는 거야. 협회가 네버무어에 들이대는 날조된 위협이거나 처리해야 할 진짜 위험이지. 우리는 이야기의 흐름을 *바꿔야 해.* 네버무

어가 다시 한번 원더스미스를 갖는 게 좋은 일이 될 수 있다는
걸 보여 줄 필요가 있다고. 그 시작은 네가 *정말 원더스미스라*
는 걸 증명하는 거야. 로랑 생 제임스가 네 등에 과녁을 그려
놨잖아. 나는 네가 그걸 벗어날 수 있도록 도우려고 여기 온
거야."

모리건은 고개를 저었다. "내 등에 과녁을 그린 건 *당신이에*
요. 「선데이포스트」에서 말한 익명의 정보통이 *당신이잖아요.*
주피터 아저씨가 이미 진실을 다 말해 줬어요."

홀리데이는 조금도 난처하거나 미안한 기색이 없었다. 홀리
데이는 모리건과 눈높이를 맞추고 나직한 목소리로 차분하게
말했다. "좋아. 진실 좋아하니? 네가 알아야 할 진실 몇 개를
알려 줄게."

"부인, 이제 그만 돌아가실 때가 된 것 같습니다만." 케저리
가 단호하게 말했다. 피네스트라가 발톱을 풀며 갈기갈기 찢어
버리고 싶다는 눈으로 옷걸이 선반을 빤히 바라봤다. 프랭크는
조명 장치를 든 여자를 방해하며, 장비를 내려놓으려고 할 때
마다 막아섰다.

홀리데이는 그 모두를 무시했다. "너는 골칫거리야. 지난 할
로우마스 때 가로챈 순간들의 미술관 참사를 막기 위해 협회가
어떻게 했는지 아니? 우리가 어떤 거짓말을 해야 했는지, 얼마
큼의 비용과 자원을 쏟아야 했는지, 호의를 사기 위해 어떤 출

혈을 감수했는지 알아? 그날 밤 그곳에서 벌어진 일로부터 너를 보호하기 위해 말이야."

"나는…" 모리건은 눈을 깜박이며 갑자기 왈칵 차오르는 눈물을 말렸다. 입을 앙다물고, 또 앙다물었다. "아뇨, 몰랐어요."

"홀리데이, *나가!*" 챈더 여사가 소리쳤다. "모리건, 듣지 마라, 아가—"

"그래, 너는 몰랐지." 홀리데이가 챈더 여사를 무시한 채 말했다. "의도는 좋았을지 몰라도, 용기 있고 고귀하고 그보다 더한 것이든 *뭐든*… 여전히 너는 네가 속한 적 없던 곳에 들이닥친 거고, *오라고 청한 사람도 없는* 곳에 와서 엄청난 분란을 일으킨 거야. 그렇게 큰 혼란을 정리하는 데는 정말 많은 노력이 들어가지. 그 일을 누가 해야 했는지 맞춰 볼래?"

모리건은 문 쪽을 휙 보았다가 다시 홀리데이를 쳐다봤다. "당신이군요."

홀리데이가 고개를 끄덕였다. "나는 기꺼이 그 일을 했어. 그게 내 일이고, 나는 그런 일에 소질이 있으니까. 이제 너도 네 일이 있어. 원드러스협회는 너를 필요로 해. 받아들여. 그리고 웃으면서 쇼를 보여 줘."

홀리데이가 보조자들에게 고개를 끄덕이자, 어느새 그중 한 명이 다가와 모리건의 옷깃에 마이크를 고정했다.

"나는, 난 못해요. 뭘 해야 하는지도 몰라요—"

"너는 원더스미스야. 네가 *바로* 원더스미스라고." 홀리데이가 모리건의 어깨에 손을 얹고 돌려세우더니 앞으로 살짝 밀었다. "알게 될 거야."

그리고 어찌 된 일인지, 모리건은 동의하지도 않았는데 생각할 겨를도 없이 듀칼리온 출입구를 향해 걸어갔다. 거대한 이중문이 열렸다. 모리건은 멈춰 섰다. 그 문을 걸어 나갈 수가 없었다.

사흘째 아침까지 소리치며 기다리던 군중은, 조용히 가라앉아 침체된 오후를 보내고 있었는데… 문이 열리는 순간, 토끼를 발견한 사냥개들처럼 활기를 되찾았다.

"나왔다!"

"모리건, 왜 숨어 있었니?"

"원더스미스, 원더스미스, 원더스미스."

큰 불이 켜지면서 순간적으로 앞이 보이지 않아 모리건은 움찔했다.

연호하는 소리는 점점 더 크고 급해졌다. 사람들의 눈과 카메라 렌즈가 탐욕으로 빛나는 수백 개의 작은 조명 같았다.

홀리데이가 데려온 카메라 기사가 손가락을 폈다. 손가락은 세 개가 되었다가… 두 개가 되었다가… 한 개가 되더니… 모리건을 가리켰다. '시작'이라고 말하는 입 모양이 보였다.

"원더스미스, 원더스미스, 원더스미스."

공포가 가슴에서 목구멍으로 솟구쳐 올라와 차갑고 축축한 손으로 숨통을 움켜쥐었다. 무엇을 해야 하는 걸까? 원더를 소집해야 하나? 모리건과 잭 말고는 원더가 보이지도 않을 터였다. 위빙을 사용해서 못난이 꽃이라도 만들어야 하나? 그건 대담한 기술이 아니었다. *짜릿하지도* 않았다.

이 낯선 사람들 앞에서 정말 불을 내뿜을 수 있을까? 그걸 *해야만* 하나?

주피터가 있었다면 어떻게 하라고 했을까? 그런데 왜 그는 이 자리에 없는 걸까?

원더스미스.

원더스미스.

원더스미스.

모리건은 침을 삼켰다. 갈라진 목소리로 간신히 속삭이며 노래를 부르기 시작했다. "*모닝타이드의 아이는 명랑하고—*"

빠르게, 물리적으로 불가능하게 여겨질 정도로 빠르게 거대한 이중문이 눈앞에서 휙 닫혔다. 카메라맨이 넘어지고 장비는 로비 저쪽으로 날아갔다. 군중이 견고한 참나무 문 너머로 사라지자, 모리건은 비틀거리며 뒤로 물러섰다.

이어서 천둥소리 같은 것이 열 번 남짓 연이어 들렸다. 소리는 로비에서 시작되어 호텔 구석구석으로 빠르게 퍼졌다. 모든 창문에서 육중한 덧문이 내려와 닫히는 소리였다. 바깥의 소음이 모두 차단되자 건물 안은 숨 막힐 듯 조용해졌다.

이것도 왕삐짐 탓에 일어난 일일까? 모리건은 생각했다. 아니면 호텔 듀칼리온이 자신을 구하러 온 걸까? 85호실은 언제나 모리건에게 필요한 것을 미리 예측하고 기분에 맞춰 방을 조정해 주었지만… 이건 달랐다. 모리건의 침실이 아니라 건물 전체가 움직였고, 그건… 뭐였을까? 모리건을 보호한 걸까?

"고마워." 혹시 몰라서 모리건이 나직이 속삭였다.

주변의 소음이 모두 걷히자, 듀칼리온은 성스러운 묘지가 된 듯했다. 숨을 죽인 거인 같기도 했다.

차가운 목소리가 정적을 깨뜨렸다.

"대답을 알아들었으리라 믿어, 홀리데이." 모두 돌아보자 주피터가 있었다. 주피터는 직원용 출입구로 이제 막 들어온 참이었다. 반지르르한 검은 문이 뒤편에서 아직도 흔들렸다. 주피터는 놀란 얼굴로 덧문을 올려다봤다. 듀칼리온은 아직도 주인을 놀라게 할 수 있는 듯했다.

주피터는 흔들리는 문이 닫히기 전에 낚아채서 반갑지 않은 손님들에게 열어 주었다. "그만 나가 줘."

다음 날 아침, 모리건은 깜짝 놀라 잠에서 깼다. 심장이 쿵쿵

뛰었다. 뭔가 이상하고도 끔찍한 꿈이었다. 깨진 유리와 검은 연기 기둥, 어둠 속에서 멀리 들리는 울음소리. 그림자 안에서 모리건을 바라보던, 빛나는 검은 단추 같은 두 눈. 잘 기억나지 않는 노래 한 소절. 손가락 사이로 뭔가 소중한 것이 빠져나간 느낌이었다.

하지만 꿈 때문에 잠에서 깨어난 건 아니었다.

눈을 뜨기 전부터 새로운 인장이 느껴졌다. 예상한 적은 없지만, 왠지 그게 생겼다는 걸 알 수 있었다. 왼쪽 가운데 손가락 끝이었다. 그걸 느끼는 건, 손가락이 *있다*는 걸 아는 것만큼이나 자연스러웠다.

그 느낌이 며칠 동안 성가시게 따라붙었지만, 워낙 많은 일이 일어났던 터라 모호한 감각은 저 뒤로 밀려나 있었다.

하지만 이제 모리건은 모든 관심을 온통 거기에 쏟았다.

오른쪽 검지에 새겨진 *W* 인장처럼, 그것 또한 작았고 문신 같았지만 문신이 아니었다. 그곳에 인장을 새긴 흔적 없이, 그저 *나타났다*. 피부 속에서 바깥쪽으로 스스로 미는 힘이 느껴졌다. 마치 호수의 수면으로 떠오르려는 보물처럼 말이다.

아주 이른 시각이었다. 아직 해가 뜨지 않았지만, 창밖으로 검푸른 하늘에 이제 막 빛이 번져 들고 있었다. 모리건은 침대 옆을 더듬어 전등을 켜고 새로 생긴 인장을 살펴보기 위해 손가락을 폈다.

199

선명한 주황색과 빨간색이 타오르는 중앙에 자그마한 푸른 불꽃이 있었다.

"너는 어디서 왔니?" 모리건은 손끝을 자세히 들여다보며 잠이 덜 깨어 잠긴 목소리로 말했다.

호손과 케이든스와 919기의 다른 동기들도 이런 게 생겼을까? 모리건 자신에게만 생긴 건지 궁금했다.

동기들 모두 원드러스협회 입회식에 참석한 다음 날 아침 W 인장을 갖게 됐다. 이번에는 무엇을 했기에 이게―

아.

"인페르노." 모리건이 속삭였다. 흥분으로 얼얼해진 상태로 침대에 일어나 앉았다. 불꽃나무 때문에 생긴 걸까? 마침내 원드러스예술을 이해하게 되면 이런 게 생기는 걸까? 모리건에게만 인장이 있는 거라면… 이것으로는 무엇을 하는 걸까? 무엇을 여는 걸까?

깨달음이 번개처럼 찾아왔다. 모리건은 침대에서 벌떡 일어나서 달려가 옷을 입었다.

30장

화로의 불쏘시개

모리건은 호텔의 나머지 구역처럼 직원용 출입구도 폐쇄됐을 거라고 반쯤 예상했지만, 장애물이라고는 바위처럼 버티면서 문을 지키는 거대한 코골이 털복숭이뿐이었다. 모리건은 숨을 죽이고 까치발로 살금살금 피네스트라를 지나, 허름한 직원용 통로를 내달려 쏜살같이 캐디스플라이앨리로 뛰쳐나갔다. 그리고 이리저리 꼬인 뒷길을 따라 험딩어가로수길 끝에 위치한 브롤리 레일 역까지 달려갔다.

어두운 네버무어 위를 날아갈 땐 얼음장 같은 비가 얼굴을 정면으로 때려 이가 덜덜 떨렸다. 모리건은 천하무적 반항아가 된 기분이었다.

원협에 도착한 모리건은 탁탁거리는 불꽃나무 아래의 긴 진입로를 지나 프라우드풋 하우스로 들어갔다. 지하 9층까지 내려가 죽은 원더스미스의 이름이 붙은, 오랫동안 잊혔던 열세 개의 춥고 어둑한 내실을 지나는 내내 새로 생긴 인장이 따끔거리는 게 느껴졌다. 모리건처럼 흥분과 긴장을 느끼는 것 같았다.

마침내 경계의 방 문 앞에 도착했을 때는 폐가 아프고, 기대감으로 숨이 막혔다. 눈에 보이는 건 모리건이 바라던 그대로였다. 문 위의 둥근 자물쇠가 주황빛 금색으로 밝게 타오르며 어둠 속에 빛 웅덩이를 드리웠다.

"그럴 줄 알았어." 모리건은 걷잡을 수 없이 웃음이 나왔다.

모리건이 손가락으로 자물쇠를 누르자 백 년 만에 처음으로 문이 열리며 특이한 방이 나타났다. 너무 기이해서 모리건은 그대로 뒤돌아 나오고 싶은 충동마저 들었다.

경계의 방은 크고 밝았다. 손을 들어 눈을 가려야 할 정도였다. 창문마다 눈부신 햇살이 쏟아지는 대성당 같은 분위기였다. 태양이 바로 머리 위에서, 그리고 사방에서, 또한 가까이에서 쏟아져 들어오는 듯했다. 지나치게 가까운 느낌이었다.

듀칼리온 창마다 덧문이 내려왔을 때도 무척 조용하다고 생각했는데, 이곳에 비하면 록 콘서트처럼 시끌벅적했다. 만약 모리건이 스스로 숨을 쉬고 있다는 걸 몰랐다면, 폐가 부풀었다 졸아드는 그 완만한 리듬을 느낄 수 없었다면, 방에 산소조차 없다고 믿었을 것이다. 공기 중에 먼지 하나 떠다니지 않았다. 흘러드는 햇빛에 반짝이는 티끌조차 보이지 않았다. 소리도 없었다. 심지어 모리건의 발소리까지 고요했다.

방은 텅 비었는데, 멀리 구석에 수북이 쌓인 나뭇가지와 잔가지와 마른 고사리 등이 모닥불을 기다리듯 서로 포개지고 휘감겨 있었다.

이건 시험인가? 모리건은 궁금했다. 불을 내뿜어서 나무에 불을 지펴야 하나?

아니면 그 반대로 해야 하나? 어쩌면 자제력을 보여 줘야 하는지도 몰랐다.

"설명문이 있으면 좋을 텐데." 모리건의 말이 작게 느껴질 만큼 넓은 공간이었다.

루크나 소피아나 코널을 기다려야 했을지도 몰랐다. 의혹을 확인해 보고 싶은 마음이 너무 간절했던 나머지 곧장 이곳으로 오느라 지하의 괴짜들은 생각도 못 했다. 그들이라면 이곳을 몹시 보고 싶어 할 터였다. 이곳을 보기 위해 몇 년을 기다렸으니까. 그리고 어쩌면 이 방이 뭐 하는 곳인지 알 수도 있었다.

하지만 돌아 나가기 전에 무언가 모리건의 눈에 들어왔다.

울퉁불퉁한 나무 더미 안쪽 깊숙한 곳, 가느다란 가지 끝에서 자그마한 원형 자물쇠가 주황빛 금색으로 빛나며 깜박였다. 모리건은 자신도 모르게 새로 생긴 인장을 갖다 대보았는데… 그곳에서 불꽃이 느껴졌다.

모닥불이 우르르 타오르기 시작했다. 모리건이 손을 홱 잡아 빼며 뒤로 비틀 물러났다. 얼굴에 훅 끼치는 열기를 손으로 막았다. 경계의 방이 좁아지고 어두워지기 시작했다. 그러더니 급기야 빛이 사라졌다. 대성당 같던 공간은 온데간데없고, 높은 돌벽이 사방을 둘러싸더니 저 높이 어두컴컴한 천장까지 이어졌다. 모리건은 그 끝이 보이지도 않았다. 문도 완전히 사라지고 없었다(얼마나 불안했는지 모른다).

모리건의 콧속으로 연기가 가득 들어찼다. 작은 눈송이 같은 회색 재가 공중에서 춤추듯 날리다가 망토 위에 내려앉았다. 불에서 튀어 오른 불꽃이 위로, 위로, 위로 날아올랐지만 주변을 조금도 밝히지 못했다. 그저 높이 오르다가 어둠 속으로 사라졌다.

그 불은 모리건이 전에 봤던 어떤 불보다 컸다. 불길은 집보다 더 높았다. 모리건은 따뜻한 돌벽에 등을 기댔다. 심장이 목에서 쿵쿵거리는 느낌이었다. 그리고 그때—

모리건은 숨이 턱 막힐 정도로 놀랐다.

장작이 움직였다.

통나무가 타들어 갈 때 갑자기 튀거나 무너지는 움직임이 아니었다. 정확하고 의도적인 모양새였다.

아마도 빛 때문에 잘못 봤을 것이다.

하지만 불은 다시 움직였다. 잘못 본 게 아니었다. 검게 타던 나뭇가지 더미가 다시 쌓이면서 거대하게 우뚝 솟은 모양으로 바뀌었다. 모리건은 뜨거운 열기 속에서도 목에 소름이 돋았다. 두 팔과 두 다리, 그리고 호기심 어린 큰 얼굴이 불 속에 앉아 모리건을 향해 몸을 돌렸다. 느릿느릿, 마지못해.

불쏘시개가 굴러떨어지는 게 아니라, 팔다리를 펼치고 있었다.

누군가(또는 무언가, 모리건은 그 얼굴이 그다지 사람처럼 보이지 않았다) 깊은 잠을 자다 깨어나 모리건을 *바라봤다*. 불길을 뚫고 나온 거대한 눈이 불타는 석탄처럼 새빨갛게 빛을 뿜었다. 그 눈을 보자 모리건은 연기와 그림자 사냥단이 떠올랐다.

잉걸불 같은 눈이 깜박였다. 한 번, 두 번. 그리고 기대에 차서 모리건을 살폈다.

"안녕하세요." 모리건이 나직이 인사했다.

크고 어두운 눈이 다시 한번 깜박였다. "화로에 오면서 아무 공물도 없나?"

목소리가 어마어마했다. 느리고 무겁고, 아주 오래전 고대의 음성 같았다. 공간을 꽉 채우는 큰 목소리에 모리건은 손이 약간 떨렸다. 불이 타는 소리처럼 쉭쉭거렸고, 말 언저리는 타닥거렸다. 하지만 그 모든 것보다 더 놀라운 건… 상처받은 느낌이었다. 실망한 목소리였다.

모리건은 주춤댔다. "아, 나는… 뭘 가져와야 한다는 걸 몰랐어요. 음." 그리고 잠시 생각했다. 주머니에는 아무것도 없었다. 브롤리는 경계의 방 밖에 놔두었다(그걸 줄 생각은 아니었지만). "괜찮으시면 다시 나갔다 올게요. 어떤 공물을 드리면 그, 어—"

"불쏘시개."

"네? 뭐… 뭐라고요?"

"불쏘시개를 이름으로 불러도 좋다." 불길이 점점 더 높아지고, 빨간 눈은 점점 더 선명해졌다. 모리건은 그 모습을 불쾌하다는 뜻으로 받아들였다.

모리건은 고개를 끄덕였다. 갑자기 이해가 갔다.

불쏘시개, 화로, 인페르노.

몇 달 전 919기가 처음 집회소에 참석했을 때 퀸 원로가 말한 원드러스의 신이 이것일까? 퀸 원로는 원더스미스가 다른 이들을 넘어서는 재능을 지녔고, *우리 영토를 보살폈다고 전해지는 고대의 신들이 직접 선택했다*고 말했다. 모리건은 이 신들에 관해 생각해 본 적이 있는데, 진짜 사람일 거라고는 상상하지 못했다. 그리고 신들 가운데 하나가 말하는 커다란 모닥불일 거라고는 *확실히* 생각하지 못했다.

"죄송합니다." 모리건은 어정쩡한 자세로 어색하게 허리를 숙였다. "불쏘시개 님은 어떤 공물을—"

"표식을 가지고 있느냐?" 불쏘시개가 물었다.

모리건은 고개를 끄덕이고 왼손을 내밀어 손가락 끝에 생긴 인장을 보여 주었다.

불쏘시개가 불이 활활 타오르는 가느다란 손을 뻗었다. 그 뜨거운 기운에 모리건이 움찔하기도 전에, 불타는 손가락이 모리건의 손끝을 스쳤다. 화로가 순식간에 사라지고 어느새 그곳은 프라우드풋 하우스 밖이었다.

익숙한 광경과 소리와 느낌이 흐릿하고 시끄럽게, 그리고 달갑지 않게 다가왔다. 옥상 위의 그레이셔스 골드베리. 고통스럽게 울부짖는 치어리 씨. 격랑이 이는 물속, 목구멍 안에서 나는 재의 향. 모리건 자신의 폐 안에서 뿜어져 나온 불.

촛불. 할로우마스. 공중에 매달려 얼어붙은 천사 이스라펠.

더 많은 촛불, *많고 많은 촛불.*

화창한 가을날의 프라우드풋 하우스 옥상.

작은 불꽃이 큰 불을 만들지. 시위대. 사가 원로. 램. *그래, 그거야. 지금.* 나무에 얹은 손과 그 느낌, *그 느낌, 그 느낌.*

바로 그 부분에서 불쏘시개가 속도를 늦췄다. 모리건은 몸속에서 책장이 홱홱 넘어가는 느낌이 들었다. 마침내 흥미로운 장면이 펼쳐졌다.

고대의 불로 덮인 장엄한 초록 차양. 부활. 생명. 힘.

모리건은 눈을 떴다. 자신이 눈을 감고 있었다는 사실도 그때 알았다. 놀랍게도 모리건이 서 있는 곳은 여전히 화로 안이었다. 두 개의 커다란 잉걸불 눈이 모리건을 보며 계속해서 환하게 타올랐다.

"불쏘시개는 너의 공물을 받겠다."

손가락이 떨어졌다. 모리건은 불과 맞닿았던 손을 움츠렸다. 그 자리는 화상 자국 없이 창백했다.

모리건은 자신의 인장을 보고 깜짝 놀랐다. 인장이 움직이고 있었다. 작은 문신 같은 불길이 피부 위에서 춤을 추며 진짜 살아 있는 불처럼 깜박였다. 움직임을 느낄 수도 있었다. 인장이 처음 생겼을 때와는 또 달랐다. *나 여기 있어. 내가 있다는 걸 잊지 못하게 할 거야*라고 말하는 것처럼 훨씬 더 고집스러운 느낌이었다. 기분 좋게 맹렬한 따스함이 느껴졌다. 그것은 모리건과 한 몸이었다.

퀸 원로의 말이 맞았다. 신은 원더스미스에게 다른 이들을 뛰어넘는 재능을 주었다. 이것이 바로 재능이었다.

"고맙습니다" 모리건이 숨죽여 말했다. "당신은… 신들 중 한 분이죠?"

불쏘시개는 놀란 얼굴이었다. "경계의 방에는 처음 온 것이냐?"

"네."

"영광이구나. 인페르노를 첫 기술로 습득한 원더스미스는 드물단다. 그런데 너는 왜 그토록 나이가 많은 것이냐?"

그 말에 모리건은 약간 화가 났다. "나는 열세 살이에요."

"그래." 불쏘시개가 말했다. "왜 그토록 오래 걸린 거지?"

"내가 몇 살이어야 하는데요?"

불쏘시개는 그 질문을 곰곰이 생각하는 듯했다. "원더스미스는 대부분 그 나이에 세 번은 순례pilgrimage에 나섰지. 네 번일 수도 있고. 너는 실력이 형편없느냐? 너의 스승들이 네 배움이 늦다고 하더냐?"

모리건은 스콜이 옥상에서 했던 말을 떠올렸다. *있어야 할 자리에서 몇 광년은 뒤처져 있군.* 그 말도 결국 거짓이 아니었다. 깨달음이 따끔하게 다가왔다.

"아니요." 모리건은 날카롭게 덧붙였다. "선생님들은 내가 백 년 전에 멸종된 불꽃나무를 되살린 걸 기뻐하세요."

"흐음."

"다른 분들은 누구예요? 당신 같은, 원드러스 신이요. 어떻게 하면 그분들을 만날 수 있어요? 내가 뭘 하면 되죠?"

불쏘시개는 눈이 석탄처럼 검게 변하며 조용해졌다. 모리건은 불쏘시개가 자신의 질문을 무시하는 것인지, 생각을 정리 중인 것인지 궁금해하며 타닥거리는 불길 소리에 귀를 기울였다. "이름이 무엇이냐, 원더스미스?"

"모리건 크로우예요."

"그럼 말해 봐라, 모리건 크로우. 왜 나는 버려졌을까?" 모리건은 그제야 불쏘시개의 모습이 비참해 보인다는 걸 깨달았다. 갑자기 걷잡을 수 없는 슬픔이 밀려들었다. 불쏘시개가 백 년이 넘는 시간 만에 처음 보는 사람이 자신일 거란 생각이 들었다. 불쏘시개는 외로웠던 것이다.

"아무도 더는 나를 보러 오지 않는다." 불쏘시개가 한숨을 쉬며 말했다. "브릴런스와 그리젤다는 어디 있느냐? 에즈라와 오드부이는? 그 아이들 모두… 떠났단다. 나의 가장 환한 불꽃들."

모리건은 말문이 막혔다. 그들 사이에 벌어졌던 일을 어떻게 말할 수 있을까? 모리건 자신도 거의 이해하지 못하는 일이었다.

"모르겠어요." 모리건은 거짓말을 했다. "죄송해요."

"그 아이들이 계속… 다른 이들한테는 가는가?" 그 목소리에는 심술궂은 질투의 감정이 묻어났다.

모리건은 고개를 저었다. "아니요. 아무한테도 가지 않아요. 그건 확실해요."

불쏘시개가 이 정보를 곰곰이 생각하는 동안, 둘 사이에 잠시 침묵이 흘렀다.

"하지만 너는… 너는 다시 오느냐?"

모리건은 고개를 끄덕였다. 물론 다시 올 것이다. 다른 사람들에게도 보여 줘야 했다.

"그때까지 잘 지내거라." 불쏘시개가 잔가지 같은 손가락을 뻗자, 모리건도 아무 생각 없이 똑같이 손을 내밀었다. 둘의 손가락이 닿자 불이 꺼지기 시작했다. 어둠이 사라지고 돌벽이 뒤로 물러나면서 경계의 방은 다시 환해졌다. 스스로 포개진 불쏘시개는 마지막으로 모리건을 불타오르는 눈길로 바라봤다.

"밝게 타올라라, 모리건 크로우."

◆━◆━◆

발걸음도 조용한 경계의 방을 빠져나온 모리건은 소리가 울려 퍼지는 지하 9층의 내실들을 달리면서, 대리석 통로 끝에 있는 공부방에 도착하기도 전에 주임 교사와 지하의 괴짜들을 큰 소리로 불렀다.

"루크! **소피아! 코닐!** 어디 있어요?" 방에는 아무도 없었다. 모리건은 다시 복도로 달려 나가 더 큰 소리로 사람들을 찾았다. 아마도 끝없이 이어진 다른 방 중 한 곳에 있을 테니 텅 빈 복도에 울리는 목소리를 들을 수 있을 터였다. "소피아! 코닐!

여기로 나와 봐요. 할 얘기가 있어요. 소피아! 거기 있었어요?"
모리건은 숨이 차는 바람에 걸음을 멈추고, 가슴을 들썩이며
두 손을 무릎에 대고 몸을 숙였다. 저 멀리 복도 끝, 지하 9층
입구에서 여우원의 윤곽이 어렴풋이 보였다. "내가 방금 어디
다녀왔는지 절대 짐작도 못할, 소피아, 소피아 맞아요?"

모리건이 손끝에 작은 불꽃을 피우자, 그 순간 두 가지 일이
일어났다. 먼저 소피아가 몸을 낮게 웅크리면서, 고개를 들어
공기 중의 냄새를 맡았다. 다음으로 모리건은 급작스레 속이
메스꺼워지면서 가슴이 철렁했고, 위험을 경고하듯 팔의 솜털
이 쭈뼛 일어섰다. 머리로 미처 깨닫기 전에 몸이 먼저 반응했
다. 하지만 너무 늦었다.

탁.

스위치를 누르는 것과 비슷했다. 손가락을 한 번 튕기자 주
황빛 불길이 모리건의 손바닥 위에서 춤췄고… 소피아의 눈이
선명한 녹색으로 빛났다. 마치 소피아의 몸속에서 용광로가 타
오르고 있는 것 같았다. 이를 드러내고 귀와 꼬리를 곧추세운
여우원은 흐릿한 붉은 털과 에메랄드 빛깔로 복도를 질주하여
달려왔다. 모리건이 손을 들어 막으려 했지만 헛된 시도였다.
순식간에 다가온 소피아는 *바닥에서* 힘차게 뛰어올라 곧바로
모리건의 목을 노렸다. 모리건은 비명을 질렀다. 날카로운 이
에 살이 긁혀 통증이 일었다. 공포와 아드레날린이 온몸에 솟

구쳤다. 모리건은 소피아를 떼어 내서 바닥에 던졌다. 소피아는 꽥 비명을 지르며 소름 끼치는 쿵 소리와 함께 내동댕이쳐 졌다.

"소피아!" 모리건이 울부짖었다. 충동적으로 소피아에게 달려가고 싶었지만, 엄청나게 어리석은 행동이라는 걸 알았다. 본능을 무시한 모리건은 다시 손가락을 튕긴 다음 쪼그리고 앉아 이쪽 벽부터 저쪽 벽까지 대리석 바닥에 불길을 그었다. 둘 사이에 벽이 만들어졌다. 여우원은 그 벽을 무시하고 몸을 일으켜 한 번 더 모리건을 향해 뛰어올랐지만… 결국에는 뒷발로 선 채 또다시 고통스럽게 비명을 질렀다.

모리건은 겁에 질려 얕은 숨을 쉬었다. 심장이 터질 것 같았다. 얼굴에 땀방울이 맺혔다. 불길이 거의 천장까지 닿으며 빠져나갈 길 없이 모리건을 에워쌌다. *훌륭해. 참 잘도 했다, 얼간이.* 모리건은 속으로 생각했다.

"소피아? 소피아, 아직 거기 있는 거 알아요. 정신 **차려요**."

하지만 소피아가 저 앞 어딘가에 있*다* 해도, 그 말을 듣지 못했다. 소피아는 미친 듯이 앞뒤를 왔다 갔다 하며 턱을 딱딱 부딪쳤다. 그리고 불길을 뚫고 들어갈 길을 찾다가 이내 다시 뒤로 물러나며 심한 낭패감에 짖어 댔다.

불길은 이미 잦아들고 있었다. 차갑고 텅 빈 대리석 복도에는 불을 태울 만한 연료가 없었다. 모리건은 힘이 빠져나가는 걸 느낄 수 있었다. 장벽이 사라지면 어떻게 될까? 소피아가 죽일 듯이 싸우려 들까? 모리건은 그걸 막기 위해 친구를 다치게 해야 할까?

"그다음엔?" 할로우폭스는 모든 것을 가져간다고 했다. 아무것도 남지 않은 소피아는 텅 비어 버리고 말 것이다. 모리건은 주피터가 평생 잊지 못할 겁에 질린 얼굴로 했던 말이 떠올랐다. *나라면 속이 텅 비느니 죽는 게 나을 거야.*

소피아가 더는 소피아가 아니라면, 소피아는 뭐가 되는 걸까?

묻지 않은 질문에 대답이라도 하듯, 여우원이 우니멀 같은 비명을 지르며 마침내 불길을 뚫고 뛰어들어… 모리건의 가슴에 착지했다. 그리고 발톱을 세우고 하얀 목을 향해 입을 벌린 그때, 소피아의 눈에서 불이 꺼지며 할로우폭스가 떠나갔다.

나직한 신음을 휴우 흘리며, 모리건은 축 늘어진 작은 몸을 두 팔로 안았다. 불길도 사그라들었다. 호기심 어린 녹색 불빛이 소피아와 모리건의 주변에 아주 잠깐 몰려들었다가 바람에 흩날리는 민들레 홀씨처럼 퍼지며 완전히 사라졌다.

소피아의 털끝이 불에 그슬려 연기를 피웠다. 그걸 보는 게 힘들었다. 모리건은 무릎을 꿇고 망토를 벗어 깃털처럼 가벼운 여우원에게 조심스럽게 둘러 주었다. 손이 떨렸다. 가슴에서 발작처럼 흐느낌이 밀려 올라올 것 같은 기분에, 모리건은 울음이 새어 나오지 못하도록 입을 꾹 다물었다.

선택해야 한다고, 모리건은 생각했다. 차갑고 어두운 지하 9층 복도에 앉아 엉엉 울 수도 있었다. 루크나 코널이 오기를 기다릴 수도 있었다. 그들은 소피아를 돌보고 모리건을 집으로 보내며 모든 게 다 잘될 거라고 말해 줄 것이다. 주피터라면 곧 이 악몽이 끝나고 소피아도 괜찮을 것이며 우니멀로 변하는 일도 절대 없을 *거라고* 말할 것이다… 모리건은 주피터의 온화하고 선량한 낙관주의가 진실에 뿌리를 두고 있다고 믿는 척할 수도 있었다. 그렇게 하는 건 너무 쉬웠다.

다른 누군가가 모든 상황을 바로잡아 줄 거라는 한가로운 희망에 빠져, 그것이 따뜻한 목욕물처럼 자신을 감싸게 두면서 위로받는 기분은 퍽 좋을 것이다.

하지만 모리건은 그런 사치에 몸을 맡기지 않았다. 거짓말이라는 걸 잘 알고 있었기 때문이다. 그리고 소피아는 *친구*였다. 어떻게 친구를 죽음보다 더한 운명 속에 내버려 둘 수 있지? 다른 선택의 여지가 있다는 걸 알면서? 모리건은 다른 선택을 해야 했다. 어려운 선택을.

모리건은 소피아를 잘 감싼 뒤 지하 9층을 빠져나와 부속병원으로 향했다. 머릿속에서 조용한 목소리가 수없이 같은 말을 반복하고 있었다.

상황은 네가 아는 것보다 훨씬 더 심각해.

너도 곧 알게 될 테고, 그땐 날 찾아오겠지.

31장

모그라고 불러 줘

30분도 지나지 않아 모리건은 1인용 황동 레일포드에서 내려 금지된 고사메르 노선 승강장에 올라섰다. 두 손으로 우산을 꽉 붙잡아도 떨림이 멈추지 않았다.

모리건은 이게 효과가 있을지 확신하지 못했다. 프라우드풋 하우스의 레일포드는 어떤 역이든 대부분 갈 수 있지만, 미로 같은 네버무어 원더철 철도망 깊은 곳에 있는 폐쇄되어 버려진 승강장까지 가 줄지는 감히 기대하기 어려웠다. 그곳이 어딘지도 기억나지 않지만, 주피터와 함께 (불법으로) 그곳을 이용했을 때 거기까지 어떻게 찾아갔는지도 전혀 기억에 없었다. 하지만 모리건은 이곳에 왔다. 모리건은 그저 물어보기만 하면 됐다.

모리건은 아마도 자신의 두 가지 비밀 무기 덕분에 거래가 이루어졌을 거라고 생각했다. 하나는 손끝에 새로 생긴 따뜻하게 타오르는 인장이고, 또 하나는 머릿속에 맴도는 에즈라 스콜의 말이었다.

"*언젠가, 네가 어떤 가공할 힘으로 이 도시를 운영할 수 있는지 깨닫게 되겠지. 네가 조금만 노력한다면.*"

버려진 역은 모리건이 기억하는 그대로였다. 이 역이 폐쇄된 건 수년 전, 고사메르 노선이 일반 대중이 이용하기에 부적합하다고 선언됐을 때였다. 줄줄이 붙은 벽보는 색이 바랜 데다 아마도 더는 존재하지 않을 예전 제품들을 광고하고 있었지만, 그 외에는 티 하나 없이 깨끗한 승강장이었다. 녹색 타일은 반짝반짝 빛이 나서 새것처럼 보였다. 나무 의자들도 사용한 흔적이 거의 없었다.

모리건은 네버무어에서 처음 맞는 크리스마스 밤에 주피터가 했던 말을 아직도 기억했다. 그날은 두 사람이 고사메르 노선을 이용해 크로우 저택을 찾아간 날이었다. *고사메르 노선을 타도 괜찮은 사람이 있다면, 그건 너야.* 주피터는 모리건이 자신과 같이 탔기 때문에 괜찮다고 했지만, 그건 거짓말이었다. 모리건이 스스로 원더스미스라는 것을 몰랐을 때 얘기였다.

바로 그 이유로 모리건은 아무 문제없이 고사메르 노선을 탈 수 있었던 것이다. 고사메르 노선은 원드러스 행위고, *모리건* 은 원더스미스였다. 자신이 무엇을 하고 있는지 전혀 모른다는 건 문제되지 않았다. 원더가 알고 있었으니까.

그런데 왜 모리건의 손 떨림은 멈추지 않는 걸까?

누군가에게 말했어야 했나 봐. 모리건은 갑자기 두려움에 휩싸여 생각했다. *내가 어디에 가는지 호손한테 말할 걸 그랬어. 아니면 케이든스한테라도. 주피터 아저씨한테 말할걸!*

하지만 헛된 생각이었다. 모리건은 시간을 되돌린다 해도 역시 말하지 않았을 것이다. 누구에게 말하든 자신을 막으려 했을 테니까.

모리건은 심호흡을 하며 승강장 난간에 방수포 우산을 걸었다. 그것은 모리건의 닻이었다. 자신의 몸과 함께 일부러 남겨 두는 소중한 물건은, 돌아올 때 모리건을 물리적 영역으로 다시 끌어당겨 줄 터였다.

불안한 마음을 더는 견딜 수 없어지기 전에, 모리건은 눈을 감고 노란 선 위로 올라섰다. 그리고 고사메르 열차의 경적 소리를 기다렸다.

———◆———

모리건이 처음으로 이 길을 여행했을 때, 주피터는 눈을 감으라고 했다. 모리건은 그 이유를 이해할 수 있었다. 마치 단단하게 만든 구름을 밟고 꿈길을 여행하는 기분이었다. 구름은 다이아몬드처럼 빛났고, 원더처럼 금백색이었다. 꿈은 온 우주였고, 사납고 혼란스러웠으며, 빠르게 쌩하니 지나갔다. 피가 머리로 솟구치고, 눈부시게 찬란해 어떤 생각도 하기 힘들었다. 하지만 생각*해야 했다*. 모리건은 눈을 가렸다.

문제는… 어디로 가야 할지 모른다는 거였다. 에즈라 스콜은 어디 있지? 회사 이름이 스콜인더스트리스라는 것은 알았다. 그렇지만 윈터시 공화국은 어디에 있는 걸까? 찾아가더라도 스콜이 거기에 있을까?

알고 보니, 그런 건 하나도 중요하지 않았다. 고사메르 노선은 지도가 필요 없었다. 어디로 가야 한다는 강요나 설득은 필요치 않았다. 원드러스의 금백색 열차는 모리건이 무언가를 생각하는 즉시 읽어 내는 듯했다. 그리고 몇 분 지나지 않아, 열차는 목적지에 도착했다.

열차에서 내린 모리건은 커다란 나무 패널로 만든 방 안에 있었다. 예전에 가 봤던 어떤 곳이 생각나는 장소였다. 가구는 더 웅장하면서 어두웠고, 장식은 훨씬 더 위엄 있었으며, 전체적으로 *훨씬* 덜 돼지우리 같았지만… 어쩐지 델포이 음악당 구관에 있던 천사 이스라펠의 분장실이 떠올랐다. 그곳에는 큰 옷장과 우아한 소파, 그리고 솔과 분장용 화장품병과 작은 유리 장신구 상자들 같은 온갖 물건이 놓인 화장대가 있었다.

양쪽으로 여닫는 짙은 색의 나무문이 있었는데, 특이한 은색 손잡이가 서로 맞물려 크고 화려한 W 자 모양을 이루었다.

원협에 돌아온 건가?

뭔가 잘못한 게 틀림없었다.

모리건은 한숨을 쉬었다. 다시 열차를 부르기 위해 눈을 감고 머릿속에 우산을 그리려고 하는 바로 그 순간, 문이 열리면서 한 여자가 방으로 들어오다 말고 멈춰 서서 모리건을 바라봤다.

이상한 일이었다. 처음 고사메르로 크로우 저택에 갔을 때는 아무도 모리건을 보지 못했다. 할머니만이 예외였는데, 그건 주피터가 설명한 대로 오넬라 크로우가 자신을 볼 수 있길 모리건이 *원했기* 때문이었다.

그렇다면 분명, 위엄 있는 흰색 가발을 쓰고 검은 예복을 입은 채 서 있는 저 여자는 모리건을 볼 수 없어야 했다. 지금 모리건은 확실히 눈에 띄고 싶지 않았기 때문이다.

그런데도… 여자는 분명 모리건을 *바라보고* 있었다.

모리건은 급히 숨을 들이쉬었다.

모리건은 여자가 누구인지 정확히 알았다. 모리건은 흩어진 점을 하나로 연결하기 위해 열심히 머리를 굴렸다. 한 점에서 다음 점으로, *다시 다음 점*으로… 문득 모리건은 자신이 *어디에* 있는지 깨달았다. 그곳을 직접 본 적은 없지만, 내내 그 이름을 듣고 살았다.

문손잡이가 만든 *W*는 원드러스의 머리글자가 아니었다.

그건 윈터시Wintersea를 뜻했다.

윈터시 공화국의 수도인 일바스타드Ylvastad의 심장부에 있는, 대통령 공관 안이었다.

고사메르 노선이 모리건의 의도를 잘못 읽은 게 틀림없었다. 아니면, 윽, 모리건은 자신의 이마를 찰싹 때릴 뻔했다. 아마도 스콜이 "윈터시 공화국 어디에" 있을지 궁금해할 때, 가장 효율적인 방법을 찾아 윈터시 공화국의 *중심부*로 데려다준 것이다.

용기가 살짝 빠져나가는 기분이었다. 모리건은 준비가 되지 않았다.

여자는 여전히 모리건을 지켜보며 기다렸고, 어떻게 해야 할지 *아무* 생각도 나지 않았던 모리건은… 고개를 까닥이며 어색하기 그지없는 인사를 하고 한 손을 들어서 흔들었다. "안녕하세요… 음, 부인."

윈터시 대통령은 모리건을 보며 눈을 깜박였다.

공화국 전역의 정부 청사와 학교와 집집마다 걸린 공식 초상

화와는 전혀 달라 보였다. 그림에서는 근엄하고 강력하고 험상
궂어 보였지만, 실제로는 화장으로 얼굴을 하얗게 뒤덮었음에
도 기민한 눈빛과 유쾌하고 호기심 많은 표정을 하고 있었다.
대통령은 열린 창문을 통해 집으로 날아든 비둘기 한 마리를
보듯이 모리건을 지켜봤다.

"너는 누구니?" 대통령이 태연하게 물었다.

"모리— 아, 모그요." 모리건은 *모리건 크로우*라고 말하려
다, 윈터시 공화국에서 모리건 크로우는 저주받은 아이 명부
에 올라 예정대로 2년 반 전에 죽은 아이라는 걸 깨달았다. 모
리건의 아버지가 그레이트울프에이커의 주총리였으니, 윈터시
대통령은 기억할지도 몰랐다.

대통령이 눈을 가늘게 떴다. "모라모그? 이상한 이름이구나."

"그냥… 그냥 모그예요. 죄송합니다."

"*모오그.*" 대통령이 신중하게 천천히 이름을 되뇌었다. "그
래도 이상해."

모리건도 전적으로 동의했지만 할 말이 없었다. "음, 네, 맞
아요. 죄송해요."

"왜 자꾸 사과하는 거니?" 윈터시 대통령이 물었다. "나쁜 습
관이야. 당장 고쳐야 해."

"아, 죄송— 아니, 아무것도 아니에요. 죄송해요." 모리건은
눈을 질끈 감고 고개를 흔들었다. *왜* 이렇게 바보짓을 하는

걸까.

하지만 다시 입을 연 대통령은 재미있어 보였다. "오, 희망이 안 보이는구나. 넌 평생 네가 하지도 않은 일로 사과하게 될 거야. 적어도 그건 잘하니까. 모그, 정말 형편없는 이름이지만, 네가 그 이름을 고집한다면야. 모그, 내 개인 공간에서 뭘 하고 있니? 이건 매우 이례적인 일이야. 나를 암살하러 왔니?"

"뭐, 뭐라고요?" 모리건은 혐의를 부인하기 위해 허둥대느라 숨도 못 쉴 지경이었다. "아니에요! 난 그걸 어떻게 하는지도—" 모리건은 윈터시 대통령의 눈이 반짝이는 것을 보며 말을 멈췄다. "농담하신 거군요."

"당연히 농담이지. 정말 나를 죽이러 왔다고 생각했다면, 지금쯤 내가 경호원을 부르지 않았을까?" 대통령이 고개를 갸웃 기울였다. "여기에는 왜 *왔지*?"

모리건은 얼른 할 말을 생각해 내려고 애썼다. "나는… 대통령님하고 얘기하러 왔어요."

윈터시가 눈썹을 치켜올렸다. "사람들은 보통 화나서 쓴 편지를 내 집무실로 보내지. 하지만 좋아. 내가 이걸 다… 처리할 때까지 얘기해 보렴." 윈터시가 자신의 가발과 검은 예복과 무대 분장 같은 얼굴 화장과 무거운 금 목걸이까지, 의례용 관복을 대충 가리켰다. 대통령은 방을 가로질러 화장대 앞에 앉으면서 거울에 비친 모리건을 계속 지켜봤다. "자, 그럼, 무엇 때문에 화가 났니?"

모리건이 상상했던 윈터시 공화국의 대통령은 절대 이런 모습이 아니었다. 윈터시의 허물없는 모습이 모리건의 허를 찔렀고… *그 자리에 있으면 안 된다*는 사실마저 깡그리 잊게 만들었다. 모리건이 대화해야 할 상대는 스콜이었다.

"묻고 싶은 게 있어서요. 그러니까… 그, 음, 스콜인더스트리스에 관해서요." 모리건은 질문을 지어냈다.

"그렇구나." 윈터시가 능숙하게 머리핀을 빼냈다. "아주 흥미롭네. 스콜인더스트리스라. 몇 살이니, 모그?"

"열세 살이요."

"도대체 열세 살이 왜 에너지 산업의 교묘한 책략에 관심을 갖는 거지?" 윈터시가 머리핀을 빼서 도자기 장신구함에 하나씩 넣을 때마다 달그락거렸다. 대통령의 눈이 거울을 통해 모리건과 잠깐 마주쳤다. "지금은… 모르겠구나. 학교를 땡땡이 치고 불을 질렀니?"

모리건은 가슴이 철렁했다. 학교를 *땡땡이친 것*도 어느 정도 맞았다. 불을 *지른 것*도, 상당히 최근의 일이고, 공공연하게 그렇게 했다. 윈터시가 알 수가 있나—

"아니면, 오, 이런, 너는 *세상일을 걱정하는* 그런 십 대가 아니구나. 끔찍해라. 이것 좀 도와줄래?"

모리건은 대통령이 무거운 가발을 벗는 걸 돕기 위해 앞으로 달려갔다. 그러나 분을 뿌려 하얀 괴물 같은 가발에 손을 대자, 그대로 가발을 통과해 버렸다. 모리건은 숨넘어갈 듯 놀랐다. 고사메르였다. 어떻게 그걸 잊을 수가 있지? 모리건은 검은 눈을 동그랗게 뜨고 거울 속 대통령을 바라봤다.

하지만 윈터시의 눈빛은 전혀 놀라지 않았다. 심지어 어떤 기대감마저 감돌았다.

대통령이 덫을 놓았고, 모리건은 그 안으로 걸어 들어갔다.

"나는 윈터시 공화국의 대통령이야." 윈터시가 웃음기 없이 말했다. "네가 누구인지 모를 거라 생각하니, 모리건 크로우?"

모리건은 아무 말도 하지 않았다. 고사메르를 통해 이곳에 온 이상 아무 일도 일어날 수 없다는 걸 알았지만, 점점 커지는 공포를 물리칠 수가 없었다.

모리건은 얼른 떠나야겠다고 생각했다. 방수포 우산을 떠올리고 고사메르 열차를 불러서 이곳을 벗어나야 한다고 생각했다. 하지만 한결같이 침착한 윈터시의 표정을 보면 왠지 모르게 발이 떨어지지 않았다.

"모드." 마침내 대통령이 말했다.

"네… 뭐라고요?"

"내 이름." 대통령이 알아듣기 쉽게 다시 말했다. "모드 로리야."

"나는 성이 윈터시인 줄 알았어요."

모드가 코로 웃음을 터뜨렸다. 짧게, 아주 잠깐이었다. "이 자리에 앉으면서 그 직함을 물려받은 거야. *나는 모드 로리야. 내 직업*은 윈터시 대통령으로, 윈터시당의 대표지. 요즘은 그런 구분이 별로 중요하지도 않지만." 모드는 잠시 말을 멈췄다. "너도 크면서 같은 일을 겪게 될 수 있지. 너는 모리건 크로우지만, 너한테 걸린 이름은 *원더스미스*잖니. 사람들은 그 둘을 혼동할 거야. 아마 네 자신도 혼란스러워지기 시작하겠지."

모리건은 두려움인지 호기심인지 모를 감정에 몸이 얼어붙어, 아무런 반응도 보이지 않았다. 자신이 정말 원더스미스라는 걸 확인하려고 교묘히 찔러보는 건 아닐까 하는 생각이 들었다.

가발을 다 벗은 모드는 안도의 한숨을 쉬며 벗은 가발을 화장대 위에 올려놓았다. 모드는 눈을 감고, 두피를 마사지하며 머리를 살짝 헝클어뜨렸다. 5센티미터 남짓한 길이의 머리카락은 진한 적갈색이었다. 땀으로 지저분했고 여기저기가 뭉쳐 있었다. 모드는 작은 유리 접시에서 반투명한 가루를 한 움큼 집어 머리에 뿌린 다음 마구 문질러 말리면서 매만졌다. 비록 티 없이 깨끗한 정도는 아니었지만, 어느 정도 머리카락이 정돈됐다.

변신은 순식간이었고, 엄청났다. 하얀 가발을 쓰지 않은 모드는 평범했다. 누군가의 엄마 같은 모습이었다. 대통령은 이제 모드처럼 보였다.

모드는 윈터시 대통령의 의상을 조심스럽게 벗기 시작했다. 금 목걸이를 풀어 나무 상자 안에 넣고 잠갔다. 예복은 구석의 나무 마네킹 위에 걸었다. 끝없이 포개진 검은 의복 아래, 모드는 회색 바지와 연한 청색 스웨터를 입고 있었다. 보드랍고 비싸 보였다. 소매를 걷어 올리자, 한쪽에 작은 구멍이 뚫린 게 보였다.

"내 이름을 어떻게 알아요?"

"나는 *대통령*이야." 약간 화가 난 것 같은 목소리였다. 모드는 화장대로 돌아가 작은 유리병에서 하얀색 얼굴 크림을 듬뿍 덜어 냈다. 그걸 얼굴에 바르고 마구 문지르기 시작한 모드는 검은 눈 화장을 지우는 동안 거울을 통해 모리건에게 말했다. "흥미로운 일을 찾아내는 데 전념하는 정부 부서가 있단다. 나는 네가 누구인지도 알고, 탈출해서 자유주로 갔다는 것도 알아. 고사메르 노선을 통해 이곳에 왔다는 것도 알지. 넌 원드러스협회 회원이고, 또 *원더스미스*야. 네가 불꽃나무를 되살렸다는 것도 알고, 솔직히 말하면, 네가 여기에 온 이유도 정확히 알고 있다고 생각한단다."

모리건이 침을 꿀꺽 삼켰다. 스콜의 제안에 관해서도 알 수 있을까?

"할로우폭스 때문이지." 모드가 수건으로 얼굴 크림을 닦아

내자, 깨끗한 분홍빛이 드러나며 화장의 흔적이 모두 지워졌다. "내게 도움을 청하러 왔잖아."

"나는, 아니에요." 모리건이 말을 머뭇거리자, 모드가 얼굴을 홱 들었다. 의자에서 몸을 돌려 모리건을 직접 바라보면서, 의구심이 느껴지는 눈을 가느다랗게 떴다.

"아니라고? 그럼 여긴 왜 온 거니?"

"아니, 내 말은… 맞아요. 내가 온 이유가 그거예요." 달리 어떻게 말할 수 있었을까? "대통령님께 도움을 청하러 왔어요. 음, 부탁드려요."

"엄청난 일이야." 모드가 조용히 말했다. 이마에 주름이 한개 잡혔다. "물론 우린 그걸 할로우폭스라고 부르지 않아. 실은 부르는 이름이 아예 없지. 워니멀들은 항상 상황을 잘 헤쳐 나갔잖아. 자신들끼리 모여 지내면서 말이야. 결국 밖으로 손을 내밀었을 때는, 글쎄…" 모드가 입술을 비죽 오므리며, 시선을 멀리 던졌다. "우리에게 조금 더 빨리 도움을 요청했다면, 우린 더 많은 일을 할 수 있었을 거야. 많은 사람에게 치료법이 너무 늦게 나왔지."

"치료법이요?" 모리건은 심장이 튀어나올 듯한 기분이었다. "*치료법이 있다고요?*"

"물론이야. 우리는 윈터시당이야. 우리에겐 우리 영토에서 가장 훌륭한 과학자, 혁신가, 사상가들이 있어." 모드는 수건을 세탁 바구니에 던져 넣었다.

치료법이 있었다. 윈터시당은 *진짜* 할로우폭스 치료법을 가지고 있었고, 거기에는 스콜이라는 조건도 따라붙지 않았다. 왠지는 몰라도, 고사메르 노선이 이 상황을 미리 알았던 걸까? 그래서 모리건을 이곳으로 데려와, 모드의 눈에 보이게 한 걸까? 모리건은 갑자기 노래라도 부를 수 있을 것 같았다.

"*고맙습니다*, 윈터시 대통령님." 모리건은 안도감을 감추지 못한 표정으로 말했다. "뭐라고 말씀드려야 이걸 다—"

"모리건—"

"솔직히, 어떻게 감사를 드려야 할지 모르겠어요. 이건 정말—"

"모리건, 그만해. 그만, **그만**." 모드가 두 손을 들어 흘러넘치는 감사의 말을 막아서며 자리에서 일어났다.

"이건 정말 *아무 의미* 없어. 난 그걸… 줄 수 없어. 미안하다. 그런 식으로 할 수 있는 게 아니야." 모드의 목소리는 진심으로 애석해하는 듯했다. "용기 내서 여기까지 왔다는 건 알아. 정말 고귀한 행동이야. 하지만—"

"이해가 안 돼요." 모리건이 조용히 말했다. "치료법이 있다면서요."

모드는 고개를 끄덕였다. "우리에게 있지."

"그런데 그걸 나눠 주고 싶지 않다는 거잖아요."

"내가 그러고 싶고 말고는 문제가 아니야."

"그럼, 왜요?" 모리건의 마음속에서 분노와 혼란이 끓어올랐다. "왜 우리를 도와주지 못해요? 단지 윈터시 공화국과 자유주는 적이어야 하니까? 그건 진짜 생명도 아니고, 진짜 사람도 아니고, 단지 정부끼리의 문제잖아요."

"그렇게 단순한 문제가 아니야."

"그렇게 단순한 문제예요!" 모리건이 주장했다. "워니멀들이 우니멀이 되고 있다고요. 사람들은 죽어 가고요. 사람들이 죽어 갈 땐, 언제나 단순해요. 살릴 건지, 말 건지!"

"내가 갑자기 자유주의 수상이 된 거니? 냉정하게 말하고 싶지 않지만, 정치적으로 너희 전염병은 우리 문제가 아니야."

"정치적으로 말하면 당신들 문제죠! 공화국에서 건너온 거 아닌가요?"

의자에 몸을 기대고 앉은 모드는 놀란 듯 서늘한 얼굴로 모리건을 응시했다.

"왜 그런 소리를 믿니?" 모드가 침착한 목소리로 물었다. "공화국과 자유주 사이의 모든 국경은 폐쇄됐어. 이 질병이 어떻게 이쪽에서 그쪽으로 넘어갈 수 있겠니?"

모리건은 모드를 빤히 바라봤다. 국경에 얼마나 구멍이 많이 뚫렸는지, 윈터시 대통령이 모를 수가 있을까? 사람들이 심심찮게 국경을 넘어 워니멀과 인간을 밀입국시키고 있다는 것을?

그런 정보를 듣지 못했을 리가 없다.

"나는 단지… 자유주에서는 아무도 이런 질병을 본 적도, 들은 적도 없다는 뜻이에요." 모리건은 함정처럼 느껴지는 것에서 까치발을 하고 뒤로 물러났다. "하지만 대통령님도 전에 여기 공화국에서도 그런 적이 있다고 말씀하셨잖아요. 그렇다는 건… 어쩌면 여기에서 건너왔을 수도 있겠다고 생각했던 거예요. 멍청한 생각이었어요. 죄송합니다."

이번 "죄송합니다"는 의도적이었다. 모리건은 사자 앞의 생쥐처럼 자신을 위협적이지 않고 하찮은 존재로 만들었다.

모드가 손가락을 첨탑처럼 뾰족하게 모으고 입술에 가져다 대며 생각에 잠긴 표정을 지었다. "내가 인정이 없는 게 아니야, 모리건. 끔찍하고 위험한 질병인 건 맞지만, 이런 결정은, 그러니까 스스로 우리의 적이라고 여기는 나라에 도움을 제공할 때는 정부 전체가 결정을 내려야 해. 그런데 윈터시당은 용과 같아. 크고 무거운 늙은 짐승이라 헤아리기 어렵고 조종하는 건 불가능하지. 어떤 대가도 없이 자유주를 돕는다고 하면 절대 찬성하지 않을 거야. 거래라면 모를까." 모드는 명확하게 정리하며, 모리건의 혼란스러운 표정을 살폈다.

"하지만 그 당은 *대통령님의 당*이잖아요." 모리건이 지적했다. "대통령님이 힘이 있는 사람 아닌가요?"

모드는 약간 굳어지며, 모리건을 경계하듯 계산적인 표정으로 바라봤다.

모리건은 무례하게 들렸을까 봐 서둘러 말을 이었다. "제 말은 그저… 뭐, 어쨌든 대통령이니까요. 그 사람들은 대통령이 하라는 대로 해야 하지 않나요?"

"그렇게 생각할 수 있어. 그렇지?" 모드가 말했다. 경계하던 표정이 눈 녹듯이 사라지고 당혹스러운 웃음을 쿡쿡 웃었다. "하지만, 아니야. 정치의 세계는 그런 식으로 돌아가지 않아. 여기만 그런 게 아니라 어딜 가도 그렇지. 윈터시당이 자기 논리에 얽매여 있는지 몰라도, 장담하건대 너희 정부도 크게 다르지 않을걸."

"백 년이 넘는 시간 동안 공화국과 자유주는 소통이 거의 없는 교착상태였어. 협력도 전혀 없었고. 내가 노력을 안 하겠다는 게 아니야. 옳은 일을 하자고 *우리* 당을 설득할 수 있다 해도, 스티드와 그의 정부가 협상 테이블에 나와 앉으리라는 보장이 없어. 옛날 옛적에 내가 젊은 이상주의자였을 때는…" 모드는 말을 멈추고 냉소적인 표정으로 한쪽 눈썹을 치켜올리며 모리건을 봤다. "…상황을 바꾸고 싶었지. 몇 년 동안 스티드와 대화할 수 있는 자리를 만들기 위해 노력했어. 소위 적국이라고 불리는 나라와도 열린 대화를 해야 하는데, 스티드는 관계를 맺으려는 의지 자체가 전혀 없었지. 할로우폭스라고 해서 스티드가 태도를 바꿀까? 나는 그렇게 생각 안 해."

모리건은 아주 작은 희망의 빛이 보이는 것 같았다.

"제가 그분이 대화에 나서도록 설득할 수 있다면요?"

"모리건." 모드는 방금 믿기 힘들 만큼 어리석은 말을 들은 사람처럼 연민 어린 시선으로 다정하게 모리건을 바라봤다. "너는 인상적인 아이야. 용감하고 총명한 데다 겸손하기까지 하지. 고사메르 노선으로 이곳까지 와서, 적국의 대표를 홀로 상대하며 도움을 부탁하다니. 하지만 그런 아이라도, 심지어 그 아이가 원더스미스라도, 고집불통인 사람의 마음을 바꿀 힘이 있는 건 아니란다. 정말이야."

"제가 직접 하겠다는 게 아니에요." 모리건이 정확하게 설명했다. 원로들고 있고, 주피터도 있고, 홀리데이도 있었다. 원드러스협회 전체가 나설 수도 있었다. 그들 중에는 수상을 만날 수 있는 *사람*이 분명히 있었다. 모리건은 주피터에게 기회만 있다면 누구의 마음이라도 바꿀 수 있다고 믿었다. "누군가 스티드를 설득해서 대통령님과 대화하게 한다면, 만약 우리가 그, 대통령님이 말씀하신 열린 대화라는 자리를 만들 수 있다면, 그땐 우리를 도와줄 건가요?" 모드는 잠시 웃어야 할지 당황스러워해야 할지 갈피를 못 잡는 듯했지만, 결국 모리건의 고집에 항복하고 두 팔을 펼쳤다.

"좋아." 모드가 말했다. "그래. 스티드에게 대표 대 대표로 회동을 하자고 한 번 더 청해 볼게. 내 초대에 응하도록 누가 설득해 준다면, 우리가 가진 할로우폭스 치료법을 협상 테이블에 올려놓겠어. 약속해."

◆━━━◆

몇 분 뒤 금백색 고사메르 열차 안에 선 모리건은 보이지 않는 선로가 밑으로 사라져 가면서 칙칙칙 율동적인 진동을 울리는 것을 느끼며, 의식의 한구석에서 가볍게 잡아당기는 느낌을 받았다.

곧장 집으로 가야 했다. 예기치 못한 상대를 만났지만, 어쨌든 이곳에 왔던 목적을 *달성했다.* 어떤 희망 같은 게 생겼다. 이제 네버무어에서 가장 힘 있는 사람이 부탁을 들어주도록 설득하기만 하면 됐다. 진정해야 했다.

모리건은 곧장 듀칼리온으로 돌아가서 주피터와 계획을 세워야 한다.

하지만 모리건의 마음 한구석에서 슬쩍 올라와 호기심을 쿡 찌르는 생각이 하나 있었다. 집에 *가야 하긴* 하는데, 하지만… 이미 고사메르에 타고 있으니, 아마도 크로우 저택에 들러야 할 것 같았다. *아주 잠깐* 들를 생각이었다. 마지막으로 봤을 때와 달라진 게 있는지만 보고 싶었다. 그렇게 하면 피해가 갈 일도 없고 또—

그리고 어느새 모리건은 생각만큼 빠르게 그곳에 있었다. 어린 시절에 살았던 집 마당이었다. 잿빛 하늘을 배경으로 선 거대한 검은색 집이 정면으로 모리건을 굽어보고 있었다.

문을 두드릴 필요는 없었다. 모리건은 자신이 보이지 않기를 바라며 닫힌 현관문을 그대로 통과해 걸어 들어갔다. 마침 늘 입던 회색 드레스 차림의 오넬라 크로우가 계단 꼭대기의 모퉁이를 돌아 휙 사라지는 게 보였다.

"불가능해." 속삭이는 목소리가 복도 저편의 식당에서 들렸다. 모리건은 깜짝 놀라, 이 상황을 어떻게 설명해야 하나 궁리했다. 하지만 목소리는 계속해서 말했다. "그 고약한 독수리는 *불가능해.*"

"쉿, 들리겠어."

"들으면 어때? 여긴 지긋지긋해. 기관에 알릴 거야. 크로우 부인은 내 평생 최악의 주인이라고—"

"넌 쫓겨나도 상관없는 것 같지만, 난 아니야. 어서 식탁 치우는 거나 도와줘. 늙은 독수리가 돌아와서 네 눈을 쪼아 먹기 전에."

모리건은 눈을 굴렸다. 할머니는 전혀 바뀌지 않은 모양이었다.

모리건은 허둥대며 조용히 계단을 올라가서 할머니를 따라 긴 복도를 걷다가, 할머니가 왼쪽으로 꺾어 초상화실로 들어가는 것을 보고 걸음을 멈췄다. 할머니가 크로우 저택에서 제일 좋아하는 공간이었다. 할머니는 정말로 그곳을 좋아했고 집착했다. 어릴 때는 그곳이 너무 무서워서 들어가지는 못하고 문밖을 서성이며, 할머니가 유화 초상화 속 조상들과 죽은 가족을 물끄러미 바라보는 것만 지켜본 적도 있었다.

지금은 모리건도 자랐기 때문에 할머니를 따라 초상화실 안으로 들어가고 싶었다. 하지만 그럴 수 없었다. 그런 생각이 들자 갑자기 기분이 나빠졌고, 지난번 찾아왔을 때의 기억이 스치듯 지나가며 생각을 질식시켰다.

크리스마스 밤에 할머니는 공포에 질린 얼굴이었다. *넌 여기 있으면 안 돼.*

모리건의 아버지인 커버스 크로우는, 마치 딸이 존재하지 않는 것처럼 모리건을 그대로 통과해 지나갔다. *다시는 그 이름을 입에 올리지 않겠다고 맹세했잖아요. 그 이름은 이제 죽었어요.*

모리건은 아지랑이처럼 피어난 공포 속에서 갑자기 메스꺼움을 느꼈다. 몸을 돌려 다시 복도를 거슬러 가며 반대 방향으로 걸음을 재촉했다. 초상화실에는 열한 살의 모리건 크로우가 얼굴을 찡그린 채 죽은 크로우들과 나란히 불멸의 상태로 걸려 있었다.

바보같이. 대체 무슨 생각으로 여기에 온 거야?

모리건은 계단 꼭대기 근처에 멈춰 서서 한 손으로 횡격막을 누르며 메스꺼움을 가라앉히려고 노력했다. 이곳을 떠나야 했다.

모리건은 현관 밖으로 나갈 생각이었다. 고사메르 열차를 불러 네버무어의 집으로 돌아가 앞으로 다시는, 절대 이 집으로 돌아오지 않을 터였다. 모리건은—

모리건은 토할 것 같았다. 바로 여기, 고사메르를 통해 와 있는 여기에서 토할 것 같았다. 갑자기 그런 확신이 들었다. (*그럼 정확히 어떻게 될까?* 어쩐지 궁금했다.)

뒤에서 들리는 소리에 돌아보니, 할머니가 초상화실을 나와 문을 굳게 닫고 커다란 쇠 열쇠로 잠그고 있었다.

보지 말아 주세요. 모리건은 필사적으로 생각했다. *나를 보지 못하게 해 주세요.*

모리건은 휘청거리듯 옆 통로의 가장 가까운 방으로 들어가서 어두운 구석에 미끄러지듯 숨었다. 그리고 가만히 앉아 숨을 죽였다.

방 건너편에서 뭔가 다른 게 숨 쉬고 있었다. 다른 무언가는 둘이었다. 나무로 만든 작은 아기 침대 두 개 안에 있는 작은 덩어리 두 개가 이불 밑에서 솟았다 가라앉기를 반복했다. 그곳이 누구의 방인지 깨달은 그 순간, 누군가 조용히 문을 열었다. 익숙한 얼굴의 젊고 예쁜 금발의 여자가 파란 드레스를 바스락거리며 살금살금 들어왔다. 여자는 달콤한 노래를 흥얼거리고 있었다.

모리건은 할머니와 달리 새엄마는 자신을 보지 못하리라 확신했다. 하지만 그래도 그림자 속에 숨어 아이비가 아들들을 살펴보고 방을 나갈 때까지 기다렸다.

문 앞에서 잠시 멈춘 젊은 엄마는 눈결 같은 머리카락을 가진 아기들을 휙 돌아봤다. 복도에서 새어 든 불빛이 아이비의 얼굴을 비췄다. 모리건은 아이비의 그런 표정을 처음 봤다. 온갖 부드러움과 모성애, 조용하고 만족스러운 기쁨으로 가득했다. 모리건은 몸속 한가운데서 낯선 무언가가 꼬물꼬물 올라오는 걸 느꼈다. 그리고 그것이 부러움이라는 것을 깨닫고 흠칫 놀랐다.

단순한 부러움이 아니었다. 그리움이었다.

하지만 그럴 리 없었다. 모리건은 아이비를 그리워하지 않았다. 심지어 *좋아하지도* 않았다!

모리건이 그리워한 건, 잃어버린 자신의 일부였다. 그게 무엇인지 정확히 말할 수는 없었다. 하지만 내면의 가장 어둡고 가장 은밀한 곳, 어느 누구에게도 드러내 보여 주지 않은 그곳에서 모리건은 무언가 잃어버렸다. 그게 무엇이든 간에, 모리건은 결코 가져 본 적이 없다는 것을 알았다. 그리고 어린 울프람과 군트람 크로우는 묻지도 않고 모리건의 몫을 가져갔다.

마음속에 그림자가 드리워지는 기분이었다.

너는 멋진 삶을 살고 있잖아. 모리건은 단호히 생각을 다잡았다. *필요한 건 뭐든 다 있다고.*

정말 그랬다. 네버무어에서 모리건은 두 아이가 결코 가질수 없는 것을 가졌고, 두 아이는 *상상도 못할* 생활을 누렸다! 브롤리 레일을 타고 지붕 위를 날아다녔고, 오페라를 보러 갔고, 크리스마스이브에는 화려한 결투도 구경했다. 모리건의 바람과 필요에 따라 스스로 변하는 진짜 *마법* 침실도 있었다.

무엇보다 주피터와 잭과 피네스트라가 있었고, 호텔 듀칼리온의 식구들이 그곳에 있었다. 호손과 케이든스와 치어리 씨와 홈트레인, 그리고 지하 9층도 있었다. 놀라운 재능의 원드러스한 사람들이 모인 최상류 조직의 회원이었고, 신의를 맹세한 *여덟* 명의 형제자매도 함께였다! 뭘 더 바랄 수 있을까? 한 명의 사람이 얼마나 더 욕심낼 수 있겠는가?

하지만 그들은 진짜 자매가 아니잖아? 마음속에서 작은 목소리가 성가시게 물었다. *진짜 형제는 아니야.*

모리건은 고개를 옆으로 기울였다. 자리에서 일어난 모리건은 어둠 속을 조심스럽게 걸어가 두 개의 아기 침대를 나란히 들여다봤다. 침대 위에는 각각 이름이 새겨져 있었다. 뺨이 발그레한 작은 울프람은 평화롭게 잠을 잤다. 아기 군트람은 감기에 걸린 듯 자면서도 코를 훌쩍였다.

이 아이들이 모리건의 *진짜* 형제들이었다. 배다른 동생들이었다.

모리건은 침대 사이의 비좁은 공간에 무릎을 꿇고 앉았다.

"안녕." 모리건이 속삭였다. "나는 너희 누나야." 그 말이 낯설게 느껴졌지만, 모리건은 계속했다. "너희의 큰누나. 너희는 믿지 않겠지. 아무도 내 얘길 해 주지 않았을 거야. 하지만 사실이야. 내 이름은 모리건이야." 모리건은 말을 멈추고 잠깐 생각했다. "아마 그렇게 말할 수는 없겠지만, 아직 너무 어리니까. 그냥… 모그라고 불러 줘."

군트람이 약간 움직이더니 한쪽 눈을 빠끔히 뜨고 졸린 듯 모리건을 쳐다봤다. 순간적으로 숨이 멎을 듯 놀란 모리건은, 아이가 깨어나 집이 떠나가라 소리를 지를지도 모른다고 생각했다. 하지만 모리건이 나직이 "쉿" 하고 속삭이자, 군트람은 따뜻한 이불 속에 다시 자리를 잡았다.

아슬아슬했어. 모리건은 생각했다. 확실히 가야 할 시간이었다.

하지만 모리건이 살금살금 방을 빠져나올 때 무언가가 눈에 띄었다. 또 다른 작고 통통한 덩어리가 얇은 커튼 뒤의 창틀에 쓰러져 있었다.

모리건은 깜짝 놀랐다. "에밋!"

에밋은 기억 속 모습 그대로였다. 꼬리를 잃어버린 까만 유리 눈의 낡은 봉제 토끼 인형… 오랫동안 그곳에 방치된 것처럼 먼지를 뽀얗게 뒤집어쓴 모습이었다. 모리건은 손을 뻗어 잡으려고 했지만, 당연하게도 손은 인형을 그대로 통과했다.

모리건은 목이 콱 메었다. 눈가가 찡 울려서 눈을 깜박였다. 크로우 저택을 생각할 때마다 그리운 건 에밋 하나였다. 모리건은 예전처럼 에밋을 꽉 끌어안는 상상을 했다. 에밋이 저렇게 혼자 창틀 위에 쓰러져 있는 걸 두고 갈 수 없었다. 감기에 걸리거나… 아니면 목에 쥐가 날 수도 있었다!

실망한 모리건은 방을 둘러봤다. 작은 몸이 다 담아내지 못할 만큼 분노와 슬픔이 차올랐다.

이것들을 봐. 모리건은 돌연 소리를 지르고 싶었다. 온갖 장난감과 책과 블록. 그리고 크로우 저택에 남겨 두고 간 모리건의 유일한 물건이, 저 감사할 줄 모르는 어린 야수들에게 *아무것도 아닌* 것처럼 넘어갔다. 그저 많은 장난감 중 하나가 되어 외면당하고 잊혔다. 에밋은 이제 완전히 혼자였다.

모리건은 고사메르를 꿰뚫고 손을 뻗어 에밋을 꽉 붙잡고 집으로, 에밋의 세상으로 데려가고 싶었다.

하지만 그건 불가능했다.

모리건은 눈을 질끈 감고 주먹을 꽉 쥔 채 방수포 우산을 생각했다. 고사메르 열차가 멀리서 경적을 울렸다.

32장

스퀴드 크로우 포

고사메르 열차를 타고 집으로 가는 내내 붉은 아지랑이 같은 분노가 모리건을 따라왔다. 승강장 난간에서 우산을 낚아챘을 때도 함께였다. 듀칼리온에 도착했을 즈음에는 흘러넘치는 분노가 슬픔으로 번졌다.

모리건은 멈추지도 않고, 심지어 어디로 가는지 알아차리지도 못한 채 로비에서 나선형 계단을 뛰어 올라갔다. 생각은 침실로 향했는데, 놀랍게도 도착한 곳은 주피터의 서재였다.

주피터가 책상에서 고개를 들어 혼란스러운 미소를 흘려보냈다. 그제서야 모리건은 자신이 어떻게 보일지 깨달았다.

"모그?" 주피터가 불현듯 걱정에 휩싸여 말했다. "이게 뭐니?"

주피터는 무엇을 봤을까? 모리건은 궁금했다. 오늘 있었던 일이 얼마나 주변을 맴돌고 있을까? 잿빛 구름이든 어두운 얼룩이든, 세상에서 가장 길었던 아침의 역사가 시각적으로 어떻게 보일까? (그런데 아직 아침이었나? *내년*이 아니고?)

"그게… 에밋이요!"

모리건은 내면의 자신이 흘러넘치는 느낌이었다. 얼굴이 빈 우유 상자처럼 일그러졌다. 모리건은 슬픔을 분노로 되돌리려 애쓰면서(슬픔보다 분노가 다루기 쉬웠다) 작은 방을 성큼성큼 걸어가 안락의자에서 쿠션을 하나 집어 들어 던졌다. 얼마나 세게 던졌는지 벽에 걸린 액자 하나가 떨어졌다. 주피터는 어쩔 줄 몰라 하며 지켜봤다.

"그 애들은 그게, 피, *필요*하지도 않고, 그건 *내 거*예요. 내가 *아기*일 때부터 내 거였고, 아이비는 맨날 *더럽다*고 했으면서 왜 에밋을 *애들한테* 줬을까요?"

"애들이 누구인데?"

"울프람하고 군트람요! 내… 동생들이요." 모리건은 난로 앞을 서성거리며 두 손으로 주먹을 쥐었다. 눈가에 눈물이 차올랐다.

"그렇구나… 그럼 에밋은 누구지?" 주피터는 오리무중에 빠진 표정으로, 들쭉날쭉한 울음 사이로 튀어나오는 모리건의 혼잣말을 이해하려고 노력했다.

"내 토끼요!" 모리건이 엉엉 울었다. "내 토끼 인형이에요. 내 *친구라고요.*" 내 *하나뿐인* 친구라고 모리건은 생각했다. "두, 두고 왔어요. 에밋은 내 친구였는데 나는 그냥… 두고 왔어요."

모리건은 2년 반 전 이븐타이드의 밤을 생각했다. 저주 때문에 죽기로 되어 있던 날 밤이었다. 그날 밤 주피터가 예고도 없이 도착해서 모리건을 구했고, 네버무어로 데려와 상상조차 못한 새로운 삶을 안겨 줬다.

연기와 그림자 사냥단이 크로우 저택으로 찾아와 뒤를 바짝 쫓아왔던 일도, 모리건과 주피터가 함께 뒤도 돌아보지 않고 예정된 죽음을 피해 도망쳤던 일도 기억했다. 온갖 흥분과 위험 속에서도, 베개 사이에 끼어 모리건이 돌아오기를 충실히 기다리고 있었을 작고 꾀죄죄한 에밋을 단 한 번도 생각하지 않았다.

모리건은 안락의자에 털썩 주저앉았다. 이성적이지 못한 행동이란 걸 알았다. 모리건은 봉제 인형에게 감정이 없다는 것도, 상처받을 일이 없다는 것도 알 만큼 나이를 먹었다. 하지만 그건 중요하지 않았다. 모리건은 작은 토끼와 모든 마음을 나누었고, 많은 두려움과 희망과 비밀스러운 상처를 전부 털어놓으며 11년을 견뎠다. 에밋은 그 모든 이야기를 간직했다. 저주받은, 외로운 어린 시절의 유일한 친구였다.

주피터는 측은한 듯 혀를 찼다. "오, 모그, 넌 에밋을 두고 온 게 아니야. 네 삶을 향해 달려온 거지. 굳이 잘못을 따지자면, 내 잘못이야. 내가 아무런 예고도 없이 갑자기 쳐들어가서 정신없이 너를 빼 왔잖니."

"돌아가고 싶어요." 모리건은 벌떡 일어나 다시 방을 서성였다. 변덕이 들끓고 몹시 흥분한 상태였다. "고사메르로 말고요. 진짜로. 가서 에밋을 구해 오고 싶어요―"

모리건이 말을 멈춘 건 주피터의 얼굴에서 불안한 신호 같은 걸 봤기 때문이었다.

"그럴 수 없어. 안 된다는 거 알잖아." 주피터는 조심스러운 목소리로 말했다. "동생들이 에밋을 돌봐 주지 않는 건 안타까운 일이야. 네가 했던 것처럼 돌봐 줘야 할 텐데 말이야. 하지만 들어 봐. 분명히 그 애들도 네가 생각하는 것보다는 에밋을 사랑하고 있을 거야. 지금은 아니라도 나중에는 그렇게 될 거야. 아이들이 더 자라서 똑똑해지면, 그게 누구 건지 알게 돼. 비록 지금은 몰라도 말이야. 그게 바로 에밋처럼 사랑을 듬뿍 받았던 친구들이 겪는 일이야. 그런 친구들은 투명 외투처럼 사랑을 걸치고 있단다. 그건 절대 떨어지지 않고, 언제나 그 자리에 있어. 조용한 순간이 오면 너도 느낄 수 있어. 울프람과 군트람도 언젠가 그걸 느낄 거야."

모리건은 주피터의 말에서 안심을 찾고 싶었다. 정말로 그랬다. 하지만 그건 그저 말뿐이라는 걸 알았다. 주피터는 모리건의 기분을 나아지게 하려고 노력했다. 하지만 모리건은 그 말을 조금도 믿지 않았다.

주피터는 미간을 찡그렸다. "그런데 거기에서 대체 뭘 한 거니? 혼자서 고사메르 노선을 이용하면 안 돼, 모그. 말했잖아. *위험하다고*!"

"아, 맞다. 음…" 모리건은 귀에서 물을 털어 내려는 것처럼 머리를 흔들었다. 갑자기 모든 게 우습게 느껴졌다. *왜* 토끼 인형 이야기를 하고 있었을까? 크로우 저택을 방문하는 바람에 정신을 못 차리고 진짜 소식까지 까맣게 잊었다. "나는… 치료법을 찾으러 갔어요. 스콜이 말한—"

"스콜이 말한—?"

"네, 전에 옥상에서요. 기억하세요? 스콜이 할로우폭스 치료법을 가지고 있다고 했다고, 제가 그랬잖아요. 그리고 그걸 넘겨주는 대신—"

"자신의 제자가 되라고. 그래, 그런 이야기를 나눴던 거 기억해." 손으로 얼굴은 덮은 주피터가 손가락 사이로 모리건을 바라봤다. "모그, 제발, *제발* 아니라고—"

"아니죠!" 모리건이 재빨리 말했다. "제 말은… 스콜을 찾으려고 했는데—" (주피터가 들릴 듯 말 듯한 신음을 흘렸다.) "고사메르 노선이 혼동하는 바람에 저를 잘못 데려다줬어요. 그래서 제가, 아저씨, 머리카락 좀 그만 잡아당기고 들어 *봐요*. 윈터시 대통령을 만났어요!"

주피터는 머리 잡아당기기를 멈추고, 귀를 기울였다.

"그랬구나." 주피터가 모리건을 빤히 바라봤다. "좋아."

"네." 모리건은 어깨를 으쓱였다. "제 생각에… 제가 생각을 잘못해서 고사메르 노선이 의도를 잘못 읽은 것 같아요. 어쨌든, 그게 중요한 게 아니고요. 대통령을 만났는데, 그분은 제가 누군지 알고 있었어요. 제가 원더스미스인 것도요. 할로우폭스에 관해서도 그렇고, 모르는 게 없더라고요."

모리건은 대통령 공관에서의 일을 모두 말해 주었고, 주피터는 입을 약간 벌린 채 열심히 들었다.

"—그러니까 모드가 그러는 거예요. 윈터시당은 크고 늙은 용 같아서, 조종이 불가능하다고—"

"잠깐, 이름을 부르는 사이라고?" 주피터가 말을 자르고 물었다. "윈터시 공화국의 대통령하고?"

"네, 쉿. 모드는 윈터시당이 *도와*줄 수도 있댔어요. 스퀴드 크로우 포squid crow po만 있으면."

"퀴드 프로 퀴(* Quid pro quo, 동등한 교환이나 보상을 뜻하는 라틴어 – 옮긴이)?"

"맞아요. 그런 거였어요. 모드는 그 사람들이 아무 대가 없이 뭘 하지는 않을 거래요. 하지만 우리가 스티드 수상을 설득할 수 있으면, 만나서 대화하는 자리를 만들 수 있으면, 자기 당을 설득해서 치료법을 나눌 수 있도록 노력한댔어요. 그래서, 아저씨가 할 수 있어요? 아니면 원로님들이 하면 돼요? 스티드 수상을 아는 사람이 있을 거 아니에요."

"공교롭게도 내가 알긴 하지. 그 사람을 엄청나게 좋아한다고 말할 수는 없지만, 모리건…" 주피터가 잠시 말을 멈추고, 고개를 저었다. 충격받은 얼굴이었다. "윈터시 대통령은 우리 적국의 대표야. 정부도 모르게 허락도 없이 자유주를 대표해서, 그쪽과 거래하는 건 엄밀히 말하면, 음… *반역* 행위야. 이일은 *아무한테도* 말하면 안 돼."

"*반역*이 아니라 협상이에요! 도움을 요청하는 거라고요! 어쨌든 모드가 자유주를 통치하겠다거나 여왕의 머리를 자르겠다거나 그런 걸 요구하는 거하고는 다르잖아요. 그쪽에서 원하는 건 단지 스티드 수상하고 *대화*하는 거예요. 적국이라 하더라도 열린 대화를 해야 한다고요."

주피터가 한쪽 눈썹을 치켜올렸다. "그건 네가 하는 말이니, 대통령이 한 말이니?"

　모리건은 그 질문을 무시했다.

　"모드는 변화를 바라고 있어요. 그분은 실제로 정말, 그러니까 그분은…" 모리건은 머뭇거렸다. 대통령이 딱히 *친절하다*고는 말할 수 없었다. *친절*하다고 말하기에는 무언가 위협적인 부분이 있었다. "진짜 같았어요."

　주피터가 회의적인 표정을 지었다. "내가 아는 윈터시 공화국 시민들만 해도, 그 말에 강하게 반대하는 사람들이 많을 거야."

　"대통령이 완벽한 사람일 필요는 없잖아요, 아저씨. 그저 우리가 친구들을 구할 수 있도록 도와주기만 하면 돼요!"

　"모리건." 주피터가 콧등에 주름을 잡으며 말했다. "윈터시당이 워니멀을 돕고 싶어 할 거란 말은 *조금도* 믿기 힘들어. 공화국의 워니멀을 탄압하고 삶을 위험하게 하는 게 바로 그들법이야. 밀입국 단체가 존재하는 *이유*도 바로 그 때문이고. 오랜 연대 동안 그런 식이었어."

　"하지만 대통령이 정말로 변화를 원하는 거라면요? 윈터시당도 치료법을 발견해서 공화국의 워니멀을 치료했잖아요. 안 그래요? *분명히* 대통령이 그렇게 했을 거예요. 우리가 기회를 주지 않으면 뭔들 어떻게 바꿀 수 있겠어요?"

　주피터는 모리건의 말을 곰곰이 생각하는 듯했다. "이게 지뢰밭이라는 거 알잖아, 모그. 무턱대고 뛰어들 수도 없고—"

　"주피터 아저씨, 오늘 아침에 소피아가—" 모리건은 목소리가 갈라져서 말을 끝까지 이을 수 없었다. 하지만 주피터의 비통한 표정을 보니 이미 소피아가 병원에 있다는 소식을 들은 것 같았다. "얼마나 많은 워니멀이 고통받아야 *뛰어들어 보자*고 결심할 수 있나요? 아저씨가 수상한테 얘기라도 해 볼 수 있다면—"

"좋아! 다만… 잠깐 시간을 줘." 주피터는 감당이 안 되는 듯 크게 한숨을 내쉬며, 책상 의자에 몸을 젖히고 앉아 천장을 올려다봤다. "나도 지금 이 상황을 이해하려고 노력 중이야. 나는 지금도 네가 나한테 말도 없이 공화국에 갔다는 사실을 믿을 수가 없어."

"고사메르 노선으로 간 것뿐이에요. 저도 *뭔가* 해야만 했잖아요?"

주피터가 다시 앞을 보고 앉으며, 두서없이 식식 화를 냈다. "뭐, 뭐, 그러니까, 네가 그래야 *했다고? 진짜?* 왜 그래야 했는데? *왜* 그런 생각을 한 거지? 협회의 *성인* 회원들이 대책 본부를 만들고, 지금 시간을 다 바쳐 *뭔가 하고 있는* 마당에? 미안하지만, 아무도 너한테 *뭐든 하라고* 부탁한 적 없어!"

모리건은 주피터가 자신에게 찬물을 끼얹기라도 한 것처럼 움찔했다. 문득 홀리데이 우가 했던 말이 떠올랐다. 홀리데이도, 똑같이, 모리건을 비난했다. *모리건이 속한 적 없던 곳에 들이닥쳐, 오라고 청한 사람도 없는 곳에서 분란을 일으켰다고.*

상처받은 마음이 쏜살같이 분노로 돌진해, 모리건의 내부에서 파도처럼 솟구쳤다가 거칠고 사납게 부서져 내렸다.

"그래서 그 성인들이 정확히 뭘 했어요?" 모리건이 소리쳤다. "*아저씨가 치료법을 찾았나요? 브램블 박사님이 매일매일 점점 더 접근하고 있나요? 박사님은 지난주에 정확히 어디까지 왔고, 그 전주에는 또 어디쯤에 있었죠?* 아저씨 말이 맞아요. 아무도 나한테 뭘 하라고 청하지 않았어요. 하지만 난 **어쨌든 했어요**. 나 혼자서요. 그러려면 자유주를 나가야 했지만, 기적처럼 **진짜** 도움을 줄 수 있는 **진짜** 어른을 찾아냈어요."

이번에는 주피터가 움찔했다.

"스티드 수상한테 말해요." 모리건은 사정없이 넘어오는 눈물을 삼키기 위해 눈을 깜박이며 강하게 요구했다. "아저씨가 수상을 엄청나게 좋아하지 않는 건 상관없어요. 그냥 *말해요.* 윈터시가 대표 대 대표로 만나자고, 한 번 더 요청할 거라고요. 그 사람이 할 일은 결국 모드의 초대를 받아들이는 거예요. 그럼 우리는 친구들을 되찾을 수 있어요. 제발, *수상을 설득해 줘요.* 그렇지 않으면 나는, 나는 선택의 여지가 없어요."

주피의 얼굴이 새하얗게 질렸다. "그게 무슨 소리니, 선택의 여지가 없다니?"

"수상이 윈터시의 도움을 받아들이지 않겠다면, 나는 스콜한테 도와달라고 할 거예요."

33장

존경하는 수상께

모리건은 롤러코스터를 타 본 적이 없지만, 주피터와 말다툼을 벌인 뒤 48시간 동안 그게 어떤 느낌일지 상상할 수 있을 것 같았다.

놀랍게도, 주피터는 자신이 해야 할 일을 완전히 받아들인 것처럼 보였다. 그는 말다툼 직후 수상을 설득하겠다고 마음먹고 호텔을 떠나 내내 자리를 비웠다. 그러다가 저녁 늦게 돌아와서는, 말 한마디 없이 로비에 있던 모리건과 마사와 피네스트

252

라를 휙 지나쳐 곧장 유리 엘리베이터로 향했다. 스티드와 어떤 대화가 오갔는지는 몰라도, 끝이 좋지 않았던 건 분명했다.

"저분 어깨에 온 세상이 다 올라가 있어." 마사가 안타깝게 고개를 저으며 사라지는 주피터를 지켜봤다. "자신을 너무 압박하는 것 같아."

모리건은 아무 말도 하지 않았지만, 속으로는 죄책감을 느꼈다. 어쨌든 이번에 그를 압박한 사람은 모리건 자신이었으니까.

"맞아. 나는 주피터가 스트레스를 좀 받고 있다는 걸 눈치챘어." 피네스트라가 입을 쩍 벌리고 하품을 하며 말했다. 케저리가 벌써 열 번도 넘게 쫓아냈지만, 여전히 안내 데스크 위에 올라가 있던 피네스트라는 배를 드러낸 채 기지개를 켰다. "그래서 내가 선물을 준비했지. 벌써 침대 위에 올려놨어."

모리건과 마사가 놀란 듯 시선을 교환했다.

"난, 와아, 핀." 모리건이 말했다. "정말 잘했네요. 준비한 선물이 뭐—"

"피네스트라아아아아아아!" 노발대발한 주피터의 함성이 텅 빈 호텔에 울려 퍼지면서 나선형 계단을 타고 로비까지 내려왔다.

움찔 놀란 마사가 핀을 곁눈질했다. "생선이에요?"

"쥐." 선물을 고맙게 받아 주지 않자 성묘는 극도로 화를 냈다. "게다가 정말로 큰 놈이었다고. 고마운 줄도 모르고."

주인처럼 호텔 듀칼리온의 기분도 침울하고 답답한 듯했다. 하지만 주피터와 달리 듀칼리온은 점점 더 특이한 방식으로 행동했다.

덧문은 마사와 찰리와 케저리가 억지로 열려고 아무리 애를 써도 여전히 닫힌 채였다. 모든 손님용 객실과 대부분의 직원 숙소는 춥고 어두컴컴했다. 모리건의 침실은 간신히 버티는 중이었다. 그날 모리건은 방의 벽난로에 열 번 넘게 다시 불을 붙여야 했다. 발톱 달린 욕조는 평소 수도꼭지를 잠그지 않아도 적당한 높이로 정확하게 물이 찼는데, 그날은 물이 흘러넘쳐 욕실이 물바다가 됐다. 모리건이 *가장* 걱정한 건 문어 안락의자였다. 벌써 며칠째 촉수를 움직이지 않았다.

하지만 듀칼리온의 대부분이 동면에 들어간 동안, 어떤 곳은 터보 추진기라도 단 것처럼 과하게 움직였다. 남관 밖의 과수원은 너무 빨리 자라서, 이제는 식용 밀림에 가까워졌다. 가을 수확량이 평소의 일곱 배가 넘었다.

로비 역시 그 어느 때보다 생기가 넘쳤다. 로비는 프랭크가 계획한 적 없는 행사들을 준비하면서 두 시간에 한 번씩 변신에 들어갔다. 새벽 6시의 화려한 칵테일파티를 위해 분위기 있는 조명이 켜지고 멋진 재즈 음악이 흘렀다. 그러다가 누구의 생일도 아닌데 생일 파티가 열리는 바람에 헬륨 풍선이 가득 들어차 움직이기도 불편할 정도가 됐다(피네스트라가 신나게 발톱을 갈아서 점심 무렵까지 전부 다 처리했다).

늦은 오후에는 웅장하고 화려한 결혼식장으로 변했다. 챈더 여사는 끝이 가는 흰 양초 수천 개와 정성껏 꾸민 꽃 장식과 통로에 흩뿌려진 색종이 조각 등을 낭비하는 건 끔찍한 수치라고 생각했다. 그래서 마사와 찰리에게 즉석 결혼식을 올리면 *대단히* 로맨틱할 것이고, 모두에게 기운을 북돋아 주기에도 *딱*이라고 계속해서 말했지만 두 사람은 끈덕지게 못 알아듣는 척했다.

호텔이 새롭게 변신할 때마다 프랭크와 케저리는 다정하게 듀칼리온을 진정시켰다. 두 사람은 듀칼리온이 어떤 벼랑 끝에 서 있든, 지금은 쉬면서 재충전하는 시간이고 곧 모든 일이 바로잡혀 다시 운영에 들어갈 거라고 말했다. 하지만 듀칼리온은 듣지 않았다. 하얀 결혼식장이 수영장 파티로 바뀌면서 나선형 계단이 있던 자리에 워터 슬라이드까지 완비되자, 두 사람도 그저 장단을 맞춰 주는 게 최선이라고 마음을 바꿨다.

"아, 가엾은 할망구." 케저리가 한숨을 쉬었다. 물안경을 쓰고 분홍색 타탄 무늬 수영복 바지를 입은 케저리가 한때 안내 데스크가 있던 자리에 새로 생긴 다이빙대 끝에 서서 흠뻑 젖은 로비를 살폈다. "제대로 된 옷을 입고, 파티는 그만했으면."

다음 날 아침이 되어서야 모리건은 용기 내서 주피터의 서재 문을 두드렸다. 나쁜 소식을 들을 각오가 되어 있었기 때문에 만족스러운 표정의 주피터를 보고 깜짝 놀랐다. 그는 네버무어의 주요 일간지 세 부를 보란 듯이 책상에 정렬해 놨다.

치료법? 사양한다고 말한 수상

단지 공허한 제안이 아니다?
유출된 윈터시의 편지를 보면
스티드는 생명 구제를 꺼린다

제발, 수상은 그냥 알겠다고 하라

"2쪽을 봐." 주피터가 「파수꾼」을 톡톡 두드리며 말했다.

모리건이 첫 장을 넘기자 빨간색으로 **편지 유출!**이라는 커다란 글자가 보였고, 그 아래에 손으로 쓴 편지 사진이 있었다. 편지에 찍힌 직인은 나비 윤곽에 W 장식이 포개진 모양으로 봐서, 분명 윈터시 대통령의 것이었다. 「모닝 포스트」와 「거울」에도 똑같은 편지가 실려 있었다.

모리건은 목을 가다듬고 큰 소리로 읽기 시작했다.

   존경하는 수상께

   오늘 자리에 나와 주셔서 감사합니다. 합의에 이르지
못한 것은 유감이지만, '자유주'의 시민들은 수상의 침
묵에 더 깊은 유감을 느끼지 않을까 걱정됩니다.

   다시 한번, 한 나라의 수장인 동료로서 그리고 인간으
로서 수상께서 직면한 난관에 연대와 동정을 표하고 싶
습니다. 수상이 "할로우폭스"라고 부르는 이 질병으로
인한 위험은 긴급합니다. 이 질병이 파괴하는 것은 이후
회복이 불가능해 보입니다. 경험을 통해 드리는 말씀입
니다.

   하지만 오늘 아침에 말씀드렸듯이, 극복은 가능합
니다.

   우리도 대단히 많은 생명을 잃고 난 후에 시민 한 명
이 이 끔찍한 질병을 종식할 방법을 발견했고, 그 방법
을 공화국 전체와 공유하였습니다. 우리는 이제, 워니멀
도 인간도 모두 이 질병의 공포로부터 벗어났습니다. 나
는 이 관대한 행위를 수상과 귀하의 시민들에게 전할 수
있기를 바랍니다. 기꺼이 치료법을 제공하겠습니다.

   우리가 그 보상으로 바라는 것은 희망뿐입니다.

우리 두 나라가 언젠가 손을 맞잡고 우리 사이의 이 커다란 분열을 극복할 수 있기를 희망합니다. 수상과 내가. 우리 시민들의 미래 번영과 안보를 생각하는 현대적이고 진보적인 두 지도자가 대화를 시작하여 오랜 연대를 거쳐 해묵은 상처를 치유할 수 있을 것입니다.

윈터시 공화국의 우리는 지금 수상의 시민들이 처한 곳을 지나왔습니다. 우리도 이 어려운 길을 걸어왔지요. 부디 내가 내 나라를 위해 도움의 손길을 내밀도록 해주시고, 그것이 솔직하고 진심 어린 화해의 정신에서 비롯된 것임을 알아주십시오.

진심을 담아,

윈터시 대통령.

모리건은 얼굴을 찡그렸다. "이해가 안 돼요. 두 사람이… 만났다는 거예요?"

"음, 윈터시가 너하고 이야기한 직후에 수상을 초대한 게 틀림없어. 내가 원로들을 만나러 갔을 때, 원로들도 이미 알고 있었거든."

"어떻게요?"

"아, 원드러스협회는 늘 수상 집무실에 정보원을 두고 있거든. 퀸 원로에게 보고되지 않는 일이 없어. 스티드가 화장실에 가는 것까지 말이야. 원로들이 윈터시가 초대했다는 소식과 스티드가 이를 거절할 계획이라는 소식을 듣고 할로우폭스 대책본부를 소집했어. 물론 나는 아무것도 모르는 척했지.”

“왜요?”

“모르겠니? 원로님들이 *내게* 윈터시 이야기를 꺼냈어. 내가 원로님들한테 말한 게 아니고. 네가 고사메르 노선을 이용했다는 건 아무도 몰라. 아무도 네가 거래를 하고 왔다는 걸 모르는 거야. 모든 게 다 잘됐어.”

“아, 음, 잘됐네요.” 모리건은 또다시 죄책감이 들었다. 그리고 솔직히 말하면, 자신이 어떻게든 이루어 낸 결과에 약간 자부심을 느꼈다. 주피터는 그저 손을 흔들면서 모리건이 저지른 사소한 반역 행위 같은 건 무시해 버렸다.

“그래서 우리 셋이 스티드를 만나러 갔단다. 나는 화를 냈고, 브램블 박사는 논리적으로 설명했고, 리버스 경위는 협상을 시도했지. 하지만 이 대단한 바보한테는 아무것도 먹히지 않았어. 나중에는 우리를 내쫓는다고 협박을 하더라고⋯ 그래서 거물급을 불러야 했지.”

“퀸 원로님을?”

“퀸 원로를.” 주피터의 눈썹이 둥글게 휘었다. “정말 *굉장했어.* 혼자서 화내고, 설명하고, 협상하고, 꼭 기계 같더라고. 스티드한테 회동에 나가라고 설득했어. 그리고 비타민을 섭취하

고 머리를 좀 더 다듬고 모친에게 전화를 하라고! 정말 일사천
리였지."

"그래서요?"

"그래서… 달라진 건 없어. 스티드는 회동을 수락했지. 두 사
람은 고사메르를 통해 대화를 나눴어. 우리는 같이 옆에 서서
들었지. 윈터시는 더없이 쾌활하고, 심지어 *매력적*이었지. 치
료법을 주겠다면서, 그 대가로 앞으로 자유주와 공화국이 적대
적인 관계를 청산해 나가는 외교적 노력을 할 수도 있다는 대
답만 해 달라고 했어. 스티드는 거절했지."

"*어째서요?*"

"너무 거만해서 그런 것도 있어. 윈터시가 보여 준 효율성이
자기한테 부정적인 이미지를 심어 준다고 생각해. 또 한편으로
는 적국과 협상을 하는 게 나약해 보이거나 배반으로 여겨질
수 있는 게 싫은 거지. 그리고 또, 이건 아까 말한 것 같은데,
그자는 바보야. 끝."

모리건은 신문을 힐끗 봤다. "끝이… 아닌데요."

"끝이 아니었지." 주피터가 고개를 끄덕였다. "어젯밤 늦게
윈터시가 스티드에게 편지를 보냈어. 그런데…" 주피터가 책상
에 늘어놓은 신문들을 가리켰다. "…편지가 네버무어의 모든
언론사 편집장들에게 유출됐지."

"홀리데이 우?"

"홀리데이 우."

모리건이 음침하게 웃었다. "그럼 다시 천재가 된 건가요? 아니, 친구가 된 건가?"

"둘 다겠지." 주피터가 고개를 좌우로 갸웃거리며 대답했다. "어쩌면 둘 다 아닐 수도 있고. 이건 조금 비열한 속임수야. 이것 때문에 스티드는 많은 대중의 격분을 사게 될 거야… 자기가 자초한 일이지만."

모리건이 깊은 숨을 들이쉬었다. "맞아요. 그럼 다음엔 뭘 해야 해요? 우리가 계속 압력을 넣으려면—"

"모리건."

"—그럼 탄원서를 제출하거나 또… 시위를 해야 해요! 의회 바로 앞에서—"

"**모리건.**" 주피터의 목소리가 쩌렁쩌렁 울렸다. "거기에 '다음'은 없어. 여기까지야."

모리건이 입을 딱 벌린 채 주피터를 바라봤다. "장난치지 말아요! 그냥 포기할 작정이에요?"

"난 네가 하라는 대로 했어. 수상 집무실까지 찾아가서, 그를 설득하기 위해 할 수 있 *모든* 걸 했어. 하지만 모리건… 이게 우리가 꺼내 들 수 있는 마지막 패였어. 제발 이 일이 압력이 되어서 스티드가 억지로라도 옳은 일을 하기를 바라지만, 너나 내가 개입된 부분만큼은—"

"하지만 그냥 이대로—"

"—*끝난 일이야.*"

두 사람이 더없이 화난 상태로 세상에서 가장 불편한 침묵 속에 서로를 노려보며 서 있을 때, 구원의 소리처럼 누군가 문을 두드렸다.

"들어와!" 주피터가 소리치자 케저리가 들어와 작은 무선 라디오를 주피터의 귀에 가져다 댔다.

"들려요, 주브?" 케저리가 책상 위에 놓인 더 큰 라디오를 가리키며 묻자, 주피터가 덥석 다이얼을 돌려 제일 큰 소리로 틀었다. 기드온 스티드의 근엄한 목소리가 방 안 가득 울렸다.

"—입증된 효과는 야간에 일어나는 할로우폭스 관련 사고를 방지하고 경찰과 응급 구조대의 부담을 완화하는 것입니다. 하지만 가장 최근의 소름 끼치는 공격에서 볼 수 있듯이, 그것만으로는 충분치 않을 것 같습니다."

주피터가 케저리를 바라봤다. "가장 최근—?"

"일어난 지 한 시간도 채 안 됐을지요." 케저리가 심각한 목소리로 말했다. "온통 그 소식으로 난리예요. 네버무어대학교의 사자원 교수였는데, 그게…" 케저리가 고개를 저으며 입을 꾹 다물었다. 차마 끝까지 말하는 게 힘들어 보였다.

"사망자가 있나요?"

케저리가 침을 꿀꺽 삼켰다. "네 명이나요. 강사 두 명, 학생

한 명, 그리고 사자원 본인이… 스텔스가 그를 쓰러뜨렸어요.”

주피터는 숨이 막히는 듯한 소리를 냈다. 모리건은 안락의자 등받이에 몸을 기댄 채 의자 가죽을 꽉 붙잡고 넘어지지 않으려 애썼다. 스티드의 목소리가 계속 흘러나왔다.

“—따라서 오늘부로 우리 정부는 새로운 특별 조치를 발표하여 이 질병과 싸울 것입니다. 일몰 통행금지를 철회하고, 모든 워니멀에게 일곱 포켓 전 자치구 봉쇄령을 내립니다. 오늘 정오부터 집 밖에서 발견되는 워니멀은 모두 체포될 것이며, 최대 1년까지 징역형을 받게 될 것입니다. 이번 조치는 할로우폭스를 잠재울 수 있을 때까지 계속됩니다. 이와 관련한 질문은 받지 않겠습니다—”

주피터는 손을 뻗어 라디오를 껐다.

“그가 말한 '할로우폭스를 잠재울 수 있을 때까지'라는 게 무슨 뜻이에요?” 모리건이 인상을 찡그린 채 물었다. “윈터시가 치료법을 제안했다는 건 지금쯤 모두 알 텐데! 수상은 신문도 안 보나요?”

“분명히 봤을 거야.” 주피터가 구시렁댔다. “그래서 통행금지를 철회하고 봉쇄령을 이야기하는 거고. 스티드는 원드러스 협회를 흉내 내는 거야. 사람들의 주의를 분산시켜서 화제를 돌리려는 거지만, 소용없을 거야.” 주피터가 신문을 모아 문으로 향했다. “상황을 더욱 악화시킬 뿐이지.”

주피터는 다시 사라졌다. 아마도 대책 본부를 소집하고, 원로들을 만나 수상에게 이치에 맞는 말을 전달하기 위해서였을 것이다. 최소한 그게 모리건이 바라는 바였다. 그러는 사이 모리건과 호텔 듀칼리온의 나머지 식구들은 온종일 라디오에 붙어 앉아 끊임없이 흘러나오는 끔찍한 뉴스를 들었다.

스팅크는 외출 금지령이 발효되기 전부터 워니멀을 체포하기 시작했다. 10시 무렵 뉴스에서는 벌써 열일곱 명의 워니멀이 유치장에 들어갔다는 소식이 보도됐다.

그 뒤로는 모든 것이 눈덩이처럼 불어나는 듯했다. 부당하게 체포된 워니멀과 연대하기 위해, 더 많은 워니멀이 봉쇄령을 무시하고 거리로 쏟아져 나왔다.

그날 아침 늦게 상원에서 뉴스가 생중계됐는데, 기스타드 실버백이 수상에게 자존심을 내려놓고 원터시의 제안을 받아들이라고 촉구하는 놀라운 연설을 들려주었다.

수상은 실버백의 가벼운 비판에 대한 응답으로, 정오를 정확히 1분 넘긴 시점에 상원으로 경찰을 난입시켜 연설이 채 끝나기도 전에 봉쇄령 위반으로 그를 체포했다. 체포되는 순간 역시 라디오로 생중계됐다.

실버백은 조용히 떠났지만, 그의 지지자들은 그렇지 못했다.

실버백의 체포가 분노를 일으키는 바람에 오후 중반까지 거리의 워니멀은 두 배, 세 배로 불어났다. 곧이어 인간들도 워니멀과 연대해 항의를 시작했고, 스티드에게 윈터시 공화국의 치료법을 받아 오라고 요구했다.

네버무어 전역에서 행진이 이루어졌다. 어떤 지역은 극도로 위험한 사태로까지 치달았다. 베고니아힐스Begonia Hills에서는 커다란 개원이 시위 동료를 공격하는 일이 있었다. 하이월에서는 코끼리원이 마차 한 대를 뒤집어엎었다(그가 할로우폭스에 감염됐는지, 단순히 화가 나서 한 행동인지는 정확히 알 수 없었다).

공격은 계속됐다. 마치 할로우폭스가 네버무어의 분위기를 읽고 같이 반응하는 것 같았다. 갑자기 수십 명의 워니멀 감염자가 한꺼번에 쏟아져 나왔고, 금세 수백 명이 됐다. 도시 전체에서 걷잡을 수 없는 비상사태가 벌어졌다.

주피터는 점심 무렵 호텔로 사람을 보내 모두 밖에 나가지 말라는 엄격한 지시 사항을 전달했지만, 굳이 그럴 필요가 없었다. 로비가 관심을 끌기 위해 한 시간에 한 번씩 작은 골프장이 됐다가, 카지노가 됐다가, 눈이 핑핑 도는 서커스장이 되는 동안 아무도 라디오 앞을 떠나지 않았다.

잭은 그날 오후 그레이스마크 학교에서 집으로 돌아올 예정이었는데, 주피터의 부탁으로 찰리가 잭을 데리러 갔다. 덕분에 잭은 원더철 대신 자동차를 타고 집에 왔다. 모리건은 잭을 보고 안도했지만, 호손과 케이든스와 다른 동기들이 걱정이었다. 친구들이 잘 있는지 확인할 방법이 없었다. 모리건의 919역 문은 아직 잠겨 있었다. 모리건이 할 수 있는 일은 모두 학교나 집에서 안전하기를 바라는 것과 우리에 갇힌 우니멀처럼 안내 데스크를 서성이며 이유 없이 손톱을 물어뜯는 것뿐이었다.

그들은 온종일 희망의 불씨를, 조금이라도 좋은 소식을 기다렸다. 하지만 그 대신 돌아온 건 도시 전체의 봉쇄령이었다. 워니멀과 인간, 모두 해당됐다.

"스티드 수상은 네버무어의 모든 주민에게 집 안에 머물 것을 명령하며, 할로우폭스 전염병 사태 이후 가장 위험한 밤이 될 것이라고 경고했습니다." 엄숙한 목소리의 여자가 소식을 전했다.

그 순간, 챈더 여사는 이제 못 참겠다고 생각한 듯했다.

"그만해!" 화가 난 것 같은 챈더 여사가 일어나 라디오를 껐다. "더는 못 듣겠어. 맥없이 늘어지는 것도 한두 번이지. 더 기다려 봐야 어느 세월에 스티드가 생각을 고쳐먹겠어. 비참한 마음으로 둘러앉아 있다고 문제에 도움이 되는 게 아니야. 피네스트라, 이 끔찍한 악몽 같은 기계 좀 어디 안 보이는 곳에 치워 줘." 챈더 여사가 라디오를 던지자, 핀이 그걸 물고 나선형 계단을 뛰어 올라갔다.

모리건은 아쉬웠다. "하지만 만약에—"

"좋은 소식이 있다면 우리도 알게 될 거야." 챈더 여사가 단호히 말했다. "주브가 집에 와서 직접 말해 주겠지. 그때까지 우리가 귀를 기울여야 할 상대는 따로 있는 것 같은데."

챈더 여사는 유심히 주변을 살폈다. 모리건과 다른 사람들도 활기를 되찾으며 라디오 뉴스로 멍해진 정신을 떨치고, 몇 시간 만에 처음으로 주위가 어떤 모습인지 알아챘다.

듀칼리온은 지금껏 최고인 것 같은, 더없이 *아늑한* 모습으로 변했다. 모든 곳이 차분한 색상의 천과 쿠션으로 뒤덮여 로비 전체가 하나의 큰 담요 요새처럼 보였다. 구석마다 책과 보드게임이 가득 쌓여 있고, 바구니마다 양털 수면 양말과 뜨거운 물병이 들어 있었다. 화르륵 요란하게 타오르는 벽난로 주변에는 말랑말랑한 안락의자와 빈백, 베개, 이불, 매트리스가 모여 있었다. 깨끗한 리넨, 핫초코, 버터 팝콘에서 마음을 달래 주는 냄새가 가득 풍겼다.

"파자마 파티!" 케저리가 수면 양말 한 켤레를 꺼내며 따스하게 말했다. "사랑스러운 오랜 친구는 우리에게 필요한 게 뭔지 다 알지."

모두 달려들어 잠옷으로 갈아입었다. 잭과 모리건은 마시멜로를 찾으러 부엌을 습격했고, 다른 이들을 위해 땅콩버터와 라즈베리 잼을 바른 샌드위치를 산더미처럼 만들었다. 프랭크는 경쾌한 음악과 솜씨 좋게 장식한 꼬마전구로 분위기를 더했다.

챈더 여사는 마사의 머리를 땋아 주고, 프랭크는 찰리의 손톱을 꾸며 줬다. 케저리는 가장 좋아하는 시집을 큰 소리로 읽어 주었다. 다 같이 밤새 몸으로 내는 수수께끼 놀이와 보드게임을 즐겼다. 밖에서 일어날지 모를 끔찍하고 두려운 일이 머릿속에서는 떠올랐을지 몰라도, 아무도 소리 내어 말하지 않았다.

⬥

모리건은 사자 무리에게 쫓기는 악몽을 꾸다 깨어났다. 사자는 여우로 바뀌었고, 여우들은 모두 소피아의 얼굴을 하고 소피아의 진홍색 재킷을 입은 모습으로 모리건을 통째로 집어삼키려 했다.

모리건은 빈백에서 일어나 앉았다. 몸이 약간 떨려서 니트 담요를 어깨에 둘렀다. 불은 사그라들어 불씨만 남았고, 다른 사람들은 모두 깊이 잠들어 있었다. 언제 그리로 갔는지, 피네스트라는 벽난로 옆의 거대한 잠자리를 두고 직원용 출입구 앞에 몸을 웅크리고 있었다. 주피터를 기다리는 건지 보초를 서는 건지 확실치 않았지만, 동굴 같은 로비에 울려 퍼지는 피네스트라의 코골이 소리는 엄청난 위로가 됐다.

평소라면 모리건을 다시 잠재우고도 남을 소리였지만, 이번엔 아니었다. 모리건은 잠에서 깼고, 밖에서 무슨 일이 일어나고 있는지 알아야 했다. 모리건은 주피터의 서재로 몰래 올라가 라디오를 켜고, 원하는 소리를 찾아 채널을 돌렸다.

"—이 입법은 4포켓 제조업 협회들로부터 매우 큰 호평을 받았습니다." 진행자가 뉴스를 전하고 있었다. "이 소식은 잠시 후에 자세히 전해 드리겠습니다. 오늘의 주요 뉴스는 물론 자정 직후에 수상 집무실에서 나온 발표 내용입니다."

모리건은 주피터의 책상 의자 팔걸이를 꽉 쥐었다. 차마 희망을 걸 엄두가 나지 않았다.

"오래전 네버무어가 공화국과의 국경을 폐쇄한 이후 처음으로" 다소 피곤한 듯한, 기드온 스티드의 익숙한 목소리가 흘러나왔다. "윈터시당이 우리에게 우정의 손길을 내밀었고, 우리는 조심스럽지만 반가운 마음으로 그 손길을 받아들였습니다. 자유주는 독립 국가이며, 강하고 자긍심 넘치는 나라입니다. 하지만 자긍심이 지나쳐 먼저 내민 도움의 손길을 거절할 정도는 아니지요. 특히 우리 시민들의 삶이 위험한 이때에 말입니다."

그가 해냈다. 모리건은 노래라도 부를 수 있을 것 같았다. 눈물이 왈칵 쏟아져 나올 것 같기도 했다. 그만큼 안도했고, 행복했다. 정말 이렇게 되다니! 스티드가 모드의 제안을 받아들였다. 소피아는 괜찮아질 것이다. 주벨라도, 브러틸러스와 콜린도, 네버무어의 워니멀 모두 그러할 것이다. 치료를 받을 수 있게 되었다! 기쁨을 억누를 수 없었던 모리건은 무선 라디오를 품에 꼭 끌어안았다.

스티드가 이어서 말했다. "오늘 아침 9시(모리건은 반사적으로 벽에 걸린 시계를 보았는데, 새벽 3시가 조금 넘은 시각이었다) 네버무어에 역사가 만들어질 것입니다. 우리는 임시로, 매우 제한적인 범위 안에서, 자유주의 5포켓과 윈터시 공화국 사이의 국경을 개방할 것입니다."

"나의 초대에 응해 윈터시 대통령은 외교 사절단으로서 공화국을 대표하는 다른 인물 한 명과 함께 자유주에 들어올 것입니다. 이 특사는 윈터시 공화국의 독지가이자 에너지 산업을 이끄는 대표로, 유일한 할로우폭스 치료제의 개발자이기도 합니다." 스티드가 잠시 말을 멈춘 사이, 그의 말을 되새김질하는 모리건의 얼굴에서 미소가 주춤했다. 모리건은 이내 얼굴을 일그러뜨렸다.

에너지 산업을 이끄는 대표.

기드온 스티드의 목소리가 차츰 희미해지며, 모드 로리가 했던 말이 머릿속에 맴돌았다. *도대체 열세 살이 왜 에너지 산업의 교묘한 책략에 관심을 갖는 거지?*

모리건의 안에서 무언가 짜내는 것 같은 몹시 불쾌한 느낌이 스멀스멀 올라왔다. 열기가 목을 타고 이마 끝까지 번졌다. 작은 서재의 공기가 모두 빠져나간 듯했다.

스콜이 에너지 산업의 대표였다. 그가 특사였다.

스티드는 자유주 최대의 적에게 국경을 개방하려는 참이었다. 어떻게 다른 사람도 아닌 수상이 그걸 몰랐겠는가? 그도 스콜인더스트리스에 관해 틀림없이 알고 있을 터였다. 분명 이 "특사"가 누구인지 알아낼 수 있을 테고, *분명 진상을 파악할 수 있을 것이다!*

모리건은 라디오를 껐다. 잠옷의 옷깃을 잡아당겼는데, 갑자기 목이 졸리는 기분이었다.

그러니까, 그런 거였어, 모리건은 멍하니 벽을 응시하며 생각했다. 정부는 국경을 개방하고, 스콜은 환영받으며 네버무어에 돌아오게 된다. 스콜은 드디어 길을 찾아냈고, 그건 모두 모리건의 잘못이었다. 맙소사, 구역질이 났다. 믿을 수도, 용서할 수도 없을 정도로 어리석었다.

모리건이 기회를 *만들어* 줬다! 스콜은 모리건을 조종하면서 이 우스꽝스러운 과정 전체를 연출했고, 모리건은 바보처럼 장단에 맞춰 춤을 췄다. 고사메르 노선이 모리건을 대통령 공관으로 데려간 건 절대 우연이 아니었다. 그 또한 스콜이 *의도한 것이었다!* 스콜이 할로우폭스를 만든 건 모리건을 속여 제자로 삼기 위한 게 아니었다. 그는 훨씬 더 높은 곳에서 내려다보고 있었다. 네버무어로 돌아오는 길 전체가 속임수였다.

윈터시 대통령은 알고 있었을까? 모리건은 의구심이 들었다. 윈터시 대통령도 이 계획에 참여했을까? 아니면 그 역시 스콜에게 조종당한 걸까? 윈터시 공화국은 스콜인더스트리스와 그 위험한 대표자에게 의존하고 있다. 그곳은 자유주보다 더 원더가 귀했고, 살아 있는 시민 중 유일하게 원더를 소환하고 명령하고 나눌 수 있는 스콜은 공화국의 모든 편의와 실질적 요구를 충족해 주는 공급자였다. 만일 스콜이 그 대가로 부탁을 들어 달라고 했다면, 윈터시 대통령은 받아들이는 수밖에 없었을 것이다. 윈터시 대통령은, 모리건처럼 스콜의 공연 무대에 오른 꼭두각시일 뿐일까?

어떻게든 윈터시 대통령에게 *경고*해야 할까? 모리건의 생각이 질주했다. 목에서 맥박이 쿵쿵 뛰었다.

스티드가 *정말로* 스콜에게 국경을 열어 줄까? 스티드는 지상군과 천공군, 스팅크, 스텔스, 왕립마법위원회, 초자연현상연맹, 그 외에 국경을 감시하는 다른 기관과 단체들을 확실히 물러나게 할 수 있었다.

하지만 스콜을 막고 있다는 네버무어의 고대 마법은 어떨까? 그게 여전히 문제가 될까? 다른 도움 없이도 역할을 할 수 있을까? 모리건은 알 길이 없었다.

누군가에게 말해야 했다. 주피터에게 알려야 했다! 혹시 이미 알고 있을까? 그는 스콜이 누구인지 알고 있다. 분명 어떻게 해야 할지도 알 터였다. 그런데 어디에 있는 걸까? 원협에? 의회당에? 모리건은 거기에 가 본 적이 없지만, 거기부터 찾아보는 게 합리적일 것 같았다. 모리건은 주피터를 잘 알았다. 주피터라면 이 일이 끝날 때까지 수상 곁을 떠나지 않을 것이었다.

모리건은 전력을 다해 침실로 달려가 옷을 입었다. 정신없이 부츠를 신으며 머릿속에 네버무어 지도를 띄워 놓고 호텔 듀칼리온에서 의회로 가는 가장 빠른 길을 그렸다. 만약의 경우를 대비해 해골 모자걸이의 앙상한 손가락에서 모자를 잡아챈 모리건은 침실 문을 뛰쳐나가 춥고 어둑한 5층 복도를 따라가다, 걸음을 멈췄다.

복도에 누군가 있었다.

남자가 고개를 돌려 모리건을 봤다. 절망과 분노가 이글거리는 눈을 하고, 유령처럼 하얀 얼굴로. 셔츠는 반쯤 삐져나오고 머리는 헝클어져서 누군지 알아보기가 힘들었다. 하지만 그가 입을 열자, 모리건은 고사메르를 통해 벼락처럼 쏟아지는 그의 공포를 느낄 수 있었다.

"저들에게 국경을 열지 못하게 해!"

스콜이었다.

34장

특사

모리건은 스콜을 빤히 쳐다보며, 그 말을 이해하기 위해 애썼다. 웃음이 마치 분수처럼 가슴에서 미친 듯이 솟아 올라오다가 목구멍에 탁 걸린 것처럼 갑자기 멈췄다.

"지금, 뭐라고?"

"내가 특사야." 스콜이 다급하게 말하며 비틀비틀 모리건에게 다가왔다. 그는 방금 마라톤을 뛰고 온 사람처럼 가슴을 움켜쥐었다. 스콜의 눈에서 흰자위가 도드라져 보였다. "나야. 내가 윈터시의 특사라고. 들었지? 스티드가 윈터시에 국경을 열어 준다는 것과—"

"그래, 당신이라는 거 알아." 모리건은 반사적으로 뒤로 물러나며 거리를 벌렸다. "그 정도는 알아냈어."

"그렇게 놔두면 안 돼, 스티드는 절대, *내 말 듣고 있는 거야?*"

스콜이 달려들면서 모리건의 어깨를 잡으려는 듯 팔을 뻗었다. 하지만 물론 그의 손은 모리건을 그대로 통과해 지나갔다.

모리건은 뒷골이 쭈뼛했다. 스콜을 생각하면 겁나는 일들이 떠올랐지만, 이처럼 섬뜩했던 적은 없었다. 그의 말이나 행동 때문에 두려웠던 적은 많았어도… 겁에 질린 스콜을 보는 것만큼 공포스러운 일은 없었다.

유사 이래 가장 사악한 자를 이토록 두려움에 떨게 한 건 과연 무엇일까?

모리건이 혐오와 공포에 휩싸여 뒷걸음질했다. "하지만 이건 당신이 바라던 일이야. 당신이 계획했잖아!"

"아니, 내 말 들어—"

"당신이 할로우폭스를 만들어서 병을 치료하러 네버무어에 들어올 *계획을 꾸민 거잖아.* 당신은 수천 명의 생명을 위험에 빠뜨리고, 사람들을 죽였어. 워니멀을 죽였어. 다시 기어 들어오려고—"

"내가 그 소위 할로우폭스라는 것을 만든 건 맞아." 스콜이 목소리를 높여 모리건의 말을 끊었다. "왜냐면 부탁받았으니까. 후하게 보상을 받았거든. 그리고 영토에서 가장 영향력 있는 사람이 부탁해 오면, 아무리 나라도 거절은 힘드니까."

모리건은 머리가 빙글빙글 도는 것 같았다. "가장 영향력 있는 사람이라면, 도대체 누굴 말하는 거야?"

질문하는 순간, 모리건은 아주 오래전에 나눴던 대화가 떠올랐다. 비드데이에, 자칼팩스 시청에서, 네버무어에 오거나 주피터를 만나기도 전의 일이다. 그가 모리건에게 말했다. 자신은, 에즈라 스콜은 공화국에서 두 *번째*로 영향력 있는 사람이라고. 그가 두 번째라면—

"윈터시 대통령?" 모리건은 하나도 웃기지 않았지만 웃음을 터뜨렸다. "나한테 그 말을 믿으라고? 윈터시 대통령이 당신한테 할로우폭스를 만들어 달라고 했다고?"

"몰살용이었어." 스콜이 말했다. "네버무어가 아니라 공화국용이었지. 하지만 그 여자가 그걸 써서 자유주에 밀고 들어올 기회를 포착한 거야. 우리 거래에는 없던 내용이었어. 그 여자가 그걸 여기로 보낸 거야. 감염된 수달원 하나를 첩보용 잠수함에 밀어 넣고 주로강에 띄운 거지. 그 수달원은 자기가 윈터시당 천하의 삶에서 탈출한다고 생각했지만, 그게 바로 저들의 무기였어."

모리건은 뱃속이 조여들었다. "워니멀 몰살? 그 여자가 당신한테 한 집단의 사람들 전체를 몰살하는 일을 거들라고 했고… 당신은 그걸 했다고? 아무렇지도 않게?"

"그래."

"어째서?"

"할 수 있으니까." 스콜이 좌절감에 두 팔을 뻗으며 포효하듯 말했다. "그리고 해야만 했으니까. 나는 원더스미스고, 그게 우리가 하는 일이니까. 우리는 승낙해야 해. 권력을 쥔 사람들이 부탁하는 끔찍한 일을 우리가 하니까. 또 우리는 좋은 일을 하지. 공은 모두 돌리고 비난은 한 몸에 받으면서. 그게 바로 우리가 하는 일이야."

"나는 그렇지 않아." 모리건이 쏘아붙였다. "그리고 공화국에서 워니멀을 몰살할 때는 아무렇지도 않았으면서, 왜 갑자기 자유주의 워니멀을 신경 쓰는 거야?"

"신경 안 써!" 스콜이 말했다. "그들이 죽든 말든 상관없어. 워니멀에게는 좋든 싫든 아무 감정도 없어. 그건 내 싸움이 아니라 원터시의 싸움이지. 내가 신경 쓰는 건 네버무어야. 하지만 장담하는데, 원터시가 저 국경을 넘으면 치료법이고 뭐고 없어. 그 여자는 너희를 돕고 싶어 하지 않아."

"원터시당은 네버무어를 빼앗고 싶어 하고, 그렇게 할 거야. 그레이트울프에이커에 그 냉혹한 손길을 뻗었던 것처럼, 프로

277

스퍼를 빼앗았던 것처럼, 또 사우스라이트와 상에 그랬던 것처럼. 나는 알지. 내가 그들을 도왔으니까. 그곳들을 짓밟았던 것처럼 네버무어를 짓밟을 거야. 네 워니멀 친구들을 구할 수 있을 것 같아? 아니. 워니멀이 제일 먼저 희생당할 거야. 하지만 거기에서 멈추지 않겠지. 누구든 저들에게 반대하거나, *조금이라도 당에 위협을 가하면* 죽거나 감금되거나 노예가 되고 말아. 아주 쓸모 있는 비기를 지닌 네 원드러스협회 친구들이나 너한테 일어나지 않을 일이라고 생각한다면, 그건 불행히도 착각이야."

"하지만 당신은 원더스미스잖아." 모리건은 완전히 당황했다. "그들이 그렇게 문제라면 왜 막지 못해? 이해가 안 돼!"

"**내가 안 해 봤을 것 같나**—" 스콜이 소리치다 갑자기 멈췄다. 그는 입을 꾹 다물고 모리건을 바라보며 코로 거칠게 숨을 쉬었다. 다시 입을 연 스콜은 간신히 억누른 듯한 팽팽한 목소리로 으르렁거렸다. "그 여자를 들여보내면 윈터시당이 따라와. 너는 그게 어떤 재앙을 불러올지만 알면 돼."

모리건은 주피터가 스콜에 관해 했던 말이 떠올랐다. *그자가 고사메르를 타고 네버무어에 들어오는 건 막을 수 없지만, 네 머릿속에 들어가는 건 반드시 막아야 해.*

이 모든 게 복잡한 심리전일 뿐일까?

모리건은 고개를 가로저었다. "난 당신을 안 믿어."

"네가 나를 믿든 말든 상관없어. 하지만 네가 궁지에 몰렸다는 건 달라지지 않아. 스티드가 자유주의 국경을 폐쇄해 두지 않는다면, 자유주라는 *존재*도 더는 없어."

"그런데 나더러 어떻게 수상을 설득하란 거야?"

"너는 못 해. 네가 할 수 있는 일은 먼저 치는 것뿐이야. 스티드의 해결책을 쓸모없게 만드는 거지. 네가 직접 할로우폭스를 없애야 해."

모리건이 어이없다는 듯 짧은 웃음을 터뜨렸다. "*어떻게?*"

"내가 도와주지."

"아, 물론 그러시겠지." 모리건은 얼굴을 찌푸렸다. "내가 맞춰 볼게. 흥정하고 싶은 거지? 할로우폭스를 치료하는 값싼 대가로 날 제자로 삼겠다고? 확실히 전에 어디선가 들은 적이 있는 말인데—"

"흥정은 안 해." 스콜은 침통한 얼굴이었다. "대가도 없어. 네가 할로우폭스를 없애는 데 필요한 걸 전부 다 주지. 나한테 갚아야 할 건 없어. 내가 원하는 건 국경이 그대로 폐쇄되어 있는 것뿐이야."

모리건은 눈을 질끈 감았다. 머리가 지끈지끈 아플 정도로, 그 말을 이해하기 위해 노력했다. "하지만 당신은… 당신은 네버무어로 돌아오고 *싶잖아!* 네버무어와 떨어져 있는 게 극도로 *고통스럽다고* 나한테 말했잖아."

"내가 그 무엇보다 원하는 일이지." 스콜이 동의했다. "삶 자체보다 더 원해."

모리건은 조심스럽게 스콜을 지켜봤다. 의심할 여지없이 이 보다 더 이상한 대화는 나눠 본 적이 없었다. 에즈라 스콜이 도 와주고 싶어 했다… 스콜 자신이 네버무어에 *들어오지 못하게* 막고, 할로우폭스도 치료할 수 있도록. 게다가 아무런 요구도, 협상도, 조건도 없이?

"다시 확실히 말하지." 스콜이 어금니를 꽉 깨물었다. 목소 리는 낮고 험악했다. 얼굴은 증오로 일그러져 있었다. 하지만 그의 검은 눈은 차갑고 명료했다. "나는 무슨 짓을 해서라도 네 버무어에 돌아올 거야. 도시 전체를 파괴하고 모든 문명을 끝 장내서라도 돌아올 거야. 몸은 국경 너머 저쪽에 있을지 몰라 도 나의 다른 모든 부분은, 나의 정신과 나의 마음과 내게 영혼 이라는 게 있다면 그 영혼마저도, 내 가치 있는 *모든 부분*은 이 곳 네버무어에 있어. 만약 그렇게 해서 다시 돌아올 수 있다면, 공화국의 모든 생명도 남김없이 쓸어버릴 거야."

"그러니 나를 들여보내지 말라고 할 때, 나보다 훨씬 더 큰 위협을 받게 될 거라고 알려 줄 때, 내 말을 진지하게 받아들여 야 할 거야. *그 여자*한테 잠깐이라도 따뜻함을 허락하느니 차 라리 내가 영원히 추위 속에 머무는 게 나아."

"너는 날 위험한 존재라고 생각하지." 스콜은 계속해서 나지 막이 말을 이었다. "네가 맞아. 나는 끔찍한 짓을 저질렀어. 나는 악귀 같은 인간이고, 괴물을 만드는 사람이야. 하지만 윈터 시는 그 *자신이* 괴물이야. 언제나 굶주려 있지. 절대로 만족할 줄 몰라. 그 여자를 우리 도시에 들여보내면, 그 여자는 이 도시를 집어삼킬 거야."

모리건은 몸서리쳤다. 모리건의 숨결이 차갑고 어두운 복도에서 구름처럼 엉겼다.

"내가 왜 당신을 믿어야 하지?" 마침내 모리건이 물었다.

"나는 너한테 한 번도 거짓말을 한 적이 없어, 크로우 양."

"당신이 늘 *하는 게* 전부 거짓말이야!"

"한 번도 거짓을 말한 적이 없지… 네게는."

굉장히 놀랍게도, 모리건은 다시 한번 그를 *믿고 있다는 걸* 깨달았다. 에즈라 스콜이 갑작스럽게 자애로운 심경의 변화를 겪어 아무런 대가 없이 치료법을 준다는 건 조금도 설득력이 없었다. 하지만 뿌리 깊은 증오와 극심한 원한 때문에 야망을 틀어 버렸다면? 그건 믿을 수 있었다.

"할로우폭스는 어떻게 없애야 하지?"

그가 으스스하고 나직한 휘파람을 짧게 불었다. 연기와 그림자 사냥단이 순식간에 나타나 복도로 몰려들더니 두 사람을 검고 짙은 안개로 휘감았다. 모리건에게 보이는 건 어둠 속에서 빛나는 스콜의 눈뿐이었다.

"내가 시키는 걸 빠짐없이 하면 돼."

35장

소집자와 기술자

"원더는 모든 곳에 있어."

모리건은 거의 1년 만에 다시, 호텔 듀칼리온의 옥상에 에즈라 스콜과 함께 서 있었다. 이번에는 원더를 다룰 준비가 조금이나마 더 잘되어 있다고 생각했다.

"…*이븐타이드의 아이는 질풍노도를 몰고 온다네.*" 모리건이 숨죽여 노래했다. 금실 가닥이 손가락 사이로 모여들었다. 원더는 빠르고 호기심이 넘쳤으며 빛으로 아른거렸다.

"일부만 부를 때도 전부 다 부르는 것과 같아." 스콜은 모리건이 노래할 때도 계속해서 설명했다. "모든 게 연결되어 있기 때문이야. 원더를 움직이게 하고 준비하라는 신호를 주는 거지. 자동차 열쇠를 돌려서 시동을 걸고 엔진을 공회전시키는 것처럼."

"···*어디로 가느냐, 오, 아침의 아들아?*" 모리건이 집중하느라 얼굴을 찌푸렸다. 원더가 공기 중에 가득 차서 점점 더 가까이, 더 많이 모여들었다. 모리건이 의도를 가지고 한 번에 소집했던 양으로는 어느 때보다 더 많았다. 익히 아는 풍부함이 느껴졌지만, 자신이 아슬아슬한 능력의 가장자리에 서 있고 자칫하면 떨어질 수도 있다는 불안함이 따라붙었다. 모리건은 우산을 꽉 붙잡고 자신에게 닻을 내리듯 가슴에 꼭 끌어안았다.

네버무어는 사방으로 몇 킬로미터나 뻗어 있었다. 그 중심부로 모여들수록 넓은 지역을 빛의 공해로 물들인 올드타운과 보헤미아, 그리고 잠들지 않은 산업의 중심지 블록삼과 맥쿼리를 볼 수 있었다. 반대 방향을 보면, 어두워진 도시가 밤하늘의 지도처럼 펼쳐져 검은 바탕에 빛이 점점이 반짝였고 거리는 마치 별자리 같았다.

"*저 높이 태양과 함께 바람이 따뜻한 곳으로······.*"

"너무 열심히 하지 마." 스콜이 경고했다.

"하지만 당신이—"

"내 말은 네가 이전에 의도해서 모은 것보다 더 많은 원더를 소집해야 한다는 거였어. 기름처럼 땅에서 억지로 끌어올리라는 말이 아니라. 이미 원더가 네게 주의를 기울이고 있어. 봐, 널 기쁘게 하고 싶어 안달이 나 있잖아. 보여?"

"아니."

"잘 들어." 스콜이 말했다. "기억해 둬. *소집된 원더는 소집자와 기술자 앞에 자신을 드러낸다.*"

모리건은 눈을 흡뜨고 싶은 충동을 애써 참았다. 도리어 눈에 힘을 풀기 위해 노력했다. 그리고 눈이 거의 다 감기기 직전에서야, 모리건에게도 보였다. 허공을 휘감으며 사방에서 모여들어 태양처럼 주변 하늘을 비추는 원드러스 에너지의 흔적이었다. 모리건은 다시 심호흡을 하고 눈을 크게 떴다. 밝기가 누그러졌다.

"알겠어? 네가 일부를 부르면, 곧 전부를 부르는 거야. 모든 건 연결되어 있어."

모리건이 난간에서 몸을 지탱하기 위해 한 손을 뻗었다.

"이제 네버무어의 지도가 있다고 상상해 봐" 스콜은 이어서 말했다. "가장 밀도 높은 원드러스 에너지가 시시각각 어디로 모이는지 보여 주는 지도야. 상상해 봐. 밤의 도시와 비슷해 보이지만, 그 위의 불빛이 하나하나가 원더의 양이지. 어디를 보든 수백만 개, 수십억 개의 불빛이 있지만 어떤 곳은 다른 곳보다 훨씬 더 밝을 거야. 그런 곳이 어디일까?"

모리건은 잠깐 생각했다. "원드러스협회."

"그리고 또?"

"고블도서관." 그가 고개를 끄덕이며 계속하라는 신호를 보냈다. "음, 캐스케이드 타워, 제미티 놀이공원… 가로챈 순간들의 미술관?"

"네가 그곳을 무너뜨리기 전에는, 확실히 그랬지." 스콜이 말했다. "그리고 라이트윙 왕궁도, 네버무어 오페라하우스와 호텔 듀칼리온도 그래. 그런 장소 수백 곳이 네버무어 여기저기에 흩어져 있어. 그런 곳은 엄청난 양의 원드러스 에너지를 지속해서 생산하고 또 소비하지. 원더의 밀도를 보여 주는 상상의 지도 안에서 그런 장소는 대부분 가장 밝게 빛날 거야."

"하지만 매년 특정한 시기마다 어떤 장소는 다른 장소가 무색해질 만큼 더 많이 빛나지. 예를 들어 올드타운은 여름이면 금요일 밤마다 그렇게 돼."

"네버무어 바자 때문에?"

스콜이 고개를 끄덕였다. "용기광장은 크리스마스이브 때 그렇지. 밝게 타오르는 횃불이 다른 모든 원드러스의 원천 위로 그림자를 만들어. 고작 하루 저녁이거나 한 시간 정도지만." 스콜은 잠시 말을 멈추고 하늘과 맞닿은 도시의 윤곽을 내다봤다. "오늘 밤은 네가 네버무어에서 가장 밝은 횃불이 되어야 해. 피뢰침이 필요해. 우리는 그렇게 해서 숨은 할로우폭스를 끌어낼 거야."

"그게 무슨 뜻이야?"

"너는 누구보다 할로우폭스를 잘 이해하고 있어." 그는 말했다. "그건 질병이 아니야. 질병처럼 행동하는 괴물이지. 그 괴물은 원드러스 에너지를 먹고 살아. 워니멀에겐 그런 에너지가 상당히 많지. 그게 할로우폭스가 워니멀을 파괴하는 이유야. 기생충처럼 숙주의 몸에 침입해서 그들이 워니멀일 수 있는 모든 이유를 먹어 치워 버리는 것. 끝까지 쥐어짜서 앙상한 몸만 남기는 것. 원더를 다 먹어 치우고 나면 기생충은 새로운 숙주로 옮겨 가고, 그러면서 점점 증식해."

"때로는 근처의 더 큰 원더 공급처를 감지하기도 해. 잘 이해하지 못하는 생명체를 감지하기도 하지. 어마어마한 에너지가 그 생명체를 에워싸고 있다는 걸 느끼는 거야. 그래서 안으로 침투해 그 에너지를 먹고 싶지만, 그럴 수 없어." 스콜이 고개를 돌려 모리건을 똑바로 바라봤다. "네가 원더스미스이기 때문이야. 원더는 그저 수동적으로 너를 감싸고 있는 게 아니야. 너를 위해 능동적으로 *싸우지*. 원더는 맹렬하게 너를 보호하면서 너를 해치려는 외부의 힘에 맞설 거야. 이를테면 할로우폭스 같은."

"아, 그래서 내 주변에 있던 워니멀에게 계속 그런 일이 일어났던 거야." 모리건이 천천히 말했다. 자신 때문에 소피아가 병원에 누워 있는 건지도 모른다는 사실을 깨닫자, 심장 박동이 빨라졌다. 친구를 향한 걱정과 슬픔 위에 갑자기 참담한 죄책감이 더해졌다. 모리건은 이 모든 것을 잊지 않겠다는 듯이 손으로 가슴을 지그시 눌렀다.

스콜은 난간에 기대어 험딩어가로수길을 내려다봤다. "할로우폭스는 지능이 있지만, 어느 정도일 뿐이야. 네가 혼란을 줄수 있어. 할로우폭스가 원드러스 에너지의 범위 안에서 너를보면 워니멀과… 나 사이 어디쯤에 있는 존재로 알 거야. 나는그 괴물을 만든 사람이니 그 자리에서 없앨 수 있어. 그 말은네가 먹잇감이 될 수도 있고 포식자가 될 수도 있다는 뜻이야.자, 거리를 내려다봐. 뭐가 보이지?"

모리건은 옥상의 가장자리를 조심스럽게 훔쳐보며 스콜과적당한 거리를 유지했다. "아무것도 안 보여. 컴컴해."

"음. 이제 원드러스를 해 봐. 아무거나.

모리건은 한 손에 작은 불씨를 내뿜고 큰 불길로 키웠다. 그런 다음 그레이셔스 골드베리의 마지막 수업을 떠올리며 우니멀 모양으로 불길을 변형시키고, 말이 된 불길을 하늘 높이 질주하게 했다. 별을 배경으로 잠깐 동안 밝게 타오른 말은 불씨가 되어 흩날렸다.

모리건이 자랑스럽게 생각한 기술이었다. 감명받았다는 걸

암시하듯 스콜의 눈썹이 아주 조금 둥글게 휘었다. 모리건은 은근히 만족했다. 하지만 스콜이 고개를 숙여 거리를 내려다봤을 때, 다시 난간 너머로 눈길을 돌린 모리건은 깜짝 놀라 뒷걸음질할 정도로 겁에 질렸다.

수십 개의 아주 작은 녹색 불빛이 거리 위에서 깜박였다. 주변 거리에서 빠져나온 어슴푸레한 형체들이 호텔 듀칼리온을 향해 모여들기 시작했다. 형체들은 모리건을 올려다봤고, 모리건은 그걸 느낄 수 있었다.

크게 으르렁거리는 소리가 들렸다. 거칠고 새된 울음소리였다. 모리건은 갑자기 목이 오싹해지는 느낌이 들어 어깨를 움츠렸다. 한 무리의 검은 윤곽이 가스등 아래로 움직였다. 큰 나선형 뿔이 달린 어둡고 거대한 무언가라는 것만 간신히 알아차렸다. 그러다가 미끄러지듯 나아가는 모습을 보고 뱀원이라는 것을 알았다. 뱀원은 녹색의 빛이 모인 곳을 가로질러 지나갔다.

"놈들은 네가 내가 아니라는 걸 알아. 네가 훨씬 덜 강한 존재라는 걸 알 수 있어." 스콜이 우쭐해하는 기색은 없었다. 사실 그대로를 말하고 있었다. "하지만 뭔가 익숙한 느낌이 있겠지. 저 안의 괴물은 네가 주변에 있으면 활기를 느껴. 주인 냄새인지 토끼 냄새인지 분간 못하는 잠자는 개처럼 말이야. 저들은 네가 누구인지 필사적으로 알아내려 해. 그래서 스스로 가두었던 감옥에서 벗어나려고 몸부림치지. 말해 봐. 우산을 가지고 있나?"

모리건은 고개를 끄덕이며, 멍하니 우선을 들어 보였다. 복도에서 스콜을 만났을 때부터 계속 우산을 손에 쥐고 있었다. "이제 어떻게 해?"

"이제 너를 사냥하게 해야지."

불안한 선언을 남긴 스콜은 두 팔을 내밀고 앞으로 넘어지면서 난간을 뚫고 밑으로 떨어졌다. 바닥에 떨어지기 전에 형체 없는 검은 구름 같은 그림자와 연기가 그를 받아 내며, 과거 모리건의 상황을 그대로 재현했다. 검은 구름은 스르르 형태를 갖추어 말이 되더니 고삐를 쥔 스콜과 함께 어둠 속으로 질주했다. 한 블록쯤 멀어졌을 때, 스콜이 뒤돌아보며 기다리는 것처럼 모리건을 바라봤다.

공포가 모리건의 목을 조이는 것 같았다. 정확히 뭘 어떻게 *해야* 하는 걸까? 스콜을 따라가야 하나? 우산을 펴고 모닝타이드 때처럼 옥상에서 뛰어내리라는 걸까? 그런 다음, 그저… 앞뜰로 떠내려가 미쳐 날뛰는 워니멀 무리의 공격을 받는 건가?

브롤리를 꽉 움켜잡은 채 모리건은 혼잣말로 속삭였다. "어떻게 해야 할지 모르겠어."

그러자 호텔 듀칼리온이 응답했다.

모리건은 은은하게 빛나는 금빛 밧줄이 난간 가장자리에서 길게 자라나 거리로 늘어지는 광경을 지켜봤다. 멀리까지 늘어난 밧줄은 끝이 보이지 않을 정도였다. 아니 끝은 없는지도 몰랐다.

그렇게 결정됐다. 모리건은 스콜을 믿지 않았다. 하지만 듀칼리온은 믿었다.

모리건은 난간 위로 몸을 끌어올렸다. 심장이 마구 쿵쾅거렸다. 밧줄에 매달린 고리에 브롤리를 걸고, 그 밧줄이 진짜인지, *정말* 존재하는 것인지 시험 삼아 잡아당겼다.

그때 계단으로 난 문이 쾅 하고 열리는 소리와 함께 비명을 지르는 낯익은 목소리가 들렸다.

"모리건! 여기 있었구나. 너 지금 뭘, **안 돼! 멈춰!**"

돌아보니 피네스트라가 문밖으로 나와 눈을 휘둥그레 뜬 채 두려운 얼굴을 하고 있었다. 피네스트라는 두 발로 서더니 지붕을 가로질러 모리건을 향해 달려들었다. 모리건은 우산을 꽉 잡은 채 눈을 꼭 감고, 앞으로 넘어지며 그대로 몸을 맡겼다.

36장

용기광장

브롤리 레일을 타는 건 언제나 짜릿한 경험이었다. 도시의 윤곽을 가로질러 솟구쳤다가 낮게 하강하고 거리를 항해하다 다시 지붕 위로 높게 올라가 정확한 순간에 정확한 장소로 뛰어내릴 준비를 하고, 착지하면 된다. 네버무어에서만 할 수 있는 이 독특한 경험은 신나는 즐거움과 절대적인 공포를 만끽하게 했다.

하지만 지금은 두려움이 훨씬 더 컸다. 5분 전만 해도 존재하지 않았던 밧줄이 새로 만들어지고, 언제 어디서 뛰어내려야 할지, 그런 순간이 *과연* 오긴 하는지도 모른 채 그 밧줄에 우산을 걸고 있는 탓이다.

모리건은 스콜을 따라가는 데만 집중하려고 노력했다. 그가 자신을 죽음으로 이끌지 않기만을 바랐다. 하지만 녹색 눈의 워니멀들이 뒤에서 속도를 내며 쫓아오는 광경은 보지 않으려 해도 돌아볼 수밖에 없었다. 상상도 못할 만큼 많은 워니멀이 달리고 미끄러지고 날고 질주했다. 스콜이 말한 대로였다. 모리건은 그들을 유인하는 횃불이 되어 할로우폭스를 끌어내고, 희생양들을 이끌어… 이끌어 무엇을 하자는 걸까? 그들이 모리건을 사냥하는 걸까, 모리건이 그들에게 덫을 놓는 걸까?

스콜만이 알고 있었다.

모리건에게 그나마 위안이 되는 게 있다면, 스콜이 자신을 죽이려 했다면 이 방법은 극도로 비효율적이라는 것이었다.

꽤 오랫동안 도시를 질주했다. 모리건은 팔에 힘이 풀리고 있었다. 브롤리를 붙잡고 얼마나 더 버틸 수 있을지 자신이 없어질 즈음, 돌연 그들이 향하고 있는 곳이 어디인지 분명해졌다.

스콜을 쫓아 서문을 벗어나 올드타운으로 들어선 모리건은 네버무어 오페라하우스를 쌩하니 지나쳤고, 그랜드대로 한복판을 지나 도시의 중심부로 갔다. 먼저 용기광장 한가운데의 황금 분수대에 도착한 스콜은 말에서 내린 다음, 그림자 말을 고사메르 안으로 사라지게 했다.

모리건이 브롤리 레일에서 내리는 모습은 훨씬 덜 우아했다. 자갈밭에 착지한 다리가 고통으로 휘청거렸다. 몇 걸음을 비틀거린 모리건은 간신히 똑바로 섰다가… 왔던 길을 돌아보고 무릎에 힘이 풀렸다.

수많은 녹색 불빛이 점점이 깜박이며 용기광장으로 향하는 모든 거리와 골목과 길에서 모습을 드러냈다. 수백 개는 될 법한, 수백 개에 또 수백 *개*는 될 듯한… 뿔과 발굽과 발톱과 송곳니의 군대였다. 그 불타는 눈이 모두 모리건에게 고정된 채 주변으로 거리를 좁혀 왔다.

하지만 감염된 워니멀들은 가까워질수록 더 조심하는 것 같았다. 으르렁대며 입을 딱딱거리고, 침을 흘리며 포효했지만 조금씩 앞으로 나왔다가 펄쩍 뛰며 물러났다. 보아하니 저마다 다른 워니멀들의 신호를 기다리는 듯했다.

스콜의 말이 맞았다. 모리건이 그들을 혼란스럽게 했다.

"어떻게 해야 해?" 모리건이 덜덜 떨며 물었다.

"없애야지. 무자비하게, 망설임 없이. 하지만 무엇보다도 철저해야 해. 네버무어가 할로우폭스를 제거하고자 한다면, 정말로 없앨 거면 단번에 끝내야 해. 불빛 한 점이라도 살려 둔다면 그건 다시 활개를 치라고 허락해 주는 거야. 한 번에 제대로 해내야 해."

"알겠어. 그러니까 *어떻게*—"

"기다려. 조금 더 다가올 때까지." 스콜이 한 손을 들며 말했다.

서서히, 모리건이 하나하나 눈으로 확인할 수 있을 정도로 거리가 좁혀졌다. 그중 몇몇은 아는 얼굴이었다. 덩치 큰 흰곰원은 듀칼리온에서 몇 블록 떨어진 곳에 있는 호텔 오리아나의 도어맨이었다. 프랭크가 가장 좋아하는 밴드 이구아나라마에서 콘트라베이스를 연주하던 도마뱀원도 있었다.

"저들을 하나의 존재라고 생각해." 스콜이 모리건의 마음을 읽은 것처럼 말했다. "하나의 적, 여러 몸속에 들어간 하나의 괴물이야. 한 놈에게 명령하면 모두에게 명령할 수 있어. 이해했나?"

모리건은 침을 꿀꺽 삼켰다. "별로."

스콜은 왜 저들을 여기로 끌고 온 거지? 질병을 없애라는 말은, 모리건에게 *저들을 다 죽이라*는 뜻이었을까? 모리건은 저들을 유인해 죽이는 게 아니라, *도와줘야* 했다.

선명한 색의 거대한 새원 하나가 모리건의 머리 위를 덮쳤다. 모리건은 비명을 지르며 새원을 쫓아내고 자신을 방어하려 했다.

"기다려." 스콜이 경고하듯 말했다.

"도대체 뭘 기다리라는 거야?" 모리건이 소리쳤다. "저들이다 나를 공격할 때까지?"

스콜은 둥글게 둘러싼 워니멀들이 빠르게 그들을 포위하는 광경을 계속 주시했다. 그는 완벽하게 침착해 보였다.

당연히 침착하겠지. 모리건은 생각했다. 그는 언제든 고사메르 안으로 사라질 수 있었다. 하지만 모리건은 아니었다. 모리건은 스콜이 시키는 대로 무작정 따랐고, 자신을 미끼로 내던진 채 누가 봐도 함정이 분명한 곳으로 걸어 들어왔다. 그리고 이제는 그 안에 갇혔다.

모리건의 머릿속에서 맥박이 쿵쾅거렸다. 숨이 잘 쉬어지지 않는 것처럼 가슴도 들썩거렸다. 완전히 바보가 된 기분이었다. 정말 이곳, 용기광장에서 죽는 건가? 자신이 왜 여기에 있었는지, 여기서 무엇을 하려고 했는지 아무도 모를 터였다. 모리건은 할로우폭스 시국의 가장 위험한 밤에 도시 전체에 내린 봉쇄령을 어기고 밖으로 나와 결국 스스로 죽어 버린 바보로 영원히 기억될 것이다. 그래도 싸다는 말을 들으면서.

"좋아." 모리건에게 가까이 다가온 스콜이 으르렁대고 새된 비명을 지르고 깍깍 우는 워니멀들의 소음 사이로 크게 말했다. "거의 다 됐어. 내 신호를 기다려."

"무슨 신호를?" 모리건이 꽥 소리치며, 입을 쩍 벌리고 쉭쉭 달려드는 얼룩덜룩한 녹색 뱀원의 공격을 피해 뒤로 펄쩍 뛰었다.

"곰이 쫓아오면 어떻게 하지?"

그 문제라면 최근 경험해 본 적이 있던 모리건이 단호하게 대답했다. "도망쳐야지."

"아니, 네 자신을 곰보다 더 크게 만들어야 해."

"내가 어떻게―"

"네가 모아 온 건 워니멀만이 아니야." 스콜이 말을 끊고 광장을 침입한 무리를 고갯짓으로 가리켰다. "네 주변을 봐. *집중해서.*"

모리건은 다시 한번 엄청난 노력을 들여서 눈에 힘을 풀었다. 눈이 거의 감기기 직전… 용기광장이 환해졌다. 모리건이 옥상에서 소집한, 은은하게 반짝이는 하얀 금빛 원더가 워니멀 떼처럼 모리건을 따라 이동했다. 원더는 워니멀들처럼 기하급수적으로 증가했다. 눈이 부셨다.

"이걸 어떻게 해?"

"뭔가 큰 거. 네가 아는 걸 이용해. 네가 잘하는 걸 해. 완벽할 필요 없어. *크기만* 하면 돼. 할로우폭스를 모든 워니멀에게서 한 번에 끌어낼 정도로 크게. 상처에서 독을 빨아내듯이 끄집어내야 해."

큰 거라. 큰 거.

머리를 쥐어짰지만 아무 생각도 떠오르지 않았다. 스콜이 옳았다. 모리건은 자신이 있어야 할 자리에서 몇 광년이나 뒤처진 곳에 있었다.

모리건은 그 자리에 얼어붙은 기분이었다. 자신이 느끼는 두려움이 뿌리를 내려 땅속으로 파고든 것 같았다. "난, 나는 못해. 아직 그만큼 배우지 못했어. 당신이 그렇게 말했잖아."

스콜이 폭발할 듯한 얼굴로 모리건을 홱 돌아봤다. 눈이 번뜩였다.

"지금은 작아질 때가 아니야! 죽은 불꽃나무에 다시 불을 붙인 모리건 크로우는 어디 갔지? 섬뜩한 시장을 무너뜨리고, 가로챈 순간들의 미술관에서 장엄한 죽음의 교향곡을 지휘한 아이는 어디로 간 거야? 모리건 크로우는 어디로 갔냐고? 돌아와!"

"그건 다르지! 그중에 내가 계획해서 한 일은 하나도 없어. 그냥 *그렇게 됐단* 말이야. 나는 아직—"

"모리건! 모리건, 내가 갈게!"

모리건은 정신없이 날뛰는 목소리가 들려오는 쪽을 돌아봤다. 타오르는 녹색 눈의 밀림 저 너머였다.

상상도 못 한 일이었다. 불가능한 일이었지만, 지평선 위로 어마어마하게 크고 흐릿한 잿빛 형체가 그랜드대로 한복판에서 튕겨 올라 용기광장을 향해 내달리고 있었다.

"피네스트라!"

모리건은 광장에 도착한 핀이 주저 없이 녹색 눈 사이로 뛰어들어 공간을 비집고 달려들다가 그들을 뛰어넘어 자신 앞에 도달하는 동안 심장이 밖으로 튀어나올 것만 같았다. 살면서 누구를 만난 게 이처럼 행복하고, 또 이처럼 걱정스러운 적이 없었다.

"핀, **조심해요!**" 새원 무리가 성묘의 머리 위를 빙글빙글 돌다 폭격하듯 돌진하자 모리건이 비명을 질렀다.

하지만 피네스트라는 공격을 거의 알아채지 못하는 것 같았다. 모리건 앞에 멋지게 착지한 피네스트라가 흉포하게 울부짖는 워니멀들에게 송곳니를 드러냈다.

모리건은 생각할 겨를도 없이 몸을 낮추고 바닥에 불을 그리며 피네스트라와 워니멀 사이를 갈라놓았다. 모리건과 핀과 스콜은 타오르는 화염의 원으로 둘러싸였다.

"여기서 뭘 하는 거야?" 핀이 모리건에게 험상궂게 말했다. "무슨 *생각으로* 그렇게 도망치듯 옥상에서 *뛰어내린* 거야. 자칫 잘못하면—"

"어쩔 수 없었어요!" 모리건이 급하게 말했다. 그들을 둘러싼 불길이 점점 거세게 타오르며 안으로 좁혀져 왔다. 땀이 눈으로 스며들어 앞이 잘 보이지 않았고, 워니멀들도 불의 장벽 너머로 흐릿해졌다. "나중에 설명할게요!"

"네 그 얼간이 친구들이 네 방문을 부수고 나오지 않았더라면—"

"무슨— 누구를 말하는 거예요?"

"그 꼴 보기 싫은 남자애하고 또… 또 누가 같이 있었는데… 기억이 안 나—"

"케이든스! 호손하고 케이든스가 내 방의 역 문을 부서뜨렸다고요?" 이보다 더 두려울 일은 없을 거라고 생각한 순간, 더 차가운 공포가 날카롭게 모리건의 심장을 찌르는 느낌이었다. "그 애들 괜찮아요? 무슨 일 있어요?"

"걔네들은 잘 있어. *네* 걱정을 해 대서 그렇지." 핀이 바쁘게 말을 이었다. "로비로 뛰어들면서 네 이름을 외치잖아. 어떤 친구가 꿈에서 너를 봤다나 네 환영을 봤다나 뭐래나… 네가 *불과 이빨에 둘러싸여* 있다고. 너를 찾으려고 나를 따라나선다고 했는데—"

"램이야." 모리건이 조용히 속삭였다.

광기의 한복판에서, 모리건은 묘한 평화의 순간을 맞았다. 어깨에 이고 있는지도 몰랐던 무거운 짐이 사라졌다.

원협이 *각본을 뒤집*을 거라던 스콜의 말은 옳았다. 브램블 박사가 치료법을 찾지 못할 거라던 말도 맞았다. 하지만 스콜은 원더스미스에게는 친구가 없다고 했다. 그 말은 완전히 틀렸다.

모리건에겐 친구가 있었다. *진짜* 친구들. 모리건을 걱정하고, 모리건이 걱정하는 친구들이었다. 오래전에 죽은 지하 9층의 역사 속 유령들이 아니라 *진짜, 살아 있는* 친구들이었다. 모리건이 위험에 빠지면 문을 부수고 들어오는 그런 친구들이었다. 주피터처럼 어떤 것에서도 자신을 지켜 주고, 핀처럼 미친 워니멀 무리를 뚫고 달려와 보호해 주는 *가족*이었다. 그리고 자신 역시 무슨 일이 있어도 친구들에게 똑같이 하리라는 걸 알았다.

그게 바로 자신과 스콜의 차이였다. 모리건은 그가 아니었다. 그런 확신이 들자 갑자기 자신감이 차오르고 용기가 생겼다.

"크로우 양, *시간이 얼마 없어.*" 스콜이 다급하게 말했다. 피네스트라가 그제야 그를 알아채고는 혼이 쏙 빠져 버릴 듯이 펄쩍 뛰며 놀랐다. "언제까지 미룰 수는 없어. 지금 뭔가를 하지 않으면—"

"나도 알아! 쉿, 생각 중이야."

"스콜." 피네스트라가 으르렁거렸다. 털이 곤두서 있었다. 마치 전기에 감전된 것 같았다.

"스콜이 할로우폭스를 없애는 걸 도와주고 있어요." 모리건의 말을 들은 핀의 입이 쩍 벌어졌다. 충격을 받았거나 경악했거나, 아마도 둘 다인 듯했다. 핀은 마치 언어 능력을 잃어버린 것 같았다.

"모리건 크로우, *지금이야!*" 스콜이 소리쳤다.

모리건은 눈을 감고 외부의 소음을 차단하며 혼자 있다는 생각에 집중했다.

네가 아는 걸 이용해. 네가 잘하는 걸 해.

인페르노. 모리건은 생각했다. 나는 그걸 잘해.

모든 건 연결되어 있어.

모리건은 눈을 뜨고 땅을, 울퉁불퉁한 자갈돌 사이의 형태를 내려다봤다.

무릎을 꿇고 바닥에 손을 뻗은 모리건이 깊게 숨을 들이 쉬다가, 커다란 회색 발에 치여 비명을 지르며 옆으로 넘어졌다.

"아야! 핀, 지금 뭘—"

"모리건, 엎드려!"

거대한 흰곰원이 상처 입은 거인처럼 울부짖으며 불길을 뚫고 모리건에게 달려들었다. 하지만 피네스트라는 곰원보다 족히 두 배는 더 컸다. 피네스트라가 모리건의 머리 위에서 곰원을 향해 포효하자, 귀가 아프고 온몸이 울렸다. 곰원은 흠칫 놀라며 뒤로 물러났지만, 금세 다시 모리건에게 돌진했다. 피네스트라가 그 앞을 막아서자, 곰원은 성묘의 목을 물고 비틀어 자갈밭에 머리를 메다꽂았다. **뻑** 엄청난 소리가 울려 퍼졌다.

"핀!" 모리건이 비명을 질렀다.

그러자 갑자기, 마치 그것이 기다리던 신호였던 것처럼 워니멀들이 책벌레 떼처럼 피네스트라를 공격했다. 순식간에 피네스트라의 모습이 시야에서 사라졌다. 다만 무엇이든 움켜잡으려는 거대한 발 하나와 날카로운 발톱만이 닿는 곳마다 핏자국을 남기고 있었다.

격분한 모리건은 소리 없는 비명과 무언의 함성을 지르며 두 손바닥으로 바닥을 눌렀다. 마음속 두려움과 분노의 파편 하나하나를 모두 흘려보내, 단 한 번 고동치듯 폭발하는 불길로 분출했다. 모리건마저 놀라게 한 결과였다. 불길은 자갈돌 사이의 틈새와 공간을 연결하며 용기광장 전체로 순식간에 번졌다. 광장은 번개에 맞은 전력망처럼 환해졌다. 그것은 단순한 불이 아니라 밝게 타오르는 에너지였다. 용기광장에 모여든 모든 워니멀을 솟구치는 열기처럼 공중으로 몇 미터나 들어 올렸다. 불이 꺼지고 어두워질 때까지 워니멀들은 허공에 뜬 채로 잠깐 머물렀다.

워니멀들은 숲속 나무들이 쓰러지는 듯한 소리와 함께 땅으로 떨어졌다. 노을 축제 때처럼 할로우폭스는 모호한 녹색 불빛으로 워니멀의 몸을 나와 공중으로 떠올랐고, 그곳을 머뭇머뭇 맴돌았다.

모리건이 비틀거렸다. 으스스한 광경을 지켜보는 내내 귀가 울렸다. 용기광장이 갑작스레 담요처럼 무겁고 부드러운 정적에 휩싸였다. 폭풍의 눈에 들어와 있는 것 같았다.

모리건이 해냈다. 뭔가 큰일을 해냈다.

"이제 어떻게 해?" 모리건이 내면의 공포가 드러나지 않는

조용한 목소리로 물었다. 지금이 바로 그 순간이라는 걸 모리
건은 느낄 수 있었다. 지금 할로우폭스를 없애지 않으면, 점점
이 모인 수백 개의 불빛을 모두 없애지 않으면 이 *기생충*은 서
로 쪼개져 밤의 어둠 속으로 사라질 터였다. 어디로든 쌩하니
날아가 수 백, 수천의 새로운 워니멀을 감염시킬 터였다.

불빛이 에메랄드빛 반딧불이처럼 모리건 주변에서 깜박거리
며 한데 모였다가 갈라졌다. 모리건을 예우하듯 거리를 유지했
다. 기다리고 있었다.

모리건은 스콜을 쳐다봤다. 스콜은 무심한 듯 호기심 어린
얼굴로 그 불빛들을 지켜봤다.

"내가 너인 줄 알고 있어." 모리건은 다리에 힘이 조금 풀렸
다. 너무 피곤했다. "안 그래? 저들은… 내가 주인이라고 생각
해."

스콜이 머리를 한쪽으로 비스듬하게 기울였다. "자, 그럼, 이
제 저것들을 어떻게 없애야 할까?"

모리건은 스콜이 앞서 했던 말을 떠올렸다. 스콜은 할로우폭
스가 하나의 적이라고 말했다. 여러 몸속에 들어간 하나의 괴
물이라고. 한 놈에게 *명령*하면 모두에게 *명령*할 수 있어.

"내가 뭔가를… 명령해야 하는 거지?"

"또렷하고 분명하게." 스콜이 모리건을 바라봤다. "*진심*으로
말해야 해, 크로우 양. 저들이 네 말의 숨은 뜻을 의심하면, 들

지 않을 거야."

몇몇 워니멀이 조금씩 움직였다. 멍하고 어리둥절한 상태로, 자기들끼리 중얼거리는 소리가 들렸다. 덩치 큰 하얀 곰원은 힘들게 일어나 앉으며 가볍게 투덜댔다.

모리건은 무언가 보드랍고 따뜻하고 복슬복슬한 것이 옆에 와서 넘어질 듯이 기진맥진한 자신을 받쳐 주는 걸 느꼈다. 피네스트라의 거대한 잿빛 머리가 어깨에 살며시 부딪쳤다.

"못 하겠어." 모리건이 소곤거렸다.

"아니야, 넌 할 수 있어." 피네스트라와 스콜이 한마음으로 말했다.

불빛이 더 가까이 다가오며 모리건을 바라봤다. 여전히 기다리고 있었다.

모리건은 할로우폭스를 단번에 영원히 없애고, 네버무어가 철저히 유린당하기 전에 막아 내면 기분이 좋을 줄 알았다. 묘하게 꿈틀대는 죄책감은 예상치 못한 것이었다. 어쨌든 저들은 자신들을 만들어 달라고 한 적이 없다. 그런데 이제 이것들, 이 질병, 이 괴물은, 이들이 *무엇이*든 간에, 모리건의 판단을 기다리고 있었다.

"너는 가야 해. 네가 가면 좋겠어." 모리건이 조용히 말했다.

"또렷하고 분명하게." 스콜이 말했다.

모리건은 소피아를 떠올리며 목소리를 단단하게 굳혔다. 힘이 솟구치는 기분이 들면서 메스꺼움과 도취감이 동시에 찾아왔다. 그건 모리건이 지금껏 가져 본 적 없는 최고이자 최악의 느낌이었다.

"너는 죽어야 해."

할로우폭스가 귀를 기울였다. 용기광장을 가득 채운 녹색 불빛 수백 개가 깜박거리며 하나둘 꺼지기 시작했다. 그리고 온통 컴컴해졌다.

37장

침상 안정

"너도 알고 있었어?"

"뭐, 저 아이한테 그런 능력이 있다는—"

"그래."

"설마, 아니야. 아무도 몰랐을걸. 아마 자신도 몰랐을 거야."

잠결에 몽롱한 모리건에게 말소리가 들렸다. 처음에는 창문을 톡톡 두드리는 것처럼 주의를 잡아끄는 소리일 뿐이었다. 형체 없는 속삭임은 차츰 말소리가 됐다. 어느새 모리건은 잠이 다 깨기도 전에 대화를 엿듣고 있었다.

"저 아이의 그 이상한 후원자는 어때?"

"노스 대장이 알았다면 정말 감쪽같이 아닌 척한 거지. 아니, 어떻게 *이 많은* 책을 한꺼번에 여기까지—"

"직원의 특권이지."

모리건이 실눈을 뜨자, 치어리 씨가 깔끔하게 정돈된 건너편 침대 주변을 분주하게 돌아다니는 게 보였다. 그 침대 끄트머리에는 로시니 싱이 앉아 있었다. 로시니는 목발을 든 채 치어리 씨를 지켜보며 어안이 벙벙한 미소를 지었다.

"그럴 필요 없어, 마즈. 내가 할 수 있—"

"너는 딱 거기 앉아서 조용히 있어. 그리고 그렇게 꼼지락거리지 마. 한 번만 더 꿰맨 걸 잡아당기면 아마 오늘 퇴원하기는 힘들 거야."

"나는 거의 움직이지 않고 있어!" 로시니가 웃으며 말했다. 로시니는 치어리 씨의 손을 잡아 가까이 끌어당기더니, 몸을 곧추세우고 재빨리 입맞춤했다. "잔소리꾼."

모리건은 계속 자는 척했다. 자신이 엿들었다는 걸 알리고 싶지 않았다. 하지만 치어리 씨가 아이들을 보살피는 대장 역할에서 벗어나 로시니 옆에 앉아 과장된 몸짓으로 황홀해하고, 두 사람이 아이들처럼 깔깔거리는 모습을 보니 웃음이 새어 나오는 걸 참기 힘들었다.

이쯤에서 "깨어나야" 할 것 같았다. 모리건은 조금씩 몸을 움직이다가 기지개를 켜고, 크게 하품을 한 다음 눈을 떴다.

치어리 씨가 벌떡 일어나 모리건 곁으로 달려왔다.

"오, 세상에. 깨어났구나! 정말로 깨어났어." 치어리 씨가 목소리를 낮추고, 어깨 너머로 병실에 입원한 다른 환자들을 흘깃 바라봤다. 병실에는 코를 드르렁드르렁 골아 대며 잠든 여자 한 명과 코바늘뜨기에 심취한 노신사 한 명이 있었다. "기분이 어떠니? 괜찮아? 얘기해 봐, 모리건. 뭐라고 말 좀 해 봐!"

"그 애한테 말할 틈을 주는 게 어떨까, 마리나?" 로시니가 제안했다.

"안녕하세요." 모리건의 목소리는 메마르고 갈라졌다. "저는 괜찮아요. 그냥 피곤한 거예요."

"정말 피곤했나 봐! 이틀 동안 잠들어 있었잖아." 로시니가 말했다.

이제 막 깨어나 흐릿한 모리건의 머릿속으로 폭발하듯 터져 나온 기억이 밀려들었다.

"피네스트라!" 모리건이 불쑥 말하며, 일어나 앉으려고 애쓰다 쓰러졌다(근육은 아직 완전히 잠에서 깨어나지 못했다). "핀은 어디 있어요? 괜찮은 거죠? 내 친구인데, 우리 시설관리자고, 또 성묘고—"

"아, 그 **엄청 큰 털복숭이** 말이니?" 로시니의 눈빛이 밝아졌다. "그 고양이가 너를 여기로 데려왔어! 병원 직원들은 그 고

308

양이가 근처에서 어슬렁거리는 걸 반기지 않는 눈치였어. 협회 회원도 아니고, 덩치가 출입구보다 더 크기도 하고. 또, 뭐, 늘 그런 태도 문제가 있는 편이니?"

"네, 핀은 괜찮아요?"

"루트위치 박사를 먹어 버리겠다고 으름장을 놓았던 걸 보면, 그래, 멀쩡한 것 같아."

모리건은 다음 질문을 하려니 너무 겁이 났다. "그리고, 그리고 국경이요. 그, 스티드 수상이 국경을 열었나요?"

"아니, 열지 않았어." 치어리 씨가 말했다. 순식간에 찾아든 안도감이 모리건의 마음을 시원하게 씻겨 주는 기분이었다. 윈터시는 들어오지 못했다. 그 말은 스콜도 들어오지 못했다는 뜻이었다. 스콜은 약속을 지켰다. 치어리 씨가 이해할 수 없다는 듯이 로시니를 곁눈질하다가, 천천히, 머뭇거리며 말을 꺼냈다. "글쎄, 결국엔… 그럴 필요가 없었어. 그렇지 않니?"

두 사람은 모리건이 그 말뜻을 알아듣고 무슨 일이 있었는지 말해 주길 기다리는 듯했다. 하지만 모리건은 알아듣지 못한 척 눈길을 돌렸다.

"제 옷 못 봤어요?" 모리건은 병원에서 주는 플란넬 잠옷을 입고 있었다. 집에 가기 알맞은 복장은 아니었다. 주변에 쌓인 물건을 살펴보니, 쾌유를 빈다는 내용의 카드들과 사탕 상자 두 개와 작은 꽃다발 몇 개와 크고 화려한 모란과 장미가 담긴 꽃병 하나(챈더 여사가 쓴 카드가 앞에 붙어 있었다)가 있었다. 하지만 옷은 의자 등받이에 걸린 망토뿐이었다. "그리고 신발은 아직 있나요? 아니면—"

"워, 워." 치어리 씨가 한 손을 모리건의 어깨에 얹고 다시 베개 위로 눕혔다. "의사가 그랬어. 네가 깨어나면 적어도 하룻밤은 더 입원해서 지켜봐야 한다고."

"하지만 저는 별로—"

"딱 하룻밤이야! 하루 더 있는다고 어떻게 되지 않아."

모리건은 베개에 털썩 드러누우며 한숨을 쉬었다. 그냥 집에 가고 싶었다. 딱딱하고 비좁은 병원 침상은, 85호실이 만들어 줄 담요 둥지와 비교조차 되지 않았다.

"주피터 아저씨는 어디 있어요?"

치어리 씨가 망설였다. "여기 있어. 네가 오고 나서 1분이 멀다 하고 들여다봤는데… 로시니가 어젯밤 간호사 팀한테 말해서, 네가 깨어난 다음에 들여보내 달라고 부탁해 놨단다."

침묵이 길게 이어지는 동안 두 사람의 시선은 계속 모리건에게 머물렀다. 마침내 치어리 씨가 조심스러운 목소리로 물었다. "용기광장에서는 무슨 일이 있었던 거니?"

"나는—" 모리건이 입을 열려다 멈췄다. "말을 할 수가… 정말 말할 수가 없어요."

치어리 씨의 얼굴에 몇 가지 감정이 빠르게 스쳐 지나갔지만, 모리건은 하나하나를 모두 읽을 수 있었다. 혼란, 그다음에 상처, 또 그다음엔 걱정, 그리고 마지못한 수긍까지. 하지만 치어리 씨가 한 말은 "*물론이야, 네가 준비될 때까지 아무 말 안 해도 돼. 정말 무서웠을 거야*"가 전부였다.

"그게 아니라, 단지…" 모리건은 멈칫했다. 어떤 말을 할 수 있을까? *할로우폭스를 어떻게 없앴는지 말할 수 없어요. 왜냐하면 그건 나 혼자 한 일이 아니라는 걸 금세 알아챌 테니까요. 그러면 더 많은 질문을 할 거고, 그 질문에 대답하다 보면 내 입으로 유사 이래 가장 사악한 자이자 네버무어의 가장 큰 적에게 도움받았다는 사실을 인정할 수밖에 없기 때문이에요라고…* 대답할 수 없는 질문에 답하지 않으면서 이유를 설명할 길이 없었다. 모리건의 뇌는 피곤한 나머지 아무것도 생각하지 못했다.

가장 쉬운 방법을 택하는 게 최선이었다. 모리건은 고개를 끄덕이고 머리를 숙이며, 죄책감을 느끼는 모습이 아니라 괴로워하는 모습으로 보이기를 바랐다. "네, 정말 무서웠어요. 아직 말할 준비가 안 됐어요."

"필요한 만큼 얼마든지 쉬렴." 차장이 부드럽게 말했다. "아무도 너한테 부담 주지 못하게 할게. 원로님들이라도. 약속해."

"고마워요." 모리건은 마음이 놓였다. 사실 그대로가 아니라, 조금 더 듣기 좋게 이야기를 꾸밀 시간이 생긴 셈이었다.

모리건은 주위를 둘러보며 화제를 바꿨다. "소피아는 어때요?"

치어리 씨의 얼굴이 흐려졌다. "소피아는, 음, 아직 잠들어 있어."

모리건은 얼굴을 찡그렸다. "아직도요? 이틀이 지났다고 했잖아요."

"이틀?"

"우리가, 아니 제가 할로우폭스를 없앤 날에서 말이에요."

두 사람은 곤란한 표정으로 서로를 흘끔거렸다.

치어리 씨가 말했다. "모리건, 지금 네 말은… 워니멀이 모두 치유됐다고 생각한다는 거니?"

"틀림없이 그래야 해요. 용기광장에 모였던 워니멀은 괜찮아졌거든요." 모리건이 똑바로 일어나 앉았다. "내가 봤어요. 다들 깨어났어요. 마치—"

"그 워니멀들은 대부분 완치됐어." 치어리 씨도 고개를 끄덕였다. "하지만 전부 다는 아니야. 브램블 박사 말로는 할로우폭스가 진행된 정도가 다들 제각각이었대. 몇몇은 깨어나지 못했단다."

"그럼 병원에 있는 워니멀은요? 이미 격리되어 있던 감염자들 말이에요. 전부 다 아직…" 모리건은 차마 말을 잇지 못했다. *아직 텅 비어 있는 건가요.*

"우리는 정말 잘 몰라. 아직 우리에게 아무 말도 하지 않았어." 로시니가 말했다.

치어리 씨가 모리건을 재빨리 꼭 끌어안으며 말했다. "919기 친구들이 오늘 아침에 갑자기 찾아왔었어. 너를 몹시 보고 싶어 해. 특히 호손하고 케이든스가. 아이들한테 알려 줘야겠다. 네가—"

"드디어 깨어났다고요?"

"그러니 걱정하지 말라고." 치어리 씨는 병실이 떠나가게 울리는 호손의 목소리를 들으며 말을 마쳤다.

케이든스가 호손의 팔을 철썩 때렸다. "쉿, 또 쫓겨나려고 그래?"

모리건은 친구들을 보자 가슴이 뛰었다. 친구들과 못 만난 지는 일주일도 채 지나지 않았지만, 너무 많은 일이 일어난 탓에 그 시간이 영원처럼 느껴졌다.

"네가 남은 한 해 동안 잠만 잘 계획인 줄 알았어." 호손이 약간 가라앉은 목소리로 침대 끝에 털썩 앉으며 씩 웃었다. "게으름뱅이."

치어리 씨는 로시니를 집에 데려다주기 위해 나가면서, 호손에게 *환자용 변기는 모자가 아니라고* 엄하게 주의를 주었다(모리건은 깨어나기 전에 무슨 일이 있었는지 알고 싶지 않았다). 다시 뭉친 세 친구는 목소리를 낮추고 지난 며칠 동안 있었던 일을 정신없이 주고받았다. 서로가 서로의 말을 끊고 다른 사람의 이야기를 가로채며 속속들이 자세한 이야기를 풀어놓았다. 모리건이 용기광장에서 있었던 일을 남김없이 들려주자, 호손의 낯빛은 유령처럼 변하고 케이든스는 두 손으로 이불을 꽉 붙잡았다. 치어리 씨와 원로들에게 사실을 이야기하지 않는 것과는 별개였다. 이건 달랐다. 케이든스와 호손은 세상에서 제일 친한 두 친구였고, 모리건은 그 친구들에게 비밀을 만들지 않을 생각이었다.

"네가 고블에서 했던 이야기 말이야, 케이든스." 모리건은 마침내 마음을 단단히 먹고 말을 꺼냈다. "그 말이 맞을지 몰라. 요즘 내가 조금 이상했던 것 같아. 지하 9층이, 다른 원더스미스들이… 이상한 일이지만, 나한테는 *너무도 진짜* 같을 때가 있었어. 그 사람들을 약간은… 친구처럼 여기게 됐었나 봐. 내 생각에도 내가 조금 *집착했던* 것 같아."

"뭐, 그래." 케이든스가 어깨를 으쓱였다. "근데 그게 뭐? 만약 우리도 자기만의 비밀 학교에서 죽은 사람들과 시간을 보내고 금지된 마법 기술을 배우게 된다면, 누군들 집착을 안 하겠어? 말만 들어도 멋지다."

모리건이 씁쓸하게 웃었다. "타데는 내가 온통 그 얘기밖에 안 한다고 했어."

"픕, 타데가 뭐라든 무슨 상관이야?" 호손이 말했다. "그건 질투가 나서 그런 거야. 솔직히 말하면 다들 그럴걸. 나도 유령의 시간을 볼 수 있다면."

"나도." 케이든스도 인정했다.

모리건의 눈썹이 치켜 올라갔다. "너희도 볼 수 있어! 그러니까… 디어본이나 머가트로이드한테 들키지 않으려면 시간을 잘 맞춰야 하겠지만, 너희 둘 다 지하 9층으로 몰래 내려갈 수 있을걸!"

세 친구는 30분 동안 신나게 비밀 임무를 계획했다. 호손은 중대한 보석털이에 나서는 치밀한 절도범처럼, 망을 보고 감시 카메라와 갈고리 닻을 이용하자고 *고집했다*(갈고리 닻을 어떤 용도로 쓸 수 있는지는 찾지 못했지만, 그래도 호손은 어떻게든 써 보겠다고 *마음먹었다*). 격리 중인 워니멀에 관한 이야기는 꺼내지 않았다. 모리건은 계속 밀려들던 걱정에서 잠시나마 주의를 돌릴 수 있어 기뻤다.

모리건은 이 순간이 지나가기 전에 케이든스에게 해야 할 말이 하나 더 있었다. 모리건은 호손이 병문안 카드 한 장을 골라 그 뒷면에 프라우드풋 하우스의 청사진을 미련하리만치 세밀하게 그리는 틈을 타서 말을 꺼냈다.

모리건이 조용히 말했다. "너한테 거짓말시켰던 거 미안해. 책 말이야."

"네가 나한테 뭘 *시킬 수 있다*고 생각하다니 웃기네." 케이든스가 눈치 빠르게 웃으며 말했다.

"무슨 뜻으로 하는 말인지 알잖아."

"그래, 괜찮아. 아직 나한테 신세 진 거 안 갚은 거야."

"그래."

그리고 다음 순간, 모리건은 지루해진 호손이 조용히 사라졌
다는 걸 깨달았다.

"모자로 쓸 만한 변기를 구하러 갔나?"

케이든스가 고개를 끄덕였다. "아, 그럴 거야."

간호사 팀이 모리건의 맥박과 호흡 등을 확인하며 몇 가지
불만을 토로했다.

"…그러더니 갑자기 여덟 명이 전부 와서 병실의 산소를 다
빨아들이고 있잖니. 집에서 만들어 온 현수막을 여기저기 걸어
놓고! 바이올린을 켜질 않나! *나이 든 환자분한테 팔씨름을 하
자고 덤비질 않나!* 그래서 내가 미안하지만 여기는 병원이지
클라이브 삼촌과 트루디 숙모의 40주년 결혼기념식이 열리는
클로즈풀온씨Clodspoole-on-Sea의 교회 파티장이 아니라고 말했
어. 내 마음의 평화 좀 찾아 주라." 팀은 청진기를 모리건의 등
가운데에서 위쪽으로 옮겼다. "한 번 더 크게 들이쉬고 내쉬고,
그렇게."

모리건은 코로 숨을 깊이 들이마셨다가 입으로 내쉬었다.

"*네가* 문제라는 건 아니지만, 그냥 말해도 될까? 네 친구들은 진짜 악몽 같아. 기분 나쁘라고 하는 말은 아닌데, 제발 다시는 여기 오지 마."

"노력할게요."

"게다가 어젯밤엔 그 난리법석을 떠는 호들갑 대장과 원로들이라니! 으으. 숨 한 번만 더 크게 쉬고." 팀은 다시 청진기를 옮기고, 모리건은 한 번 더 숨을 들이쉬었다가 내쉬었다.

"난리법석이라니요?"

"폭죽처럼 터져 버렸거든. 네 명 다. 소리를 지르고! 병원에서! 다 큰 어른들이, 조심해야지."

"뭐라고 하면서 소리를 질렀는데요?" 묻긴 했지만, 모리건은 머릿속에 이미 떠오르는 생각이 있었다.

"아, 누가 알겠어. 퀸 원로는 네가 깨어나면 물어보고 싶은 게 몇 가지 있다면서 여기 머물겠다고 하고, 웡 원로는 공공 주의분산 부서에서 누구를 데려와서 언론에 낼 이런저런 성명서를 준비하자고 하고, 그러니까 그 말 많은 *생강이 당신들은 모리건에게 뭐가 최선인지 아무도 신경 쓰지 않는다고, 자기가 번번이 대들지 않았다면 모리건을 늑대 소굴에 던져 줬을 거라고* 버럭 화를 내고. 난 퀸 원로가 턱을 한 방 먹일 줄 알았는데, 생강이 탄력받으니까 호소력이 장난 아니더라고? 그 사람은 아마추어 연극협회에 가입해야 해."

아저씨 자체가 아마추어 연극협회지. 모리건은 그렇게 생각하며 다시 한번 크게 숨을 들이쉬고 내쉬었다.

"그 덕에 내 저녁 식사 시간이 활기에 넘쳤지만, 값싼 렌틸콩 파이를 다 먹고 나서 전부 쫓아내야 했어. 가엾은 퍼키스 할머니는 혈압 때문에 그런 소동을 감당 못하거든." 팀은 귀퉁이 쪽 침대에 누운 부인을 고갯짓으로 가리켰다.

모리건은 뼛속 깊이 두려운 마음이 들었다. 그날 밤의 사건을 들춰내서 죄가 될 만한 사실은 조심스럽게 숨기고 원로들이 믿고 받아들일 그럴듯한 거짓말을 꾸며야 한다고 생각하면 확실히 *진이 빠졌다.*

"여기, 이걸 혀 밑에 넣고 3분만 있어." 간호사 팀이 유리 체온계를 모리건의 입에 물리고 침대 끝으로 가서 진료 기록지를 가져왔다. "이번엔 무슨 일이 있었던 거니?"

모리건이 체온계를 입에 물고 말했다. "오, 아시잖아요. 건물에서 뛰어내리고, 워니멀들한테 쫓기고, 용기광장에 불을 질렀어요."

"아, 그렇구나. 넌 뭐 하는 애니?" 팀은 멍하니 손목시계를 확인하고 기록지에 메모를 남겼다. "슐츠 씨는 내성 발톱 때문에 다시 왔어. **지금 내가 이 아이한테 당신의 내성 발톱 이야기를 했어요, 슐츠 씨.**" 팀이 목소리를 높여 덧붙였다. 병실 맞은

편 끝에서 노신사가 코바늘을 흔들었다. "다들 한바탕 전쟁을 치르는 중이야. 모두, 차 한잔할까요?"

"네, 주세요."

"그리고 시끄러운 사람한테 네가 깨어났다고 알려 줘야 할 것 같아."

"네, 부탁드려요."

모리건은 피곤함 속에서도 주피터가 원로들에게 호통치는 모습을 상상하며 슬며시 미소 지었다. 호들갑 대장은 언제나 모리건을 지켜 줬다.

"물 더 마실래? 주스 더 줄까? 이 주스, 별로인 것 같아. 집에서 신선한 주스를 좀 가져다줄까? 이제 다시 문을 열 준비를 하고 있고, 주방도 다시 가동되고 있어. 뭐든 다 가져다줄 수 있다니까! 뭐 마시고 싶니, 파인애플 주스? 자몽? 용과? 겨울딸기? 레몬딸기? 물결딸기? 삼중딸기? 복숭아빛 저녁노을? 유니콘 깜짝 선물? 변덕스러운 봄철의 슬러시?"

"괜찮아요." 모리건은 한숨을 쉬었다. "그중에서 적어도 세 개는 아저씨가 지어냈다는 거 다 알아요."

팀이 부르자 주피터는 몇 분 만에 부속병원으로 뛰어 들어왔다. 그러고는 줄곧 겁먹은 나비처럼 안절부절못하고 있었다. 모리건의 이마에 열이 있는지 확인했다가, 필요도 없는 여분의 담요를 가져왔다. 더 좋은 침대로 옮기고 싶진 않은지 세 번 물었고("침대는 다 똑같아요"라고 모리건이 알려 줬다), 전망이 더 좋은 다른 자리를 원하면 찾아보겠다고 두 번 물었다("전망이 좋은 자리는 없어요. 창문도 없어요. 여기는 지하 3층이거든요"라고 모리건이 알려 줬다). 처음엔 재미있었지만 그러다 짜증이 났고, 결국 미칠 노릇이 되었다.

주피터가 유일하게 초조한 모습을 *보이지 않은* 순간은 용기광장 사건을 이야기할 때뿐이었다. 짧고 진지하게 속닥거린 대화였다.

예상했던 대로 주피터는 이미 핀에게 대부분의 이야기를 들어 알고 있었지만, 모리건이 그 빈틈을 채워 주었다. 주피터는 모리건의 이야기를 주의 깊게 두 *번* 듣고, 이따금씩 말을 끊어 이곳저곳을 자세하고 명확하게 짚은 다음, 에즈라 스콜이 언급된 부분을 빼 버리고 약간의 거짓말을 더해 완성된 줄거리로 같은 이야기를 *세 번째* 반복하게 했다. 두 사람은 그날 밤 모리건이 용기광장에 가게 된 이유를 충분히 믿을 만하게 만들어 냈다(듀칼리온에 너무 오래 갇혀 있는 바람에 답답했던 모리건이 브롤리 레일로 도시를 한 바퀴 쌩하고 돌아보려다가 용기광장에 떨어지게 됐다는 내용이었다). 그리고 군데군데 기억을 덧칠해서 *어쩌*

320

다 보니 자신이 할 줄 아는지도 몰랐던 원드러스예술을 사용해 자신도 다 이해하지 못하는 방식으로 할로우폭스를 없앴다는 이야기도 만들었다. *거의 대부분* 사실이었고, 그 덕분에 훌륭한 거짓말이 됐다. 몇 번 연습하고 나자, 모리건은 원로들을 납득시킬 수 있겠다는 자신감이 생겼다.

이제 주피터를 진정시킬 수 있다는 자신감만 생기면 좋을 것 같았다.

모리건은 주피터가 침대 끝에 걸린 진료 기록을 들었다가 제자리에 내려놓는 모습을 지켜봤다. 주피터는 그 진료 기록을 열두 번 또는 열세 번 정도 읽었다. 모리건은 그가 너무 과하다고 생각했다. 기록지에는 큼지막하게 **침상 안정**이라고만 적혀 있었기 때문이다.

모리건이 단호하게 말했다. "아저씨, 제발 앉아요. 아저씨한테 묻고 싶은 게 있어요."

주피터가 곁으로 오더니 모리건의 머리 밑에서 베개를 홱 잡아당겨 푹신해지도록 백만 번째 부풀렸다. "그럼, 다 내가 알아서—"

"앉아요. 제발."

모리건이 큰 소리로 말하자, 귀가 잘 들리지 않는 슐츠 씨조차 맞은편 침대에서 깜짝 놀라며 펄쩍 뛰었다. 코바늘이 그의 무릎 위에서 달가닥 부딪혔다.

마침내 주피터가 마지못해 침대 옆 의자에 털썩 앉았다. 하지만 다시 벌떡 일어나 꽃병을 재배치하고 싶어 하는 얼굴이었다. 모리건이 뾰족한 눈으로 바라보자, 주피터는 결국 자기 손을 깔고 앉았다.

"아무렴, 다 물어봐." 주피터가 너그럽게 말했다.

모리건은 주피터의 눈을 마주 봤다. "감염된 워니멀들 말이에요. 병원에 있는 워니멀들. 회복되지 않은 거죠? 그 워니멀들은 할로우폭스가 죽은 다음에도 치유되지 않았어요. 그들은 아직…" 모리건이 목소리를 낮췄다. "아직 *우니멀*인 상태죠?"

주피터는 목 뒤를 문지르며 뜸을 들이다 대답했다. "브램블 박사가—"

"그 말은 그만해요." 모리건이 쏘아붙였다. "박사님이 매일매일 점점 더 접근하고 있다는 말은 *하지 마세요*. 정말 그런 게 아니면요. 그 말이 사실이 아니라면요."

모리건이 주피터를 노려보며 기다리는 동안, 주피터의 얼굴은 머릿속에서 벌어지는 논쟁에 따라 바뀌었다. 반항적인 낙관주의를 지키고 싶지만, 더는 성공하기 힘들다는 것을 깨달은 얼굴이었다.

"그들은… 그래. 여전히 우니멀이야. 깨어난 이들은." 주피터가 인정했다.

"그럼 나머지는요?" 모리건은 소피아를 생각하며 물었다. 답요 위로 주먹을 꽉 쥐었다. "그들이 깨어나면 어떻게 될까요? 똑같이… 텅 빌까요?"

"확실히는 몰라."

"그래도 추측해 본다면요?"

주피터는 대답하지 않았다. 그럴 필요가 없었다. 두 사람은 잠시 말없이 앉아 있었다. 대화가 무겁게 가라앉은 느낌이었다.

"너한테 거짓말한 건 아니야." 마침내 주피터가 말했다. "그 때는. 브램블 박사는 정말 *가까이 갔어*. 아니 적어도… 박사는 그렇다고 생각했지." 그는 잠시 말을 멈추고, 천장을 올려다보며 마음을 가다듬었다. "우리는 포기하지 않아, 모그. 저들을 다시 데려올 거야."

두 사람의 눈이 마주쳤다. 주피터의 선명한 푸른 눈은 크고 진실했지만, 모리건은 그가 자신을 설득하려고 노력하는 만큼 스스로 납득하기 위해 애쓰고 있다는 걸 알았다. 모리건은 고개를 끄덕이며, 입술을 꾹 다물고 설핏 미소를 지어 보였다. 그리고 그 미소가 진심으로 보이기를 바랐다.

"그런데 나도 너한테 줄 게 있어." 주피터가 모리건의 침대 옆 물건들을 힐끗 바라보며 말했다. "챈더 여사가 준 꽃다발처럼 화려한 건 아니지만, 네 마음에 들 거야. 이걸 가져오려고 절도범이 되어야 했지만."

모리건이 한쪽 눈썹을 치켜올렸다. "뭐가 됐다고요?"

주피터는 머리를 헝클어뜨리고 어깨를 으쓱였다. 분명 아무렇지도 않은 것처럼 보이려고 노력하는 중이었다. "음. 어젯밤에 마음먹었어. 뭔가 다른 걸 해 보기로."

"마음먹고 한 일이… 절도범이 되는 거였군요." 모리건이 그의 말을 따라 했다. 목소리에 의심이 묻어나는 걸 감출 수 없었다.

"그래, 딱 이번 한 번만. 습관을 들이면 안 되니까." 주피터가 코를 훌쩍이고는 이어서 말했다. "뭐랄까, 내 솜씨가 훌륭했지." 주피터는 발딱 일어서서 외투를 가져왔고, 안주머니에 손을 넣어 무언가를 꺼냈다. 모리건이 다시는 보지 못하리라 생각했던 것이었다. 주피터는 그것을 모리건에게 내밀었다.

"에밋." 모리건이 속삭이듯 말하며, 다 닳아 해진 토끼 인형을 두 손으로 받았다.

왠지 가슴이 조여 왔다.

에밋. 모리건의 친구.

모리건은 주피터를 바라봤다. "자칼팩스까지 직접 가셨군요. 그리고 크로우 저택에 침입했고." 목소리가 갈라졌다. 목에 뭔가 걸린 듯 콱 막혀 내려가지 않았다. "이걸… 이걸 훔쳐 와서 나한테 주려고?"

주피터가 약간 수줍게 웃었다. "뭐, 엄밀히 말하면 훔친 게 아니지. 그 인형은 네 거니까."

모리건은 잠시 말이 없었다. 토끼를 물끄러미 바라보며 눈을 계속 깜박이다가, 목을 가다듬었다. "고맙습니다."

"아니야. 오랜 친구지?" 주피터가 손을 뻗어 에밋의 늘어진 귀를 잡아당기려다, 모리건이 본능적으로 토끼를 낚아채는 바람에 동작을 멈췄다. 주피터는 손을 들며 말했다. "미안."

"아니, 괜찮아요. 단지…" 모리건은 갑자기 난처해져서 허둥댔다. "에밋이 너무 오래돼서요. 그래서 그래요. 점점 더 해지고 있어서."

"내가 에밋을 잠깐 봐도 될까?" 주피터가 묻고는 급히 덧붙였다. "조심할게."

모리건이 머뭇머뭇 대답했다. "음… 알겠어요."

주피터는 조심조심 에밋을 데려갔다. 그는 토끼를 고이 안고 솔기와 바늘땀, 그리고 너무 많은 사랑을 받은 탓에 누렇게 바랜 흰 털이 닳아 없어진 부분, 말랑말랑한 꼬리가 떨어져 사라진 자리에 혼자 남은 무명실 등을 꼼꼼히 들여다봤다.

"내가 뭐 하나 말해 줄까?"

"뭔데요?"

"너는 이 토끼를 사랑해."

모리건은 눈을 굴렸다. "그건 이미 알고 있어요."

"아직 몰라. 전후 이야기는." 주피터는 침대 옆 의자에 앉았다. 진짜 우니멀이라도 되는 듯 여전히 조심스럽게 토끼를 들고 있었다. "너는 이 인형을 아기 때부터 가지고 있었기 때문에 사랑한다고 *생각해*. 11년 동안 너의 비밀과 온갖 이야기를 들어 주었기 때문에 사랑한다고 생각하지. 그리고 잠잘 때 목 밑에 밀어 넣기 딱 좋은 크기라고 생각했고, 저녁 식사 자리에선 의자 뒤에 숨겨 놓기에도 좋아서 사랑한다고 여기는 거지."

모리건은 웃었다. 저녁 시간이 되면 가끔 에밋을 옆자리 의자에 앉히곤 *했었다*. 모리건 옆에는 아무도 앉지 않았기 때문에 아무도 몰랐다. 할머니가 식당에서 "저 더러운 것"을 발견했다면 노발대발했을 것이다. 하지만 에밋을 옆에 앉히면, 비록 모리건의 입장을 대변해 주지는 못해도 누군가 자기편이 있다는 기분이 들었다.

"너는 부드럽게 늘어진 귀와 귀여운 조끼 때문에 에밋을 사랑한다고 생각해."

에밋은 조끼를 입고 있지 않았지만… 전에는 조끼가 있었다. 보송보송한 꼬리가 있었던 것처럼.

하지만 당연히 주피터는 잃어버린 조끼도 볼 수 있었다. 주피터는 모리건의 나쁜 꿈과 걱정들, 텅 비어 버린 워니멀, 그리고 챈더 여사의 꺼지지 않는 친절함도 볼 수 있는 사람이었다.

주피터가 말을 이었다. "그리고 단추같이 까만 눈 때문에, 그 눈이 너의 검은 눈을 닮아서. 그리고 또 어렸을 때 유일한 친구였으니까. 하지만 그런 건 네가 그토록 에밋을 사랑하는 이유가 아니야."

방은 따뜻했지만, 모리건은 살짝 몸이 떨렸다.

주피터는 부드럽고 나지막한 목소리로 다시 말을 이어 갔다. "네가 에밋을 사랑하는 이유는, 털을 이루는 섬유 하나하나, 솔기의 모든 바늘땀, 솜털이 일어난 모든 보풀에, 너보다 전에 에밋을 가졌던 사람의 *사랑이 스며들어* 있기 때문이야. 에밋의 첫 번째 주인 말이야."

모리건은 머리 뒤쪽에서 무언가 찰칵 맞물리는 기분이었다. 자물쇠에 열쇠를 넣고 돌린 듯했다.

주피터는 토끼 인형을 더 가까이 들고, 미간에 주름을 잔뜩 잡은 채 털 하나하나까지 전부 살폈다. "전 주인의 손자국이 온몸에 묻어 있어. 흐릿한 은빛 얼룩이야. 큰 손, 작은 손. 손은 네 손과 약간 비슷해. 20년 남짓한 시간 동안 쌓인 흔적이, 겹겹이 남아 있어."

모리건은 숨을 죽이고, 조그맣게 속삭이는 말 한마디도 놓치지 않으려 했다. 주피터는 마침내 에밋의 먼지투성이 얼굴에서 눈을 들어 모리건의 창백한 얼굴을 바라봤다.

주피터가 조용히 말했다. "모그, 내 생각에, 어쩌면 이 토끼는 네 어머니 것이었던 것 같아."

어쩐지 모리건은 듣자마자 그 말이 맞다는 걸 알았다. 따뜻한 느낌이 가슴에서 손가락 끝까지 퍼졌다. 모리건은 손을 뻗어 에밋의 귀를 조심스럽게 쓰다듬었다.

정말로 놀라운 비기였다.

———◆———

그날 밤 모리건은 잠을 이루지 못했다. 모리건은 잠을 자고 싶었고, 일주일은 더 아무 생각 없이 즐겁게 지낼 수도 있었다. 하지만 마음이 접어지지 않았다.

어머니에 대한 생각은 네버무어에 있는 가족에 대한 생각으로 흘러갔다. 호텔 듀칼리온에서 만난 가족이었다. 형제자매라 여기는 친구들과 뜻밖의 공간에서 사귄 새 친구들도 있었다.

모리건은 소피아에 관한 생각을 멈출 수가 없었다. 치료 방법이 보이지 않는다고 인정하던 주피터의 얼굴도 계속 맴돌았다. 지난 며칠 동안 할 수 있는 모든 노력을 다했다. 고사메르 노선으로 일바스타드에 가서 윈터시와 협상도 했고, 주피터와 말다툼도 했고, 용기광장에서 큰일을 겪기도 했다. 하지만 여전히 많은 워니멀이 위험에 처해 있었다. 모리건의 *친구*는 여전히 위험한 상태였다.

모리건의 신경은 대부분 아나가 해 준 말에 쏠려 있었다. 면회 시간이 끝나고 주피터가 집으로 돌아간 뒤, 아나가 희미하게 등을 밝힌 병실로 살그머니 찾아왔다.

"모리건." 아나가 어둠 속에서 소곤거리며 부르더니, 뭔가에 부딪혀 "아야!" 하고 조용히 신음을 흘렸다.

"아나? 여기서 뭐해?" 모리건이 조용히 물으며 침대에서 일어나 앉았다.

"쉿." 아나가 살금살금 들어왔다. 모리건은 얼른 옆으로 비키며 아나에게 앉을 자리를 만들어 주었다. "팀 간호사님이 네 후원자에게 네가 깨어났다고 알려 주는 걸 들었어. 그래서 내가 야간 근무를 하겠다고 자원했어. 너를 만나려고. 평소에는 하급생이 6시 이후에 일을 하면 안 되는데, 점점 더 상황이 절실해지는 것 같아. 네 초콜릿 조금 먹어도 되니? *배가 고파.* 아침 식사 이후로 아무것도 못 먹었거든."

"많이 먹어." 모리건이 반쯤 남은 초콜릿 상자를 아나의 손에 쥐어 줬다. "좋은 소식이라도 있어?"

아나는 얼른 대답하지 않고, 괴로운 얼굴로 채찍 모양의 딸기 초콜릿을 조금씩 야금야금 먹었다. 마침내 아나가 조그맣게 말했다. "네가 깨어나서 기뻐. 우리가 여기서 조촐한 파티를 열고 네가 깨어나기를 바랐거든. 다들 정말 걱정했어. 네가 한 일은… 정말 용감했어. 지금은 상황이 나아져서, 새로 들어오는 할로우폭스 환자가 없어. 이제 바라는 건…" 아나는 잠시 말을 멈추고 페퍼민트 크림맛을 한 입 먹었다. 희미한 불빛 속에서 아나의 눈에 눈물이 비치는 것 같았다. "이미 입원한 환자들을 위해 뭔가 할 수 있는 일이 있으면 좋겠어."

모리건이 우울하게 말했다. "그래, 알아. 처음엔—"

하지만 모리건은 더 뭐라고 말해야 할지 몰랐다. *처음엔 내가 다 치료한 줄 알았다? 아니면 에즈라 스콜이 전부 치료해 준 줄 알았다?* 그가 약속을 지킬 거라 믿었던 게 터무니없이 어리석게 느껴졌다.

"주피터 아저씨가 그러는데, 포기하지 않을 거래. 계속 치료법을 찾고 있댔어."

"그럴 거라고 믿어." 아나가 말했다. "주피터 아저씨와 브램블 박사님은 시간이 얼마나 걸리든 계속 방법을 찾을 거야. 하지만 루트위치 박사님은 대책 본부를 해체하고 싶어 해. 루트위치 박사님 말로는 위협이 사라졌대. 이 많은 공간과 *자원*을 워니멀한테, 내 말은 워니멀한테 계속 쏟아붓고 있다고 몹시 화를 내셔. 미안." 아나는 자기 말실수에 흠칫 놀란 듯했다. "박사님은 평상시로 돌아가고 싶어 하셔. 모리건… 알겠지만 나도 워니멀들이 다시 괜찮아지면 좋겠지만… 그렇게 안 되잖아. 현재 부속병원의 4분의 3이 격리 구역이야. 매일같이 감염자가 더 많이 깨어나서 북적거리기도 하고, *비위생적인데다*… 음, 냄새도 마치—"

"그렇게 말하지 마—"

"—*동물원 같아.* 미안해. 하지만 상황이 그래!" 아나의 얼굴이 확 붉어졌다. 하지만 노려보는 모리건의 눈빛을 도전적으로 받아 내며, 격한 속삭임을 이어 갔다. "들어 봐. 오늘 의료진과 보조들 전부 회의에 소집됐어. 이건 엄격한 비밀이지만… 앞으로 일어날 일이야."

"그래서? 앞으로 무슨 일이 일어나는데?"

"*제발* 나한테 들은 얘기를 아무에게도 말하지 말아 줘. 네가 할 일은 없어. 단지 나는 네가 알고 싶어 할까 해서… 혹시 네가 친구한테 작별 인사를 하고 싶어 할 수도 있으니까. 그 여우원 있잖아. 이름이 뭐였지?"

"소피아." 순간 모리건은 흥분이 밀려와 눈이 따끔거렸다. "소피아가 깨어났어? 소피아는 지금……."

모리건은 차마 질문을 끝까지 할 수 없었지만, 아나는 비참한 얼굴로 고개를 끄덕였고 모리건은 그 표정에서 대답을 읽었다. 그러니까, 이제 여우원이 아니라는 뜻이었다.

모리건은 고통스럽게 마른침을 삼켰다. "그런데 무슨 뜻이야, 작별 인사라니?"

"내일부터 감염자를 옮기기 시작할 거야. 그러면 대청소를 한 다음 병원을 다시 원래대로 가동할 수 있어. 비주류 워니멀은 아직 모두 잠들어 있어서, 특수 병동으로 옮긴 다음에 감염 경로를 계속 알아볼 거야. 브램블 박사님이 작은 팀을 꾸려서 비주류들을 돌볼 거고."

"그럼 주류들은?"

"우니멀 축산 시설이 지하 3층 실용 분과에 있어서, 일부는 그리로—"

"*뭐라고?*" 모리건이 날카롭게 소리쳤다. 아나가 얼른 손을 올려 모리건의 입을 막았지만, 모리건은 그 손을 떼어 내고 속삭였다. "*가축 우니멀처럼 말이야?*"

"—그리고 일부는 네버무어 동물원에서 보살펴 줄 거야. 거기 전문가 중에, 모리건, 앉아." 침대에서 뛰어내린 모리건은 왔다 갔다 하며 숨을 거칠게 몰아쉬었다. "우리는 우니멀 간병인이 아니야. 우린 우니멀한테 뭐가 제일 좋은지도—"

"그럼 *가족*에게 가야지!"

"일부는 그렇게 할 거야!" 아나가 말을 멈추고 아랫입술을 깨물었다. "가족 중에… 감염자가 돌아오길 바라는 경우에, 가족이 충분히 돌봐 줄 수 있는 경우에만. 브램블 박사님이 하신 말씀이야."

그 말에 모리건은 걸음을 멈췄다. *감염자가 돌아오길 바라는 가족이라니.* 모리건은 한 손으로 가슴을 누르며 눈을 질끈 감았다.

어떤 가족은 돌아오길 원치 않는 건가?

소피아의 가족은 어떤 사람들일까? 모리건은 갑자기 비참해졌다. 그런 건 한 번도 물어본 적이 없었다.

"소피아는 지금 어디 있어?"

아나가 한숨을 쉬었다. 모리건에게 이야기를 전한 걸 후회하는 듯했다. 하지만 이 순간, 모리건이 해야 할 일은 분명했다. "아직 격리 병동에 있어. 4A 병실에. 잘 들어, 모리건. 소피아를 만나고 싶다면, 기회는 아주 잠깐이야."

———◆———

모리건은 들키지 않고 몰래 4A 병실에 들어가기 위해 아나의 지시 사항을 머릿속에 잘 저장했다. 아나는 살금살금 복도로 빠져나가 집으로 향했다. 그때부터 모리건은 *아주 짧은 기회*가 열릴 시간을 손꼽아 기다렸다.

모리건은 시간을 잘 활용했다. 이기적인 루트위치 박사에게 복수를 맹세했고, 위선자 브램블 박사에게도 속으로 화를 냈다. 브램블 박사는 치료법을 찾는 일을 *포기한 것 같진 않았지만*, 귀찮은 워니멀들을 동물원으로 보내 버리게 되어 기분이 좋은 것 같았다.

무엇보다 중요한 건, 모리건이 계획을 세웠다는 것이다. 어둠 속에 누워 천장을 올려다보며, 시간이 째깍째깍 흘러가는 소리에 귀를 기울이면서, 어린 시절처럼 에밋을 팔로 꼼짝 못하게 껴안은 채로, 체스의 대가처럼 끈기 있게 다음 행동을 계획했다.

모리건은 눈을 감고 야간 당직 간호사가 자정 순찰을 도는 조용한 발걸음 소리를 기다렸다가, 그 소리가 멀리 사라졌을 때 침대에서 일어나 앉아 휘파람을 불었다.

짧은 휘파람 소리는 낮고 으스스했다.

한순간 모리건은 이게 효과가 있을지 의심됐다. 그때 소리가 들렸다. 쌔근거리는 숨소리와 코골이 소리 사이로, 울림이 깊은 으르렁 소리였다.

그것은 침대 밑의 그림자에서 빠져나왔다.

"나와." 모리건은 간청보다는 명령처럼 말하려고 애쓰며 소곤거렸지만, 원초적인 두려움이 슬그머니 등골을 타고 내려갔다.

그림자는 늑대의 형상을 만들었고, 늑대는 침대 밑에서 살금살금 빠져나왔다. 그리고 거대한 얼굴을 모리건에게 가까이 들이밀었다. 드러난 이빨과 붉게 타오르는 눈이 보였다. 에밋을 꽉 붙잡은 모리건은 모든 용기를 끌어모아 검고 무시무시한 물체를 향해 흔들림 없는 목소리로 말했다.

"그와 이야기하고 싶어."

38장

창을 열다

늦대는 잠시 모리건을 뜯어보는 듯하더니, 검은 연기로 소용
돌이치며 사라졌다.

이게 다야? 모리건은 생각했다. 분명 이렇게 쉬울 리가 없었
다. 모리건은 늑대를 복종시키기 위해 뭔가를 해야 할지도 모
른다고 생각했다. 원드러스예술 같은 걸 증거로 보여 주는 그
런 과정이 있을 줄 알았다. 하지만 늑대는 한순간에 사라졌다
가 다시 돌아왔고, 돌아왔을 때는 나머지 늑대 무리도 함께였

335

다. 그리고 그들의 주인도.

"나를 소환할 수 있다는 망상은 하지 마." 스콜이 조용히 말했다. 그는 침대 끝에 서서 그림자를 망토처럼 걸치고 있었다. "이게 매번 먹히지는 않아."

"이번에는 됐잖아."

"이번에는 할 줄 알았거든. 내 예상보다 오래 걸리긴 했지만."

"이틀 동안 잠을 잤어."

그가 잠깐 눈을 위로 흡떴다. "그랬겠지. 체력이 형편없군."

모리건은 기분 나쁜 말을 무시했다. "나한테 할로우폭스를 고쳐 준다고 했잖아."

"그래서 그렇게 해 줬지. 감사 인사를 하려고 나를 불렀나?"

"*하지 않았어.* 워니멀들이 아직 텅 비어 있어. 아직도 *우니멀*이란 말이야. 당신이 분명히―"

"나는 분명히 할로우폭스를 없애 준다고 약속했고, 그대로 이행했지."

"**치료**해 준다고 약속했잖아!" 모리건이 버럭 목소리를 높였다가, 맞은편 귀퉁이에서 슐츠 씨가 잠결에 구시렁거리는 소리에 흠칫 놀랐다. 슐츠 씨는 이내 쌕쌕 고른 숨을 내쉬었다. "당신이 약속한 건 치료법이라고." 모리건은 작은 목소리로 사납게 되풀이해서 말하며 몸을 내밀었다. 그림자 늑대들이 낮게 으르렁거리며 경고했지만, 모리건은 멈추지 않았다. "그날, 프라우드풋 하우스 옥상에서. *내가 만든 걸 내가 되돌리지 못할 것 같나*라고, 당신이 그렇게 말했잖아."

"하지만 치료하는 것과 없애는 건 전혀 별개의 문제야." 스콜의 표정은 헤아리기 어려웠다. "네가 내 제자가 되면 할로우폭스 치료법을 준다고 했지. 그런 제안을 선의로 한 기억은 없어. 용기광장에서의 일은 공정했고, 서로에게 득이 되는 합의였어. 나는 윈터시가 네버무어에 들어오지 못하기를 바랐고, 너는 할로우폭스가 더는 확산되지 않기를 바랐어. 내가 아는 한 우리 거래는 거기까지였어. 더 바라는 게 있다면 네가 뭔가를 제공해야겠지."

"*좋아.*" 모리건은 등을 쭉 펴고 담요를 밀어낸 다음 침대에서 내려왔다. 그리고 주피터가 주고 간 따뜻한 슬리퍼에 발을 밀어 넣었다. 그다음 의자 등받이에 걸어 둔 외투를 집어 잠옷 위에 걸쳐 입고, 단추를 채웠다. "좋아. 맞는 말이야. 당신 제자가 될게. 자, 이제 같이 가."

둘 사이에 한참이나 팽팽한 침묵이 흘렀다. 병실 안에는 맞은편 침상에서 코고는 소리만 울려 퍼졌다. 모리건은 스콜의 반응을 기다렸지만, 희미한 불빛 속에서 검은 눈만 멀겋게 보이는 스콜은 돌처럼 고요했다.

마침내 그가 말했다. "나는 너를 믿지 않아. 왜 이러는 거지?"

모리건은 허공에 손을 내두르며 그에게 소리를 지르고 싶었지만, 그러면 야간 당직 간호사가 달려올 터였다.

"당신 *생각*에는 내가 왜 이러는 것 같아?" 모리건이 목쉰 소리로 물었다. "아니, 그보다, 그런 걸 왜 *신경 써*? 원하는 걸 얻는 거잖아!"

"내 마음이 바뀌었다면?" 스콜이 물었다. "내가 이제 그걸 원하지 않으면 어쩔 거지? 내가 그렇게 마음을 굳혔을 수도 있지 않나? 너는 원더스미스가 되기엔 좋은 재목이 아니라고, 넌 절대로—"

모리건이 쏘아붙였다. "아니잖아. 그러니까 연기하지 마. 이건 우리가 처음 만난 날부터 줄곧 당신이 바랐던 일이잖아, *존스 아저씨*. 당신은 한 번도 단념한 적이 없어. 계속해서 네버무어로 돌아왔고, 계속해서 나를 설득하려고 애썼어. 축하해! 마침내 내가 그쪽 제자가 되기 *싫은 것*보다 훨씬 더 바라는 걸 당신이 제안해 줬어."

"그게 뭐지?"

"소피아를 되돌려 놔!" 모리건은 갈라져 나오는 목소리를 저주했다. 그 목소리를 들은 스콜을 저주했다. "나는 소피아와 이야기를 나누고 싶어. 챈더 여사가 친구를 되찾고 다시 행복해하길 바라. 브러틸러스 브라운이 가족이 기다리는 집으로 돌아가길 바라고, 콜린이 도서관으로 돌아가길 바라. 그리고 이 병원에 들어온 모든 워니멀이 그냥… 다시 *워니멀*이 되길 바라. 공정하지 않아. 이건 말도 안 되게 괴상해. 저들이 *우리* 안에 있다니. 이건 **옳지 않아.**" 모리건은 손으로 입을 막고 터져 나오려는 울음을 참았다. 스콜은 모리건을 표정 없는 얼굴로 뚫어지게 바라보았다. "그냥… 어떻게 고, 고쳐야 하는지만 알려 줘."

"네가?" 스콜이 미간을 찡그리며 진심으로 혼란스러운 표정을 지었다. "너는 고칠 수 없어."

"나는 할로우폭스도 없앨 수 없었어. 하지만 해냈어. 이것도 할 수 있어. 방법을 알려 주면 그대로 따라 할게. 용기광장에서 한 것처럼." 모리건이 말했다.

스콜은 마치 엄청나게 재미있는 농담이라도 들은 듯 킥킥 웃다가 갑자기 정색했다. 그의 목 뒤에서 작고 기묘한 소리가 새어 나왔다. 연민과 혐오의 감정이 뒤섞인 소리였다. 그 소리에 모리건은 키가 50센티미터 남짓하게 졸아든 기분이었다.

"크로우 양, 할로우폭스를 없애는 것과 희생양들을 치료하는 건 아주 별개의 일이야. 필요한 기술도 어마어마하게 다르지. 너는…" 스콜은 손을 위아래로 흔들며 업신여기는 눈길을 던졌다. "…뭉툭한 도구야. 네가 용기광장에서 한 일은 망치를 들고 찻잔을 깨는 일이나 다름없었어. 파괴하는 건 쉽지. 결국 별다른 게 필요 없었잖아, 안 그래? 네 안에 쌓인 좌절과 분노를 밖으로 폭발시킨 것 말고는."

"하지만 이건 달라. 극도로 숙련된 원더스미스만이 그런 워니멀을 예전 상태로 돌려놓을 수 있지. 그리고 너한테는 적당히 숙련된 원더스미스라는 말도 아까워. 지금은 그냥 원더스미스라고 부르는 것 자체도 힘들 것 같군."

"나는 인페르노 인장도 있어." 모리건이 왼손을 들어 보였다. "불쏘시개도 만났고, 불꽃나무도 다시 살려 냈어. 난 *지금도 원더스미스야*."

"와우." 스콜이 무미건조하게 말하며, 손가락 두 개로 박수치는 흉내를 냈다. "불을 지를 수 있겠군."

모리건은 짜증이 나서 씩씩거렸다. 이건 그가 용기광장에서 했던 말과 달랐다. *섬뜩한 시장을 무너뜨린 아이는 어디로 간 거야! 돌아와!* 그가 *작아지지 않는 것*에 관해 했던 말은 뭐였을까?

모리건은 턱을 위로 젖히며, 굴하지 않고 입장을 고수하기로 마음먹었다. "그냥 *어떻게 하는지* 알려 주면―"

"침대에 불을 질러."

"뭐, 뭐라고?"

"침대에. 불을. 질러." 스콜이 거듭 말했다.

모리건은 문을 힐끔 바라봤다. 갑자기 불안해졌지만(침대에 불이 붙는 순간 누군가 달려올 터였다), 그럼에도 모리건은 깊이 숨을 들이쉬었다. 그리고―

아무 일도 일어나지 않았다.

모리건은 다시 시도했다.

아무 일도 없었다. 불꽃조차 튀지 않았다.

"보다시피." 스콜이 나직이 말했다. 그의 얼굴이 혐오감으로 뒤틀렸다. "*어떻게*는 상관없어. 그 과제가 네 능력에서 멀리, 아주 *멀리* 떨어져 있는 게 아니라 해도, 그냥… 네 자신을 봐. 너는 바닥난 건전지야. 고갈되다 못해, *이틀이나 지난 뒤에*도 이렇게 간단한 과제 하나 해내지 못하잖아. 지금 네 주위로 모여드는 어떤 원드러스 에너지도 네가 죽지 않게 돕기가 아주 어렵지."

모리건은 벽에 걸린 시계를 확인했다. 아나가 말한 짧은 기회가 점점 가까워지고 있었다. 말다툼하고 있을 시간이 없었다. "그러면 얼마나 기다려야 다시—"

"*내 말을 듣지 않고 있었군.*" 스콜이 언성을 높였다. "며칠은 걸려야 회복이 되겠지. 몇 년은 더 공부하고 훈련을 받아야 할 테고. 이 워니멀들은 쇠약해지다 죽을 거야. 네가 그들 목숨을 구할 능력을 지닌 원더스미스가 되기 전에. 지금 넌 에너지도 없고 기술도 없어—"

"하지만 당신에겐 있잖아. 둘 다 갖고 있으면서."

"그래서?"

"그래서… 작년에 당신이 그랬지. 내 덕분에 당신이 네버무어로 들어올 수 있는 창이 생겼다고. 당신이 고사메르를 통해 나한테 기댔고, 그래서 그때 내가 배워 본 적도 없는 일을 할

341

수 있었어. 내가 직접 원드러스예술을 배우기 시작하면, 내 주위에 모인 원더를 사용하게 되면, 더는 그 창에 기댈 수 없을 거라고 했지. 그 창은 닫힐 거야." 모리건이 심호흡했다. 이제 막 하려는 말을 자신도 믿기 힘들었다. "하지만 내가 그 창을 열고 싶다면?"

———◆———

　모리건은 그림자 속에 숨기 위해 최선을 다했지만, 환하게 불이 켜진 병원에서는 그림자를 찾아보기가 힘들었다. "친구가 병원의 보조 의료원으로 있어. 그 친구가 교대 시간에 5분 정도 동안 틈이 생길 거라고 했거든. 격리 병실은 전부 잠겨 있지만, 열쇠가 저기, 루트위치 박사님 서랍에—"

　"우리는 몰래 돌아다니는 게 아니야. 시간은 필요한 만큼 쓸 거야." 스콜이 짙은 경멸감을 드러내며 말했다. "우리는 *원더스미스*야. 자, 이렇게 손을 들어." 스콜이 검은 가죽 장갑을 벗어 주머니에 집어넣고, 모리건에게 손바닥이 보이도록 창백한 손을 들었다. 스콜에겐 모리건과 똑같은 인장 두 개가 있었다. 하나는 오른손 검지에 은은히 빛나는 금빛 W 자였고, 다른 하나는 왼쪽 가운뎃손가락에 있는 조그맣게 깜박거리는 불이었다. 같은 인장을 지닌 게 당연했다. (논리적으로 생각해 보면,

스콜에게는 모리건이 볼 수 없는 다른 인장도 있을 것이다. 자신이 가진 인장과 같은 인장만 보인다는 것을 모리건은 알고 있었다.)

모리건은 손을 옆에 늘어뜨리고 있었다.

스콜이 눈썹을 치켜올렸다. "내 제자가 되길 바라는 건가, 아닌가?"

이럴 줄 알았다고, 모리건은 생각했다. 두려움과 호기심이 마음속에서 싸움을 벌였다. 두 사람을 하나로 묶는 일종의 원더스미스 의식인 것 같았다. 물러설 길은 없었다.

모리건은 정말 아주 살짝, 떨리는 두 손을 스콜과 똑같은 자세로 들었다가 뒤로 홱 잡아 뺐다. "잠깐! 확실히 해 둬야겠어. 나는 당신의 *제자 원더스미스*가 되는 데 동의하는 거야. 그 말은 나한테 *원드러스예술*을 가르쳐 줘야 한다는 뜻이야… 사악한 기술 말고."

"정말 우스꽝스럽군."

"농담하는 거 아니야. 이런다고 내가 당신 꼭두각시나 대리인이나 공범자가 되진 않아! 당신을 대신해서 네버무어를 정복하라거나 명령대로 하라거나 *그런 걸* 시키는 건 동의 못해. 원더스미스들이 하는 평범하고, 사악하지 않은 기술을 사용하는 방법 말고 다른 건 배우지 않을 거야. 알아듣겠어?"

"완벽히."

"그리고 명확히 해 두는 의미에서, 당신이 합의한 건 완벽하고 영구적이며 조건 없는 *치료법*이야. 모든 워니멀 피해자 한 명도 빠짐없이—"

"크로우 양, 그만해. 시간이 없어. 나는 거래를 어길 마음이 없어. 워니멀들을 텅 빈 채 놔두는 데도 아무 관심 없어. 그건 내 싸움이 아니니까. 그리고" 스콜이 다시 두 손을 들며 약간 기분이 상한 얼굴로 말했다. "나는 약속을 하면, *지키지*."

모리건은 심호흡을 했다. 스콜을 믿어도 좋을지 알 수 없었다. 하지만 다른 도리가 없었다. 워니멀들은 내일 이곳을 떠날 텐데, 대부분이 어디로 가게 될지 누가 알겠는가? 두 사람이 거래하려면 오늘 밤밖에 시간이 없었다.

모리건은 그만두고 싶은 마음이 들기 전에 다시 손을 들었다. 두 사람의 손끝이 고사메르를 통해 만나자, 갑자기, 어떤 움직임도 없이 스콜이 모리건을 통해 돌진했다. 두 사람이 서로를 향해 돌진하며, 차갑고 검은 두 바다가 쏟아져 들어와 하나가 됐다.

그 순간, 모든 것이 소름 끼치도록 명료해졌다.

모리건은 끔찍한 실수를 저질렀다. 모든 게 골더스의 밤과 같았다. 하지만 이번에는 폐에 물이 차오르는 게 아니라, 무언가 다른 것이었다.

혼돈, 광기, 힘.

그게 뭐든, 모리건은 그 안에 빠져들 것만 같았다. 손을 떼고 싶었지만 그럴 수 없었다. 두 사람 사이에 자기장이 만들어진 것 같았다. *위험해.* 모리건의 심장 박동이 그렇게 말했다. *위험해, 위험해, 위험해.*

"침착해." 스콜이 조용한 목소리로, 어둠 속의 섬광처럼 모리건의 공포를 뚫고 말했다.

"이게 뭐야? 무슨 일이야?"

"터널을 만들고 있어. 고사메르를 건너는 임시 다리지. *침착해.*"

긴 시간 같았지만 분명 순간에 지나지 않았을 시간이 지나자, 두 바다는 쏟아지기를 멈추고 고요해졌다. 모리건은 더없이 낯선 평화로움과 수동적인 확신을 느꼈다. 어디로 갈지 이미 다 아는 배의 선장이 된 기분이었다. 명령할 수 있었지만, 조종할 필요가 거의 없었다.

모리건은 무대에 선 배우의 기분이 이럴 것이라고 생각했다. 아마도 챈더 여사가 정교한 의상을 입고 악녀 유포리아나로 분했을 때 이런 기분이었으리라. 불안한 느낌이 들었다. 자신이 스콜의 몸속에 들어갔거나, 그가 자신의 몸속에 들어온 것 같았다.

"*작은 가막귀야, 작은 가막귀야.*" 자신의 목소리로 노래가 흘러나왔다. "*눈이 까만 단추 같구나……*"

원더가 모여들었다. 그런데 모리건이 혼자 소집했을 때와는 전혀 달랐다. 스콜은 원더가 마치 공중에 떠 있는 뇌운처럼 사방에서 모여들 때 모리건의 입을 빌어 거의 한 음도 소리 내지 않았다.

모리건은 스콜이 고사메르를 통해 자신에게 기대면, 자아가 잠식당하고 줄어든 느낌이 들 거라 생각했다. 하지만 전혀 그렇지 않았다. 오히려 모리건의 특징이 부풀어 오르고 길게 뻗어 가는 기분이었다. 마치 이제야 이 세상에서 공간을 차지할 수 있다는 허락이라도 받은 듯했다. 이 상황도 전혀 두렵지 않았다. 자신도 모르게 힘을 빼앗기는 게 아니었다. 이건 협력이었다.

타닥거리는 전기가 혈관을 통해 질주했다. 원하기만 한다면 태양도 굽어볼 수 있을 것 같았다. 아무도 모리건을 막을 수 없고, 물리칠 수 없었다. 모리건은 그 무엇에도 끄떡없었다.

그리고 모리건은 마침내 스콜과 자신 사이에 존재하는 깊은 능력의 골을 이해했다. 스콜은… *항상* 이런 기분일까?

이런 게 정말로 원더스미스가 된다는 걸까?

모리건은 스콜과 나란히 빈 복도를 걸어가며 유리창에 비친 자신의 모습을 봤다. 그리고 충격과 함께 약간의 실망을 느꼈다. 유리창 속의 모습은 평소와 똑같았다. 어떻게 아직도 평범한 여자아이의 겉모습일까? 안에서는 온 우주가 부풀어 오르고 있는데.

하지만 평범한 여자아이의 모습은 오래 가지 않았다. 몇 걸음씩 걸을 때마다 또 다른 창문이 나타나 모리건의 모습을 비췄다. 창문을 지날 때마다 모리건의 모습은 변했다.

디어본이 머가트로이드로, 혹은 머가트로이드가 루크로 변신하던 모습이 떠올랐다. 모리건의 몸은 점점 작아져 머리 하나만큼 키가 줄고, 잿빛으로 변한 머리카락은 숱이 듬성듬성해졌으며, 팔다리는 노쇠해 뼈만 앙상해졌다.

"내가 어떻게 되는 거야?" 모리건은 아무런 두려움도 없었다. 그저 막연한 호기심만 느꼈다.

"마스커레이드." 스콜이 간단하게 대답했다.

두 사람이 격리 병동으로 통하는 거대한 참나무 문 앞에 도착할 무렵, 창에 비친 모리건의 얼굴은 퀸 원로가 되어 있었다. 하지만 손과 몸을 내려다보면 여전히 모리건이었다. 정말 변신한 게 아니라 환영이었다.

스콜이 고사메르를 통해 움직이자, 모리건은 자신의 손이 문을 미는 것을 봤고, 잠금장치가 달칵 하고 열리는 소리를 들었으며, 다리가 자신을 병실로 이끄는 걸 느꼈다. 간호사 한 명이 놀란 얼굴로 달려와 앞을 막아섰다. 간호사는 스콜이 그 자리에 없는 것처럼 그대로 통과해서 다가왔다. 당연했다. 모리건을 제외한 모든 사람에게 스콜은 없는 존재였다.

"퀸 원로님! 죄송하지만 이 병실은 출입 금지라 아무도 못 들어가요. 아무리— *잠깐만*요. 원로님 옷이 제대로 갖추어지지—"

"나가. 전부 다." 모리건은 성대의 진동과 입에서 단어를 만들어 내는 감각과 입술로 바람이 빠져나가는 기운을 느꼈다. 그런데도 그 말을 자신이 했다고 믿기 힘들었다. 목소리는 누가 들어도 퀸 원로의 것처럼 쇠약하고 거칠고 고전적인 강철의 기운이 묻어났다. 당직 간호사들은 주저 없이 명령에 따랐다. "문 닫고 나가. 아무도 들여보내지 말고."

스콜과 둘만 남게 되자, 모리건은 퀸 원로의 환영이 점점 작아진다고 느꼈다.

물론 두 *사람*만 있는 건 아니었다. 벽을 따라 크고 작은 워니멀들이 늘어져 있었다. 어떤 워니멀들은 침대에 있고, 또 어떤 워니멀들은 우리 안에 있었다. 너무 많아서 그 공간 안에 편안히 수용하기가 어려워 보였다. 대부분 진정제를 투여받거나 반쯤 잠들고 반쯤 깨어 있는 상태로, 살아 있다고 말하기 힘든 모습들이었다.

"느껴지나?" 스콜이 물었다. "공허함."

"그래."

주피터가 말한 그대로였다. 전부 텅 비어 있었다. 모리건은 주피터처럼 볼 수는 없었지만, 느낄 수는 있었다. 그건 아마 모리건이 경험한 일 가운데, 가장 우울하고 불편한 광경이었을 것이다. 배가 아닌, 가슴에서 느껴지는 메스꺼움이었다. 자연스럽지 않고 옳지도 않았다.

아나가 최근 그렇게 속상해한 것도 당연했다. 모리건이 내내 그들 옆에 있었다면, 마찬가지로 끊임없이 울었을 것이다.

모리건이 궁금한 눈으로 스콜을 봤을 때, 스콜은 천장을 쳐다보고 있었다. 텅 빈 워니멀들을 똑바로 바라보지 못하는 게 분명했다. 모리건은 겹겹이 쌓인 스콜의 두려움과 공포와 혐오를 느낄 수 있었다. 그 모습에 모리건은 화가 솟구쳤다.

"당신이 한 짓이야." 모리건은 낮게 깔린 목소리로 다시금 알려 주었다. "저들을 봐. 윈터시가 부탁했든 어쨌든, *당신이* 한 일이라고."

스콜은 대답하지 않았다.

모리건은 스콜을 이 병실에서 저 병실로, 그리고 또 다른 병실로 말없이 이끌었다. 그리고 마침내 친구를 찾았다.

"소피아!" 모리건이 소리쳐 부르며 친구에게 달려갔다. 여우 원은 작은 우리 뒤에서 몸을 웅크리고 깽깽거리며 울었다. 마치 모리건에게서 도망치려는 것처럼 미친 듯이 금속 창살을 긁어 댔다. "소피아, 나예요. 모리건이라니까. *알잖아요!*"

"그 여자는 아직 거기에 있어." 스콜이 말했다. "모두 다 그래. 느껴져… 무언가 가장자리에 아슬아슬하게 머물러 있어.

너도 느껴지지?"

모리건은 고개를 끄덕이며 눈물을 흘렸다. 그 말이 무슨 뜻인지 정확하게 알 수 있었다. 소피아의 의식 깊숙이 무언가 묻혀 있었다. 그곳은 너무 깊어서, 주피터라 해도 느낄 수 있을지 의구심이 들었다. 작고 익숙한 불씨였다. 소피아는 저 안 어딘가에 있었다. 깊은 나락 앞에 서 있어 당장이라도 떨어질 것 같았지만, 아직은 거기 있었다.

"저들을 나오게 할 수 있어." 스콜이 중얼거렸다. "하지만 우리가 그래야 하는 게 확실한가? 저들도 그걸 원한다고 확신해?"

모리건은 스콜에게 심리전은 그만두라고 쏘아붙이기 위해 돌아섰지만, 하려던 말이 목구멍 안으로 사라졌다. 스콜은 소피아를 바라보며 미간에 깊은 주름을 잡고 있었다.

"저들이 여기에 돌아와서 좋을 게 뭐지?" 스콜이 말을 이었다. "세상은 저들을 이해하지 못하고, 사회는 저들의 존재를 거의 용인하지 못하는데? 우리는 저들을 툭 건드려 공허함 속에 밀어 넣을 수 있어. 저들이 뭐 하나라도 느낄지 모르겠군. 우리가 저들에게 호의를 베푸는 것일 수도 있어."

모리건은 겁에 질린 자그마한 친구를 다시 돌아봤다. 그리고 우리 창살 사이로 손가락을 뻗으며 명령했다. 또렷하고 분명하게.

"저들을 되돌려 놔."

그건 모리건이 거의 이해할 수 없는, 느리고 복잡하고 까다로운 작업이었다. 모리건은 자신의 손이 기계적으로 불가능해 보이는 방식으로 움직이고, 자신의 목소리가 한 번도 들어 본 적 없는 어조와 언어로 말하는 걸 듣자니 기묘했다. 모리건은 끝없이 이어지는 금빛의 하얀 원더가 가닥가닥 워니멀들을 꿰뚫고 다시 봉합하는 모습을 지켜봤다. 원더는 안에서부터 밖으로 워니멀들을 다시 만들고, 잃어버린 것을 되찾아 워니멀을 워니멀이게 하는 모든 것을 회복시켰다.

스콜은 그저 새로운 것을 위빙 하는 게 아니었다. 벌어진 상처에 마법 반창고 같은 걸 붙이는 것과도 달랐다. 스콜은 자신이 하겠다고 말한 일을 정확히 했다. 자신이 만든 것을 되돌리는 일이었고, 할로우폭스가 벌인 일을 물리는 것이었다. 천천히, 고통스러우리만큼 조금씩, 그리젤다 폴라리스가 작은 크리스털 궁전을 모래로 만든 것처럼, 윈드러스예술 루이네이션을 자신의 작품에 쏟아부으며 안쪽에서부터 매듭을 풀어내고 있었다. 말로 다 할 수 없이 섬세하고 고통스러울 정도로 복잡해서, 모리건은 매 순간 숨이 막힐 듯한 경이로움을 느끼며 몰두했다.

치유가 끝난 워니멀들은 고요하고 차분하게, 거의 무아지경 같은 상태에 있었다. 하지만 모리건은 치료됐다는 걸 알았다. 한 명 한 명 마음이 되돌아오고, 편안한 무게감을 가진 의식이 방 안에 자리 잡고 있었다.

모리건은 모든 우리의 문을 열어 두었다.

"자신들이 전에 누구였는지 기억할까?" 모리건이 스콜에게 물었다.

"기억할 거야. 원더가 기억하니까. 원더는 기억력이 뛰어나지."

두 사람은 마지막으로 소피아를 구했다. 모리건은 전전긍긍하며 지켜봤다. 마침내 마지막 작업을 끝낸 스콜은, 눈을 돌려 모리건을 바라봤다. "준비됐나?"

모리건은 방 안의 원더를 느낄 수 있었다. 원더는 벼랑 위에 서서 마지막 지시를 기다리고 있었다. "응."

그때 여우원이 고개를 들고 초점을 맞추기 위해 눈을 깜박였다.

"모리건." 마침내 소피아가 어리둥절한 목소리로 조그맣게 불렀다. "안녕."

단 두 마디와 함께, 세상은 다시 옳은 곳이 됐다.

파도가 해변으로 돌아오듯, 격리 병동 모든 곳에서 워니멀들의 정신이 하나둘 돌아왔다.

스콜은 모리건을 그림자의 장막으로 가렸고, 두 사람은 그곳을 떠났다.

격리 병동을 나와 돌아오는 길에, 모리건은 자신과 스콜 사이에 놓인 다리가 조금씩 무너지는 걸 느꼈다. 그가 드리운 장막이 조금씩 사라지기 시작했지만, 그건 딱히 문제가 되지 않았다. 아무도 두 사람에게 관심을 두지 않았다. 워니멀들이 깨어나는 시끄러운 소리 탓에, 병원 직원들은 격리 병동으로 달려갔다.

모리건은 아무도 없는 복도 한가운데서 걸음을 멈추고, 한 손을 들어 스콜을 세웠다.

"이제 어떻게 되는 거야?" 모리건이 지친 목소리로 물었다. 고사메르를 통해 스콜이 지탱해 주던 힘이 사라지자, 몸과 머리가 아무것도 못 할 정도로 나른해졌다. 모리건은 바닥에 쓰러지지 않기 위해 힘껏 버텨야 했다.

"아, 물론." 스콜이 말했다.

스콜이 나직이 휘파람을 불자 늑대 무리가 타오르는 눈을 하고 그림자에서 빠져나왔다. 늑대들은 두 사람을 에워싸고 원을 그리며 점점 더 빠르게 빙빙 돌았다. 모리건에게 보이는 건 희미한 검은 연기와 그림자, 그리고 붉은 빛줄기뿐이었다. 곧 그마저 사라져 어둠만 남았다.

늑대들은 나타날 때처럼 빠르게 사라졌다. 다시 불빛이 환해졌다. 모리건의 손바닥 위에 종이 한 장이 반듯하게 놓여 있었다.

"이게 뭐야?"

"읽어."

이것은 원더스미스 에즈라 스콜과
원더스미스 모리건 크로우 사이의
원드러스예술 견습 계약서다.

계약 종료는 상호 합의, 또는 제자가 원드러스예술
아홉 개를 숙련한 시점에 의한다.
단, 숙련이란 해당 신의 순례와
그늘 각각의 직인을 습득하는 것까지 포함한다.

맨 밑에는 서명을 할 수 있도록 빈 공간이 두 개 있었고, 각
각 **스승**과 **제자**라고 적혀 있었다.

모리건은 계약서를 빤히 바라보며 눈만 계속 깜박였다. 종이
는 아무 느낌도 나지 않았다. 공기로 만들었다 해도 믿을 정도
였다. 눈을 가늘게 뜨고 보자, 종이 주변에 에너지가 아른거렸
다. 아니나 다를까 손을 치워도 계약서는 그 자리에 계속 떠 있
었다.

"그건 고사메르 안에 있어. 여기도 아니고, 거기도 아닌 곳
에." 스콜이 말했다.

모리건은 미간을 찡그렸다. 모리건이 잘못 추측했다. 앞서 두 사람의 손바닥이 맞닿았을 때… 그건 제자로 묶이는 일과 아무 상관이 없었다. 두 사람을 하나로 묶는 의식 같은 게 아니라, 그저 스콜이 워니멀을 치료하는 데 필요한 접근을 허락한 것뿐이었다. 즉, 그 말은(생각에 생각이 꼬리를 물고 이어졌다) 스콜이 어떤 구속력 있는 합의도 없이 약속을 이행했다는 뜻이었다. 합의서는 바로 *이것*이었다.

모리건의 머릿속에 큰 그림이 그려졌다. 반신반의하는 마음이 아찔하게 솟아올랐다.

모리건은 이 계약서에 서명할 필요가 없었다! 스콜은 이미 워니멀들을 치료했고, 그걸 되돌리려면 모리건과 다시 협력해야 했다. 모리건은 원하는 것을 손에 넣고 아무 대가도 치르지 않은 채 이대로 돌아서서 가 버릴 수도 있었다.

스콜은 말없이 고사메르를 통해 손을 뻗어 자신의 인페르노 인장을 계약서에 휘갈겼다. 그가 남긴 그을린 흔적이 움츠러들더니 작고 검은 친필 서명으로 변했다.

"나는 관심 없는 학생을 가르치는 데는 흥미 없어, 크로우 양. 단순히 의무를 이행하려는 사람도 마찬가지야. 무거운 부담은 원치 않아. 내가 바라는 건 후계자야."

"너는 방금 가능성을 목격했지. 넌 너의 모습이 될 수도 있는 원더스미스를 만난 거야. 너는 미래로 통하는 창을 열었고,

그 미래로 나아갈 수도 있어. 하지만 미친 듯이 간절하게, 열정적으로 그 창을 통해 올라가 스스로 너의 미래를 붙잡을 게 아니라면… 창을 닫아." 스콜의 목소리는 속삭이는 소리에 가까웠다. 그는 어깨를 으쓱이며 썩 노련하게 태연한 척했지만, 모리건을 바라보는 검고 강렬한 눈길은 그렇지 못한 속내를 전했다. 스콜은 시선을 피하지 않았다. 모리건도 마찬가지였다. "네게 합의를 지키라고 강요하진 않아."

모리건은 스콜이 허세를 부린다고 믿을 뻔했지만, 흔들림 없이 차분한 겉모습 이면의 그는 굉장히… 겁을 먹은 듯했다. 마치 모리건이 그 말대로 할 거라고, 창을 닫고 돌아서서 갈 거라고 완전히 받아들이고 있는 것 같았다.

하지만 물론, 모리건은 그렇게 하지 않을 것이다. 그럴 수 없었다.

언젠가 먼 미래에 모리건은 이 순간을 돌아보며, 명예의 불문율에 따라 *네가 약속했잖아*라고 말하는 머릿속 정중한 목소리를 좇았다고 말할 것이다. 어쨌든 모리건은 약속했고, 약속을 지키는 건 도리였다.

하지만 종이에서 모리건의 이름이 타들어 가던 순간, 모리건이 생각한 건 명예가 아니었다. 모리건은 자기 안에 우주를 품는다는 게 어떤 느낌이었는지 생각하고 있었다. 이제 우주는 사라지고 없지만, 우주가 차지했던 공간은 그대로 남아 있었다. 휑뎅그렁하고 결핍된, 모리건이 알지 못했던 허기가 가득한 공간이었다.

그리고 모리건의 허기는 *더*라고 말했다.

———————•———————

다시 병실로 돌아오자, 코 고는 소리와 쌔근거리는 숨소리가 무념무상한 평온 속에 계속되었다.

모리건은 침대 옆에 혼자 서 있었다. 에밋을 들어 가슴에 안았다. 그 간단한 행동 하나에도 많은 의지와 노력이 필요했다. 모리건은 자신의 침대에서 자고 싶은 마음이 *간절*했다. 따뜻하고 안전한 듀칼리온의 보호막 안으로 돌아가고 싶었다. 모리건은 집에 가고 싶었다.

슬리퍼를 신고 잠옷 위에 망토를 걸친 차림으로 병원을 나온 모리건은 프라우드풋 하우스의 세 개 층을 올라갔다가 다시 열차역으로 내려갔다. 시간이 얼마나 걸렸는지는 알 수 없지만, 거의 몇 시간은 지난 게 확실했다. 마치 자신이 자신을 끌고 가는 것 같았다. 탈진한 몸이 탈진한 머리의 뒤통수를 잡아당기는 것인지, 탈진한 머리가 탈진한 몸의 발을 잡고 늘어지는 것인지 분간이 되지 않았다. 그저 계속 앞으로 가야 한다는 것만 알았다. 한 걸음, 한 걸음, 지척거리며 나아갔다. 푸념하는 숲을 지나는 길은 컴컴했고, 나무들은 낮은 목소리로 투덜댔다. 숲속 어디선가 무언가 길게 울부짖었다. 모리건은 무서워해야 한다는 걸 어렴풋이 떠올렸다. 다른 날 같으면 칠흑같이 어두운 밤에 푸념하는 숲을 홀로 가로질러 건너는 것 자체로 겁이 났을 것이다.

하지만 모리건은 너무 피곤한 나머지 무섭지도 않았다.

모리건은 허약한 자신의 몸으로 돌아왔지만, 에즈라 스콜에게 빌린 힘이 없어도 진짜 원더스미스가 된 기분을 기억할 수 있었다. 그 기억을 부적처럼 간직했다. 다 낡고 해진 토끼 인형을 팔에 꼭 끌어안고 있는 것처럼. 모리건은 손끝의 감촉으로 그 기억을 붙잡고 오랫동안 놓지 않았다.

그렇게 가다 보면 역에 도착하고, 그다음에는 황동 레일포드를 타고 계속 달려 919역에 도착할 터였다. 그렇게 검은 문을 지나, 옷장을 지나, 자신의 방이 친절하게 내어 준 부드럽게 흔들리는 물침대에 들어가면, 마침내 어느 때보다 더 깊고, 더 따스한 잠에 빠져들게 될 터였다. 무사히 집에, 듀칼리온에 도착하여, 가족들의 품에 안겨서.

감사의 글

가장 먼저, 가장 큰 감사의 마음을 나와 동행하여 여기까지 모리건의 모험을 함께해 준 멋진 독자들에게 바친다. 인내심을 가지고 열정적이면서도 한없는 응원을 보내 준 독자들이 『할로우폭스』를 읽고 기다린 보람을 느꼈기를 바란다.

인내심과 열정, 한없는 응원이라는 말을 꺼내고 보니… 루스 올타임스Ruth Alltimes야말로 으뜸이었다. 루스 올타임스를 편집자로 만나게 된 건 내게 더없이 큰 행운이다. 루스의 날카로운 안목과 넓은 마음씨에 고마움을 전한다.

드림팀인 알비나 링Alvina Ling과 수전 오설리번Suzanne O'Sullivan, 레이철 웨이드Rachel Wade, 사만다 스위너튼Samantha Swinnerton, 그

359

리고 루카이야 다우드Ruqayyah Daud와 함께 일한 것은 놀라운 행운이자 평생토록 감사할 일이다. 이 시리즈를 출판하기까지 이들이 보여 준 전문 지식과 재능, 창의력, 그리고 지략에 감사드린다.

아셰트 어린이 그룹Hachette Children's Group과 아셰트 오스트레일리아, 아셰트 뉴질랜드, 리틀브라운북스포영리더Little, Brown Books for Young Readers 네버무어팀의 모든 구성원이 열정과 기술과 각고의 노력을 쏟아부었다. 돔 킹스턴Dom Kingston과 니콜라 구디Nicola Goode, 피오나 에반스Fiona Evans, 케이티 카텔Katy Cattell, 타니아 매켄지-쿡Tania Mackenzie-Cooke, 캐서린 맥 아나니Katharine McAnarney, 루이스 셔윈-스타크Louise Sherwin-Stark, 힐러리 머리 힐Hilary Murray Hill, 메건 팅글리Megan Tingley, 멜 윈더Mel Winder, 피오나 해저드Fiona Hazard, 진마리 모로신Jeanmarie Morosin, 헬렌 휴즈Helen Hughes, 태시 위어리티Tash Whearity, 디도 오라일리Dido O'Reilly, 캐서린 폭스Katherine Fox, 제미마 제임스Jemimah James, 앤드루 코헨Andrew Cohen, 케이틀린 머피Caitlin Murphy, 크리스 심즈Chris Sims, 다니엘 필킹턴Daniel Pilkington, 헤일리 뉴Hayley New, 이자벨 스타스Isabel Staas, 케이트 플러드Kate Flood, 케이라 리커렌초스Keira Lykourentzos, 사라 홈즈Sarah Holmes, 션 카처Sean Cotcher, 소피 메이필드Sophie Mayfield, 카즈 피니Caz Feeney, 제니 토팜Jenny Topham, 캐시 네이커드Cassy Nacard, 에마 러셔Emma Rusher, 수지

매독스-케인Suzy Maddox-Kane, 앨리슨 슈크스미스Alison Shucksmith, 사차 베글리Sacha Beguely, 에밀리 폴스터Emilie Polster, 빌 그레이스Bill Grace, 서배너 케넬리Savannah Kennelly, 빅토리아 스테이플턴Victoria Stapleton, 미셸 캠벨Michelle Campbell, 젠 그레이엄Jen Graham, 그리고 버지니아 로더Virginia Lawther까지, 모두에게 어떻게 감사의 인사를 다 전할 수 있을지 모르겠다.

놀라운 삽화를 그려 준 재능 넘치는 짐 마드센Jim Madsen과 해너 펙Hannah Peck에게, 그리고 훌륭한 표지 도안을 선물해 준 앨리슨 패들리Alison Padley와 사샤 일링워스Sasha Illingworth, 크리스타 모핏Christa Moffitt, 앤젤리 야프Angelie Yap에게 감사드린다. 이들 덕분에 『할로우폭스』가 멋지게 태어날 수 있었다.

제니 벤트Jenny Bent와 몰리 커 혼Molly Ker Hawn, 아멜리아 호지슨Amelia Hodgson, 빅토리아 카펠로Victoria Cappello, 그리고 누구보다 뛰어난 벤트에이전시Bent Agency 전체와 쿠퍼Cooper팀의 환상의 필자들에게도 변함없이 깊은 감사를 전한다. 출판계는 낯설고 혼란스러운 세계일 수 있기에, 서로를 지지하고 응원하는 사람들로 가득한 구명정에 탄다는 건 이루 말할 수 없는 즐거움이다. 그들은 모두 놀랄 만큼 대담한 일을 해내면서 나에게 끊임없이 영감을 준다.

캐서린 도일Catherine Doyle에게는 드 플림제라는 선물을 주어 고맙다고 말하고 싶다(세 번째 이야기에 그 이름이 실리게 될 거라고 내가 말했었죠). 어디서부터 이 이야기가 출발했는지 이제는 기억도 나지 않는다⋯ 첼트넘 문학 축제Cheltenham Lit Fest에 다녀오는 길에 옴짝달싹 못했던 열차역에서였나? 기상천외하게 잘못 알아들은 말 덕이었던가? **잘 모르겠지만** 웃겼던 것만큼은 확실하다.

젬마 웰랜Gemma Whelan은 네버무어 오디오북의 목소리(아주 다양한 목소리)가 되어 주었다. 재미있고 감동적이며 놀라운 방식으로 이 세계와 이 인물들에 생명을 불어넣은 젬마의 목소리를 듣는다는 건 내게 말로 다 표현할 수 없는 기쁨이었다. 그런 재능을 타고나다니 솔직히 말하면 정말 이기적인 일이지만, 부디 멈추지 말아 주길 바란다.

이 책을 40개 언어로 전 세계의 독자들 손에 전해 준 출판사와 번역가들에게 고마운 마음을 전한다. 운이 좋게도 그중 몇 명과는 함께 시간을 보낼 수 있었는데, 그들이 보여 준 세심함과 기술, 아주 작은 부분까지 세세히 들여다보는 주의력에 나는 할 말을 잃었다. 정말 감사하다.

고맙고, 고맙고, 또 고맙게도, 서점 관계자들과 도서관 사서, 선생님, 블로거, 북스타그래머, 북튜버들은 『네버무어』와 『원더스미스』에 큰 사랑을 보여 주며 그들의 열정을 전달해 주었다. 책에 대한 이들의 깊은 애정 덕에 세상은 더 따뜻하고 더 즐거우며 더 마법 같은 곳이 될 것이다.

무한한 사랑과 지지를 보내 준 나의 가족과 친구들에게도 고마운 인사를 전한다. 가족인 동시에 친구인 셰리 고든-해리스 Sherri Gordon-Harris가 여러 해 동안 내어 준 소파와 식탁과 예비 침대 위에서 이 시리즈의 많은 부분이 완성되었다. 또한 클로이 머스그로브Chloe Musgrove는 연극과 관련된 나의 (지나치게 세세한) 질문에 대답해 주었다.

나의 에이전트이며 친구인 제마 쿠퍼Gemma Cooper는 사자요, 깊은 상식과 원기의 샘이며, 내가 청할 수 있는 최고의 지지자이자 멋진 공모자다. **5년이라는 눈부신 시간 동안** 우리는 이 길을 함께 걸었고, 그가 없이 어떤 일을 한다는 건 상상도 가지 않는다. 내 편이 되어 주어 고맙다.

그리고 마지막으로 오랜 친구 샐Sal(이 천재 덕에 탄생한 〈무슨 냄새지?〉 때문에 우리는 둘 다 채신머리없이 숨이 넘어가도록 웃을 수밖에 없었지만, 참신했다)과 9성급 인간이자 어머니계의 듀칼리온인 나의 아름다운 어머니에게 큰 갈채를 보낸다.

특별 외전

W

비밀의 도시 네버무어, 올드타운 북구에 있는 원드러스협회. 백 에이커에 달하는 교정의 중심에 자리한 붉은 벽돌이 멋진 프라우드풋 하우스로 들어가, 지하 7층으로 내려가면 있는 마력예술학교에… 모리건 크로우는 지각했다.

문제는 이번 학기 끝에서 두 번째 수업에 지각하게 되더라도, 지하 7층 마법동에서는 *실제* 뜀박질이 엄격히 금지된다는 점이었다. 어떤 식으로든 급히 서두르는 행동은 마녀의 품위에 맞지 않다고 여겼다.

그래서 모리건이 지하 7층 동쪽 끝의 검은 타일이 깔린 복도에 도착하면서 속도를 늦춰 기품 있는 걸음새(이길 바랐지만 아닌 것 같았다)로 바꿔 걷고 있을 때, 케이든스 블랙번이 맞은편 복도에 나타났다.

"오, 좋아." 모리건이 케이든스와 함께 본관으로 들어가며 낮게 읊조렸다(큰 소리로 떠드는 것도 마녀의 품위에 맞지 않다고 봤는데, 모리건은 자신이 마녀도 아닌데 왜 그런 걸 신경 써야 하는지 모르겠다고 생각했다). "너도 지각이구나."

"난 절대 아니지." 케이든스가 중얼중얼 말했다. "내가 온 줄도 모를 텐데, 어떻게 지각을 하겠어. 윽, 이 불쾌한 복도는 정말 싫어."

모리건도 복도가 마음에 들지 않았다. 바닥부터 천장까지 광택이 흐르는 검은 타일은 괜찮았다. 벽에 장식된 자줏빛 횃불이 묘하게 타오르는 것도 재미있는 극의 한 장면 같은 분위기를 연출했다. 하지만 미술 작품은 음침해도 너무 음침했다(취향이 다소 섬뜩한 편인 모리건이 보기에도 그랬다). 복도를 따라 빼곡하게 걸린 거대한 유화들은 마녀들이 박해당하고 그에 보복했던 역사적 장면을 번갈아 보여 줬다. 성난 마을 사람들이 몰려와 불쌍한 여자를 화형에 처하는 장면이 나오면, 다음에는 어김없이 복수하러 온 마녀들에게 내장이 터지고 불에 타는 마을 사람들의 그림이 등장했다. 이러한 창의적인 응징 덕에 마녀에게 존경심이 생긴 것도 사실이지만, 굳이 눈으로 확인하지 않아도 그런 마음에는 변함없었을 것이다. 모리건은 이제 막 점심 식사를 마친 터였다.

마법동 복도 끝에 다다른 모리건과 케이든스는 평소처럼 수업하리라는 확신으로 교실 문을 밀고 들어갔다. 하지만 확신은 교실에 들어선 순간 사라졌다. 평소라면 빼곡한 학생으로 정신 없을 교실이 어둑하고 조용한 데다 텅 비다시피 했다. 낯선 이들 한 무리가 구석에 모여 있을 뿐이었다.

검은 옷을 입은 일곱 명의 여자들이 한 몸인 듯 두 사람을 향해 돌아섰다. 그물처럼 짠 검은 망사로 얼굴을 덮은 여자들은 가마솥을 둘러싸고 서 있었는데, 솥 안에선 고약한 냄새를 풍기는 무언가가 끔찍한 암갈색 빛깔을 발하고 있었다.

코븐서틴의 마녀들이었다. 모리건은 1년도 더 전에 공포 평가전에서 만났던 마녀들을 한눈에 알아보았다. 한기가 등골을 타고 스멀스멀 올라왔다.

마녀들은 화가 난 것 같았다. 염소도 한 마리 있었다.

"어…" 모리건은 무슨 말을 하려고 했지만, 사실 무슨 말을 해야 할지 알 수 없었다. 방열판에 묶인 염소를 가만히 바라보자, 염소가 모리건을 보며 눈을 껌뻑였다. "안녕하세요? 지금 여기서 수업을 들어야 할 것 같아서요."

마녀들은 몇 초간 말없이 두 사람을 노려보다가, 한목소리로 차갑고 단조롭게 읊조리듯 말했다. "우리는 코븐서틴의 일곱 마녀들. 여기는 우리가 11시부터 온종일 예약해 두었지."

모리건은 대꾸 없이 케이든스를 곁눈질하고는 영문을 모르겠다는 듯 어깨를 으쓱였다.

"정말이에요?" 케이든스가 강단 있게 물으며, 모리건의 시간표를 움켜쥐고 앞으로 내밀어 마녀들에게 보여 줬다. "여기를 보면 우린 오늘 오후 이 시간에 이곳에 있어야 하거든요. 문서로 되어 있어요."

일곱 쌍의 눈동자가 하나인 듯 굴렀다.

"코븐서틴은 네 이야기에 신경 쓰지 않아." 마녀들이 짜증스럽다는 듯한 목소리로 웅얼거리며, 똑같이 얼굴을 찡그렸다. "썩 꺼져라. 그렇지 않으면 하수구 비늘괴물의 저주를 내리겠다."

"아… 어, 알겠어요." 모리건이 우물쭈물 말했다. "하시던 일이… 뭔지는 몰라도 방해하려던 건 아니었어요." 모리건이 걱정스러운 눈길로 염소를 바라보자, 염소가 애처롭게 *매애* 울었다. "원래 패칫 선생님의 수업이 이 교실에서 있거든요. 매주 금요일마다—"

모리건과 케이든스는 순간 뒤로 움찔 물러섰다. 가마솥이 펄펄 끓어오르며 불빛이 깜박깜박 약해졌고, 마녀들은 이를 드러내며 섬뜩할 정도로 달콤한 미소를 지었다. 무엇이 끓고 있는지 모를 가마솥 안의 불빛이 미소 위로 무시무시하게 드리웠다.

마녀들은 조금 전보다 큰 소리로 읊조렸다. "어린 학생들아, 우리의 충고를 흘려듣지 말아라. 우리는 올해의 염소 공양을 정확히 12초 뒤에 시작할 것이다. 이곳을 나가지 않으면, 염소 내장을 머리끝부터 발끝까지 뒤집어쓰게 될 것이다."

코븐서틴의 목소리가 더 크게 울려 퍼지는 가운데, 두 아이는 각자의 물건을 챙겨 교실을 뛰어나갔다. 뒤에서 교실 문이 쾅 달혔다. 모리건과 케이든스는 쉬지 않고 달려 몇 개의 교실을 더 지나친 뒤에야 마침내 달리기를 멈추고 숨을 골랐다.

"마녀들은… 늘 *저렇게 운을 맞춰* 말할까?" 케이든스가 숨을 헉헉거리며 말했다.

"그래, 그런 것 같아."

"윽, 너무 피곤해."

잠시 후 드디어 담당 교사가 음울한 마법동 복도를 성큼성큼 걸어왔다. 그 뒤로는 늘 그렇듯 가냘픈 소리로 울어 대는 고양이 한 무리가 뒤따랐다.

"아! 여기 있었구나, 모리건." 패칫 부인이 말했다.

"케이든스도 있고요." 모리건이 입버릇처럼 말했다. 선생님들에게 주기적으로 케이든스의 존재를 깨우쳐 줘야 했다. 케이든스가 선생님들의 코앞에 서 있을 때조차 그랬다. 케이든스는 신경 쓰지 않았다. 다른 사람들 눈에 들지 않는 건 최면술사가 평생 안고 가야 할 부작용이었으니까. 하지만 모리건은 엄청나게 신경이 쓰였다.

"아아." 패칫 부인이 눈을 몇 번이나 깜박거리며 케이든스를 빤히 바라봤다. 케이든스가 그 자리에 있다는 사실을 인지하는 것이었다. "그렇구나! 그런데 얘들아, 너희들은 일찍 왔구나.

368

퀸 원로가 오늘 마지막 수업 전에 지하 2층으로 올라오라고 하시는구나. *왜 꼭 내* 마법 수업 시간을 동강 내야 한다는 건지, 그것도 너희가 2주 방학에 들어가기 직전에 말이야. 나야 알 수 없는 일이지만… 어쨌든 그렇다는구나." 패칫 부인이 말을 마치며 한숨을 쉬었다.

패칫 부인(부인은 "패치"라고 불리는 쪽을 더 좋아했다)은 〈*나의 사역마 찾기Finding Your Familiar*〉(* 사역마란 마법사나 마녀에게 종속되어 복종하는 동물이나 마물 등을 말함 - 옮긴이)라는 8주 과정의 마법 수업을 가르쳤는데, 사실 수업이라기보다는 부인의 어마어마한 고양이 부대를 위해 매주 먹이를 준비하는 과정이나 다름없었다. 패칫 부인은 첫 수업에 들어와 처음 5분 동안 〈*나의 사역마 찾기*〉라는 과목명이 부적절한 이름이라고 설명했다. 정말 마녀로 태어난 사람이라면, 그 사람의 사역마가 먼저 찾아올 것이기에 우리는 기다리는 것 말고는 달리 할 일이 없다는 얘기였다. 그 뒤로 모리건과 케이든스를 비롯해 그 수업을 듣는 다른 학생들은 금요일 오후마다 태비(* tabby, 얼룩 고양이 - 옮긴이) 열두 마리와 캘리코(* calico, 삼색 얼룩 고양이 - 옮긴이) 열네 마리, 수컷 진저 고양이 두 마리, 암갈색 얼룩이 있는 샴고양이 일곱 마리, 검은 고양이 아홉 마리가 주말 내내 부족함 없이 먹을 만큼 닭고기와 생선을 썰어야 했다.

모리건은 이런 수업이 좋았고, 케이든스도 싫지 않았다. 어쨌든 둘 다 마녀가 될 생각은 없었기 때문이다. 금요일 오후를 보내는 방법으로도 나쁘지 않았다. 생고기를 만지는 와중에 사십몇 마리의 고양이가 끊임없이 발목을 감고 앉는 게 상관 없다면.

그리고 모리건은 패칫 부인이 마음에 들었다. 고양이와 함께 하는 신나는 시간이 좋아서이기도 했지만, 한편으로는 패칫 부인 역시 엄밀히 말해 마녀이긴 해도 다른 마력 학교 교사와는 전혀 달랐기 때문이다. 패칫 부인은 단호하고 유능했으며, 수정구나 드림캐처 같은 것을 무척 싫어했다. 눈곱만큼도 으스스 한 구석이 없었다. 실용성을 강조한 신발을 신고 올록볼록한 카디건을 설친 모습을 보면, 어둠이 현혹하는 마법동과는 어울 리지 않는 사람 같았다. 그 모든 노골적인 *마녀다움*에 약간 화 가 나 있는 듯 보였다. 간단히 말해서, 패칫 부인은 마력예술학 교에서 가장 일반스러운 선생님이었다.

게다가 학기 중 시간표에 〈*죽은 자가 깨어나는 이유*〉와 〈*꿈 과 악몽을 해석하는 법*〉, 〈*행성 간 읽기: 천문 운동을 인간의 눈으로 해석해 여흥과 금전적 이득을 얻는 법*〉 같은 수업만 가 득하다 보니, 모리건은 현실적인 수업이 한 개쯤 섞여 있는 게 반가웠다.

"아, 그럼." 패칫 부인은 몸을 굽혀 가장 아끼는 고양이인 고 고한 프로일라인 폰 캐틀링스타인을 안아 들고는 귀 뒤를 살살

긁어 주었다. 고양이는 드레드락 스타일을 한 패칫 부인의 긴 회색 머리에 코를 비비며 큰 소리로 골골거렸다. "이번 주말 식사는 음식점에서 포장해 오자꾸나, 프로일라인. 가거라, 얘들아. 어서 가렴."

모리건과 케이든스에게 두 번이나 말할 필요는 없었다. 두 아이는 돌아서서 램버스 아마라가 수업을 듣는 교실로 향했다. 램버스를 만나 함께 지하 2층으로 올라갈 생각이었다. 모리건은 어깨 너머로 뒤돌아보며 인사했다. "안녕히 계세요, 패칫 선생님! 즐거운 크리스… 아니, 그러니까, 즐거운 동짓날 되세요!"

하지만 선생님 귀에는 들리지 않는 것 같았다. 패칫 부인은 벌써 코븐서틴의 마녀들이 무시무시한 의식을 치르고 있는 교실을 향해 성큼성큼 걸어가고 있었다. 갑자기 *매애애* 우는 소리가 들리더니 요란한 충돌음과 함께 패칫 부인의 목소리가 복도까지 흘러나왔다.

"이봐! 노래하는 멍청이들! 내가 **이 안에서는** 앞으로 **염소 공양식**은 없다고 말하지 않았던가? **세상에**, 어쩐지 *가축 관리* Livestock Care반이 목 잃은 닭처럼 뛰어다니더라니. 인자하신 넬 어머니, 당신 같은 분이 이러면 안 되죠. 이 가여운 짐승을 지하 3층 소농지로 돌려보내요, **당장!** 정말이지, *왜 동짓날쯤이면 여기 사람들은 죄다 정신이 나가 버리는 걸까?*"

퀴즈를 풀고 나의 비기가 무엇인지 알아보자!

1. 무엇이 무서운가요?

   a. 혼자 있기   b. 집단 따돌림

   c. 나쁜 저주   d. 없다

2. 성을 골라 보세요.

   a. 스위프트   b. 노스

   c. 크로우   d. 블랙번

3. 색깔을 골라 보세요.

   a. 초록   b. 파랑

   c. 빨강   d. 회색

4. 동물을 선택하세요.

   a. 말   b. 늑대

   c. 올빼미   d. 고양이

5. 낱말을 고르세요.

 a. 불빛   b. 불가사의

 c. 마법   d. 힘

6. 4원소 중 하나를 고르세요.

 a. 물   b. 공기

 c. 불   d. 흙

7. 친구에게 나를 표현해 보라고 한다면?

 a. 다정다감하다   b. 영리하다

 c. 너그럽다   d. 용감하다

8. 물건을 고르세요.

 a. 열쇠   b. 책

 c. 지도   d. 망토

결과는 다음 장에…

A가 많으면:

최면술사

원하는 게 무엇이든
사람들에게 하게 할 수 있는 능력이 있다.

B가 많으면:

위트니스

모든 사람이 지닌
진실과 비밀을 볼 수 있는 힘이 있다.

C가 많으면:
원더스미스

원더를 자유자재로 다루는 능력과
극도로 강한 힘을 갖는다.

D가 많으면:
용의 기수

용을 타고 부리는 데
경이적인 기술을 가지고 있다.

할로우폭스 : 모리건 크로우와 네버무어의 새로운 위협 2

초판 1쇄 인쇄 2021년 10월 20일
초판 1쇄 발행 2021년 10월 25일

지은이 제시카 타운센드
옮긴이 박혜원

펴낸이 김연홍
펴낸곳 디오네

출판등록 2004년 3월 18일 제313-2004-00071호
주소 서울시 마포구 성미산로 187 아라크네빌딩 5층(연남동)
전화 02-334-3887 **팩스** 02-334-2068

ISBN 979-11-5774-714-6 04840
979-11-5774-712-2 04840(세트)

※ 잘못된 책은 바꾸어 드립니다.
※ 값은 뒤표지에 있습니다.

디오네는 아라크네 출판사의 인문·문학 분야 브랜드입니다.